康纳在珠峰大本营附近的一座山下。

康纳和小王子儿童之家的一群男孩子在一起"叠罗汉"。

拉贾和他的姐姐普瑞娅。

从左至右：拉贾、纽拉吉、"小疯子"洛汗，小王子儿童之家里三个年龄最小的

劳作中的苟达哇力妇女。

▲杰姬（左）和他的妻子维娃（右），雨伞基金会的创办者。

▼小王子儿童之家，苟达哇力，尼泊尔。

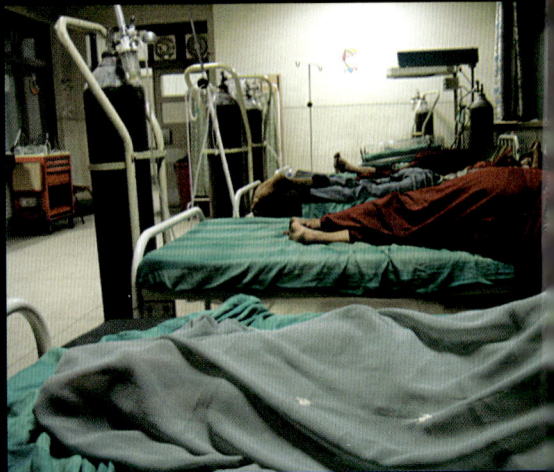

▲加德满都医院的营养病房。

◀阿弥达，七个孩子中唯一的女孩。康纳在加德满都谷地西部的一个山村找到她时，她正在找水。

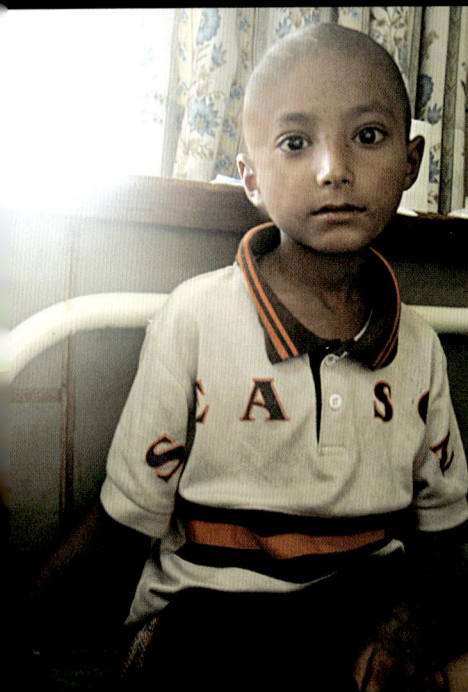

◀在医院里，迪尔加醒来的那个早晨。

▼康纳、D.B.和安娜·豪在一起庆祝藏历新年。

▶吉安，尼泊尔儿童福利委员会的负责人。

▶提拉克（左）是个孤儿，在儿童福利委员会外面，他一直跟着康内。后来雨伞基金会收留了他。

▶俯瞰小王子儿童之家所在地——苟达哇力村。

▲为了寻找孩子们的亲人，康纳和他的伙伴在洪拉南部的山区中跋涉了一个多月。

▲洛汗的妈妈，在康纳前往洪拉的途中，她拿着儿子的照片开心地笑着。

▶安尼施的妈妈眼含热泪，拿着多年前失踪的儿子的照片。

▲康纳与七个孩子中唯一的女孩阿弥达的妈妈在一起。

▲洪拉当地的一对兄妹。

▲洪拉的锡米科特机场跑道，康纳从这里开始了他的寻找被拐卖儿童家人的行动。

◀小山村瑞帕的村民们。

▼建立下一代尼泊尔——道拉吉里儿童之家的第一天，法理德和七个孩子中的六个在一起。第七个失踪的孩子——比什努于六周之后被找到。

▲康纳和翻译兼向导仁金（左）与安尼施的父母在一起。

▼康纳和阿弥达，在道拉吉里儿童之家。

▼阿迪尔，道拉吉里儿童之家年龄最小的孩子，戴着康纳给他买的新眼镜。

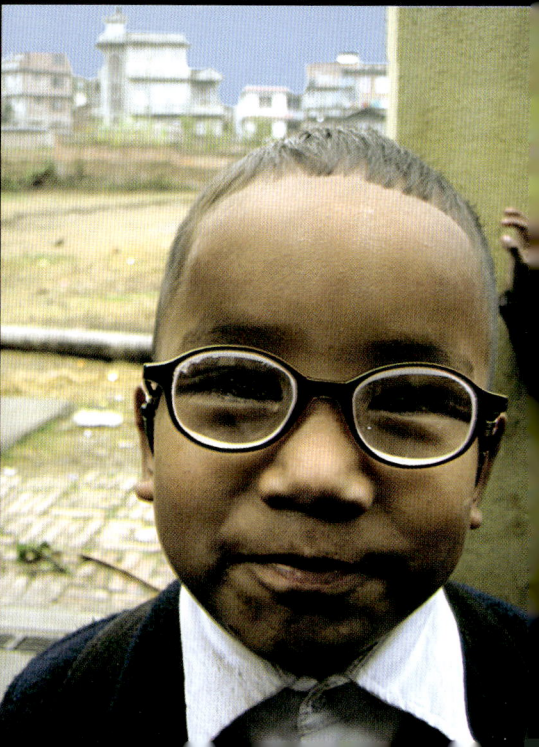

莉娜（前）和她的姐姐卡马拉（后）

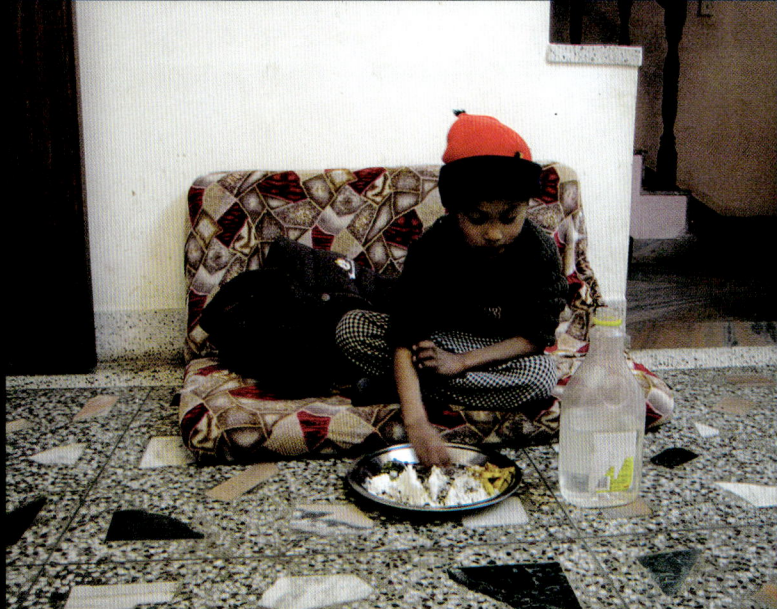

▲比什努来到道拉吉里的第一个晚上，他是康纳和法理德解救的七个孩子中的最后一个。

▲康纳从洪拉回来之后给小王子儿童之家的孩子们看他在那里拍的照片。图为康纳给洛汗看他妈妈的照片。

▲康纳、丽兹和儿童之家的一个女孩子在一起。

▲丽兹于2006年第一次来到尼泊尔，道拉吉里儿童之家的孩子们立刻喜欢
上了她。丽兹身后是前来拜访的康纳的同事兼好友——凯利。

▲康纳雇的一个背夫在做手抓饭。

▲在距离卡尔纳里河面一百英尺的狭窄的山间小道上，羊群呼啸而过。

▲瑞帕村一景，远处白雪覆盖的山顶隐约可见。

◀七个失踪的孩子终于全部被找到。

▲丽兹先后五次到尼泊尔看望康纳和儿童之家的孩子们。

▲莉娜，五个月没开口说过话的那个女孩，终于变得快乐起来。

▲ 康纳创办的公益组织下一代尼泊尔——道拉吉里儿童之家的孩子们。

LITTLE PRINCES

我亲爱的小王子们

[美] 康纳·葛瑞南 著　吕静薇 译

湖南文艺出版社
HUNAN LITERATURE AND ART PUBLISHING HOUSE

博集天卷
CS-BOOKY

图书在版编目（CIP）数据

我亲爱的小王子们 /（美）葛瑞南（Grennan，C.）著；吕静薇译.
— 长沙：湖南文艺出版社，2011.7
书名原文：Little Princes
ISBN 978-7-5404-4921-6

I. ①我… II. ①葛… ②吕… III. ①长篇小说 – 美国 – 现代
IV. ①I712.45

中国版本图书馆CIP数据核字（2011）第073690号

著作权合同登记号：图字 18–2011–113
上架建议：畅销书·外国文学

LITTLE PRINCES © 2010 by Conor Grennan
Simplified Chinese language edition published in agreement with Conor Grennan c/o
William Morris Endeavor Entertainment，LLC，through The Grayhawk Agency.

我亲爱的小王子们

作　　者：（美）康纳·葛瑞南
译　　者：吕静薇
出 版 人：刘清华
责任编辑：丁丽丹　刘诗哲
监　　制：刘　丹
特约编辑：王　蕾
版权支持：李彩萍
版式设计：李　洁
封面设计：崔振江
出版发行：湖南文艺出版社
　　　　　（长沙市雨花区东二环一段508号 邮编：410014）
网　　址：www.hnwy.net
印　　刷：北京盛兰兄弟印刷装订有限公司
经　　销：新华书店
开　　本：880×1230　32 开
字　　数：180 千
印　　张：10.5
版　　次：2011 年 7 月第 1 版
印　　次：2011 年 7 月第 1 次印刷
书　　号：ISBN 978-7-5404-4921-6
定　　价：29.80
（若有质量问题，请直接与本社出版科联系调换）

致 丽兹

目 录
CONTENTS

四　走进大山

在过去的六周里，我一直在秘密筹备到洪拉山区的行动，去寻找他们还有"道拉吉里"那六个孩子的父母。

五　丽兹

这就是那个我与之分享一切，那个长久以来在九千英里外与我同甘共苦的女人。虽是初次见面，但我们彼此早已成为知己。

序

2006年12月20日

　　暮色降临后我才发现，我们走错了路。我一直在寻找的那个村子应该是在山上的某个地方。通往山顶的只有一条极为难走的小路，而以我们当时的情况看，走上去至少得花上几小时的工夫——且不说我们能不能在这漆黑的夜里找到那条小路。

　　我和我的两个脚夫已经马不停蹄地走了十三小时。这里地处尼泊尔西北部山区，冬天的夜里尤其寒冷，而且没有任何遮蔽之处。我们随身带的三个手电筒已经有两个电池耗尽，更糟糕的是，我们已经深入尼泊尔战乱区的腹地。一年前，我的一个同事就是在这附近被绑架的。我本该同那两个脚夫商量一下，但我只会说几句当地话，根本没办法和他们交流。

　　我累得瘫坐在两个脚夫的身边，把上衣拉链拉到最高，双手抱胸，期望这样能暖和点。六天前，我遣散了我的团队，让他们各自回家，回村子里去，并向他们保证我一个人肯定没有问题。向导仁金想继续陪着我，说要看到直升机来了他再走。我跟他说，一切都会顺利的，然后催着他和其他人一起离开了。其实他们回家的路同样充满艰险，也要走上几天才能到，而且，这几个人已经有差不多三周没有见到家人了。仁金最后看了一眼空荡荡的天空，无奈地摇摇头，表示对我的固执束手无策，然后紧紧握住我的手和我道别，匆匆地去追赶另外几个已经渐行渐远的同伴了。

我伸手到包里想找点吃的。首先摸到的是那个历经风雨的文件夹，里面是我的笔记和一些孩子的照片。他们都是几年前从这些交通不便、只有靠脚力才能到达的偏远山村里被带走的。现在要想找到他们的家人，我的笔记就成了唯一的线索。我把文件夹推到一边。

在被雨水泡得皱皱巴巴的地图下面，我摸到两个柑橘，这是我们仅剩的食物了。我把柑橘递给两个脚夫。

唉，要是我没受伤多好，或者，要是没和我的伙伴们分开多好，再或者，要是我没有决定在山上等那架从未出现的直升机多好。不过现在这一切都无关紧要了，目前最要紧的是想办法度过这漫漫长夜。

关于尼泊尔危机

尼泊尔十年内战（1996—2006）致使一万三千多人死于非命，而其毁灭性的经济后果导致这个世界上最贫穷的国家之一又失去了更多的生命。

在尼泊尔的偏远地区，反政府军发动起义，反对国王，利用恐吓和暗杀的手段控制了周围的村庄。儿童们也要加入反政府武装对抗尼泊尔王室政府军的战斗。

那些诱拐儿童的人口贩子利用村民们惧怕反政府军的心理，许诺把孩子们带到加德满都谷地（加德满都谷地是整个尼泊尔为数不多的未受反政府军控制的地区之一的安全地带），以此欺骗孩子的家人。因为这项"业务"，人贩子们从穷困潦倒的孩子家人手中收取了大量钱财，却将这些孩子遗弃在远离家乡的小山村数百里外的加德满都，使他们成为事实上的孤儿。这些孩子中年龄最小的才三岁。

在尼泊尔，仍然有成千上万的儿童失踪。

一

小王子儿童之家

2004年11月—2005年1月

一座以"小王子"命名的孤儿院

招募志愿者去尼泊尔工作的宣传手册上写着：尼泊尔爆发了内战。身为美国人，我猜想负责撰写宣传手册的人一定是夸大了事实真相——这也是我的老毛病了。没有哪个组织会派志愿者到战区去。

即便如此，我还是把其中一行字特别指给我所认识的每一个人：到尼泊尔的一所孤儿院工作两个月。在酒吧里只要碰到女士，我都会告诉她们："不错，那里正在打仗；不错，去那工作存在着危险性，但是已经顾不上这些了，我得考虑那些孩子的安危。"我大声喊着，并尽量表现出泪眼模糊的样子，声音穿越了酒吧里的喧闹。

如今，坐在一辆破旧的出租车里驶离加德满都机场，我发现大门口把守着一群身穿迷彩服的人。出租车缓缓经过时，他们目光紧盯着坐在车里的我，手里的机关枪距离我的车窗只有几英寸①之遥。机场大门外，用沙袋堆成的掩体已经把机场包围了起来。掩体后面，一群疲惫不堪的年轻人端着重型武器对准了来往的车辆。政府大楼也被包

---

① 译者注：1英寸约等于2.54厘米。

裹在带刺的铁丝网里。加油站里有装甲车守护，加油的车辆排了一里多长，都要经过士兵的逐一盘查。

我坐在出租车的后座上，从背包里找到那本宣传手册，飞快地翻到有关尼泊尔的那段。上面依然写着："爆发内战"，字体轻盈得像是在描述动物世界。难道他们就不能在后面打个感叹号吗？要不然就用大大的红色醒目字体标出，后面再加上一句："绝无虚言！"或者"你绝不会喜欢！"不然我怎么会知道他们说的是真话呢？

颠簸在加德满都坑洼不平的路上，我无比向往地翻看着宣传手册里另外几个地方的招募广告。有一个是到澳大利亚某海滨乐园的六周工作机会，工作职责是安抚那里"饱受孤独困扰"的小考拉！我这辈子都要因为这件事耿耿于怀了。不过再一想，当时我确实需要这样一份志愿者工作，一份听上去让我的朋友和家人觉得极富挑战性的工作。至少这个目的我是达到了：我将在世界上最贫困的一个国家照顾那里的孤儿。这成了我为时一年的探险旅行的完美开端。

尼泊尔的确仅仅是我将耗时一年的单人环球旅行中的第一站。在此之前的八年时间里，我为一个叫做"东西学院"的国际公共政策智囊团组织工作。工作地点先是布拉格，而后又被调到布鲁塞尔总部。那是我迈出大学校门后从事的唯一一份工作，我喜欢那份工作。可是八年后，我还是厌倦了，于是迫切需要某种巨大的改变。

还好，我平生第一次有了些积蓄，真正意义上的积蓄——我在一个勤俭的美籍爱尔兰人家庭里长大，又在消费不高的布拉格住了六年之久，这让我得以成功积攒下了六年间的大部分收入；再加上我孤家寡人一个，既无房贷要还，在未来的数年里也没有结婚生子的打算。于是我匆匆作出决定，要倾我所有完成一次环球旅行。我从来没这么极端过，所以我深信，当我以最快的速度把这个计划通告给朋友们的时候，他们将会无比震惊。

但是我很快发现，这个环球旅行的计划虽然听上去很酷，却有些极端自我放纵的味道。就连我原本指望着能得到他们的支持的那些死党也委婉地告诉我：环球旅行也许不是一个最明智的人生抉择。他们使用了诸如"养老金"、"孩子的教育基金"这些我从来没从他们的嘴里听到过的词（最后一个词是我特别找出来的，因为这项花销已经成为现实）。相信更多的反对意见会铺天盖地而来。

但是，把志愿到第三世界国家救助孤儿作为环球旅行的开端，在某种程度上将给予那些可能到来的批评以有力的回击。一旦完成这件事，有谁还敢对我一年的享乐有所微词？要是还有人对我的旅行计划提出非议，我就用早已准备好了的一句话强有力地进行反驳："坦白说妈妈，我没想到你那么不喜欢孤儿。"而且在说"孤儿"这个词的时候，我一定会放大声音，让旁边的人都听得到，让他们知道我是一个多么高尚无私的人。

我的目光移向脏兮兮的出租车窗外，透过蜂拥的摩托车群和人满为患的公共汽车的缝隙，我看到一个小公园已经改作军用车基地。一些小孩子钻过铁丝网在里面踢足球。那些士兵就站在一边旁观，手不离枪。我最后看了一眼那只孤独的考拉，叹了口气，把招募宣传手册放在了一边。再过两个半月我就会远离这个地方，如果可能的话，会待在一个没有战争的海边。

车子沿着一条拥挤不堪，凸凹不平，被叫做加德满都林路的石板路开了半小时左右，然后钻进了迷宫般的小胡同。我发觉窗外的环境发生了变化。刚刚还是乱糟糟一片贫困和污浊，到了这里竟是相对

而言的一派和平景象。这边除了偶尔出现的出租车，其他来往车辆很
少。路边的商店也改变了经营范围，不再卖像工具、塑料桶和大米之
类的日用品，而是卖起了价格更贵的旅游商品，比如地毯、转经轮和
曼荼罗（一种绘制得非常漂亮的菩萨画像，起源于印度，喇嘛们用来
保持心灵清净）。出租车缓缓驶过，倚在窗前的小商贩们便向我兜售
牙雕、木笛，还有摆在圆盘里眼看就要滚落的苹果。劣质的喇叭里震
耳欲聋地传出鲍勃·马利①的声音。

　　最大的不同在于，这个街区的行人以白人为主。他们大体可以分成两
类：一类是着装松松垮垮、留着连珠状卷发的嬉皮士；另一类是皮肤晒得黝
黑的登山者，他们身穿"乐斯菲斯"徒步休闲裤，足蹬重得可以踢碎煤渣块
的高筒靴。这里看不到荷枪实弹的士兵，我们已经到了著名的泰米尔区。

　　原来，这世界上有两个不同的加德满都：泰米尔的加德满都和泰
米尔以外的加德满都。在这个嘈杂混乱的尼泊尔首都里，泰米尔是一
个占地六条街的使馆区，是那些想喝啤酒吃比萨或者想吃肉的人去的
地方，不过那里所谓的牛肉几乎可以肯定不是牦牛肉就是水牛肉。背
包客和登山者们会首先选择在这里安营扎寨，其后才去参观当地的庙
宇，远足到山里进行徒步旅行或漂流。这里既安全又舒适，唯一存在
的危险就是你有可能抵挡不住街头小贩的攻势而做蠢事。泰米尔看上
去和迪斯尼乐园的艾波卡特中心②里的尼泊尔一模一样。到了这里，我
终于不那么紧张了。我在尼泊尔的最初几个钟头将在泰米尔区度过，

---

①　译者注：鲍勃·马利是牙买加的民族英雄。他正直的品格、对理想的执著和对牙买
　　加以及世界流行音乐的贡献，使他站到了最伟大的音乐家的行列里。

②　译者注：艾波卡特，美国佛罗里达州华特迪士尼世界度假区的第二座主题乐园，以
　　科技创新、未来和世界各国文化为主题。

我发誓要好好享受一下。

第二天，志愿者计划的入职培训在一个叫做"CERV尼泊尔"的公益组织办公室举行。和我坐在一起的还有另外十几个志愿者，大部分是美国人和加拿大人。主持人正缓慢而清晰地详细为我们讲解着尼泊尔的文化和历史。整个报告无聊至极。我努力听讲，却发现就算我全神贯注，甚至用指甲掐手心都没办法让自己从头到尾听完主持人的讲话。一小时以后，我只能只言片语地听到他说："记住，这就是尼泊尔，所以无论你做什么，都尽量不要……"然后眼神捕捉到窗外飘零的落叶，注意力又飞走了。

就这么断断续续地听着主持人的介绍，一个半小时过去了。突然间听到主持人提到"马桶"这个词，所有人的眼睛都为之一亮。

凡是有过在发展中国家旅游经历的人都会很快发现，原来并不是所有的抽水马桶都和美国的一样。我毫不避讳自己存在着文化偏见，但对我来说，美国的抽水马桶的确可谓是马桶中的"宾利"，其生产技术和舒适程度都遥遥领先于相对原始的南亚国家的马桶。不幸的是，这种马桶每次都是在极端不合适的情况下出现在你的面前。有时候是在吃了某种不够卫生的食物，你全速冲进洗手间的门以后才发现里面是一种你根本不认识的陌生装置。什么叫"恐慌"？那就是"恐慌"！

所以当迪派克说到"你们大概已经注意到，这里的马桶和你们用的不大一样"的时候，我的耳朵抽搐了一下。迪派克深深吸了一口气，继续说："哈利现在会给大家演示一下如何使用这种蹲厕。"

我怀疑自己是不是听错了。

这时候哈利走到突然间被惊呆的志愿者们中间。多伦多来的女孩儿詹就坐在几英尺①远的地方，惊慌失措地小声问："他真的要在屋子里解手吗？"她的话道出了在场所有人的心声。

哈利的手伸向自己的腰带。我听到有人惊呼："天哪，不要！"可是我已经没办法不让自己看到这噩梦般的一幕了。

等等——哈利只是在模仿解腰带的动作。紧接着他模仿了一系列动作：脱裤子，下蹲，吹口哨若干秒，拿一个不存在的水桶装作清洗那个部位。然后他站起身，稍稍抬手示意"瞧，就是这样了"，便飞快离开人群，经过迪派克身边出了门，脸涨得通红。

显然，迪派克是哈利的上级。

我真想叫声好。这是我们学到的第一件有实际意义的事情。之后的几个月里，遇到内急，我经常会想起哈利。每每看到无助的游客走进洗手间，再看到他们眉头紧锁着走出来时，我都会在心里默默感谢哈利。

这种室内培训只有一天，第二天我们被塞进老式的四驱车后座，送往加德满都南部的比斯塔敕海普村，在那里继续完成历时一周的入职培训。每名志愿者将分别和当地家庭住在一起，学习适应尼泊尔的乡村生活。

比斯塔敕海普村是位于群山环绕下山谷底部的一个小山村。所谓的山，都比村子的位置还要高上两千英尺。这要是在美国，我就该称之为山脉了，可是在这里，在喜马拉雅山的映衬下，它们看上去不过是稍高一点的小山而已。这些"小山"构成了加德满都山谷南部的屏障。山谷底部布满了水稻田和芥菜地，黄灿灿的。比斯塔敕海普村大

---

① 译者注：1英尺等于0.3048米。

约有二十五户人家，大部分房屋是泥草屋，但也有几栋混凝土建筑。就像是连接圣诞节彩灯的电线一样，一条泥泞的小路把所有的房屋连成一片。房屋都建在山谷的北坡上，随便哪栋都能清楚地看到对面山坡上的稻田。我被分配住进一栋混凝土盖的黄色房子，和旁边的泥草屋比起来显得漂亮夺目。走进去才知道，原来里面的结构很简单。我有自己单独的卧室，陈设简单，只有铺在草垫子上的一张单人床和地上的一块手工地毯。很显然，这家里有人把自己的房间让给了我。

放下背包我便赶紧走过去向房东妈妈正式介绍自己。"Meronaam-Conorho。"这是我刚刚学会的三句尼泊尔话中的一句。能现学现用，我心里颇是得意。那位房东妈妈正干活干到一半，突然间听到我用她的语言向她问好，被惊得措手不及。她放下手中的水桶，兴奋地把双手举过头顶，叽里呱啦，滔滔不绝地说了起来。至于她说什么，我可是一句也听不懂。于是我后退一步，也举起双手，随着她不停地"哇，哇，哇"，我敢打赌，这个词在尼泊尔语里肯定表示"继续！你的话我全听懂了，而且我很喜欢和你交谈"这样的意思。因为如果不是的话，她怎么会一刻不停地说上几分钟，越说越兴奋？直到最后她的女儿，一个六七岁大的小女孩走过来，牵着我的手把我拉开。

后来得知，小女孩的名字叫苏丝米塔。那天，她领着我走到前廊，扑通一声坐到草垫子上，然后示意我也坐下来。她手指着草垫说了一个尼泊尔单词，等着我重复。我按她的意思做了。她又指着房子、门、花园，以及任何一个她能够想到的词汇让我跟着她说。我每重复一个单词，她都会纠正直到我的发音标准为止。她很开心。我们俩一个想教，一个乐学。一会儿她不知从哪拿了一个作业本回来，在上面用梵文一遍遍反复画着同一个字母，好像我们学写大写字母"B"那样，然后一个一个指着让我辨认。就这么教着学着，直到她被她妈妈叫回去帮忙准备晚饭。

剩下我一个人，周围看不到一个同来的志愿者，我无所事事地向村子里走去。每遇到一个村民我都大声地用"那马斯特"向他问好，基本上他们也都用同样的方式回礼，不过看上去他们的表情怪怪的，很勉强的样子。

后来的事实证明，问题还是出在我身上。这倒也不足为奇，因为我一直以为"那马斯特"是类似于"嘿，你好"或者"还好吗，伙计"一类的话，后来才知道，那是一句非常正式的问候语。喜欢瑜伽的人肯定熟悉这个词，也许还知道它的意思。翻译过来的话，差不多相当于："我心中之神向你心中之神致敬！"够晦涩吧？可我当时就这么冲着每个人一路喊过去，就像和好朋友之间打招呼："嘿，哥们儿"，或者"你这家伙"，而且一边说还一边拼命地朝着对方友好地挥手致意。我遇到小孩子如此；同几分钟前刚刚认识的人如此；看到一条流浪狗，我也俯下身去抓抓它的耳后，同时也问候它心中之神；我向怀抱婴儿的母亲心中之神致敬，也向她怀里的婴儿心中之神致敬。

小路的尽头，房东妈妈出现在房子外面，她正在找我。离得老远，她就认出了我，挥手示意我回家。晚餐早已准备好了。我跟随房东妈妈走进一个房间，看样子应该是厨房。房间里是泥地，屋角处架着一堆明火。苏丝米塔坐在她爸爸身边，她的另一侧坐着两个九岁左右的小男孩。大家都以印度的方式席地而坐。两个男孩开心地拍打着身边的地面，我的加入让他们很兴奋。这时候，房东妈妈已经蹲到了大锅旁，把貌似好几磅的米饭舀到一个金属盘子里，放到我的面前。我想这应该是全家人的晚饭，正准备给自己盛些出来然后把盘子传给下一个人，却看到她又盛了小山一样更多的米饭放在房东爸爸的面前。

　　每个孩子的面前也逐一放好了同样大小盛满米饭的盘子，她又拿着长柄勺从另外一个大锅里舀扁豆汤浇在我们的米饭上。这就是"daalbhat"了，即"手抓饭"。大约百分之九十的尼泊尔人每天都吃"手抓饭"，而且是每天两顿。房东妈妈又给我的盘子里加了点咖喱蔬菜，嘴里还忙着"嘘"走了一只正在旁边闲逛的小鸡。

　　待每个人的晚餐都盛好了，她把手放在嘴边示意我可以吃了。我点头向她表示谢意，然后四下里想找吃饭的用具。没有。这时候我看见其他人把手伸进了热腾腾黏糊糊的米饭，揉搓着团在一起，抓起来放进嘴里，大口大口地吃了起来。

　　我愕然地张大了嘴巴，盯着他们足足有半分钟之久。他们一个个也停了下来，反过来盯着我看，奇怪这个人怎么不吃饭。我回过神，刚和房东一家待了十分钟，竟然就差一点无法逆转地冒犯了人家！想到这里，我赶紧挤出一脸笑容，用手抓起一大团米饭和扁豆，再加点腌菜，小心翼翼地放进嘴里。

　　辣！辣得我泪水涟涟，鼻子里像燃起了兴登堡[①]大火一样，脑子里一片空白。孩子们都忍不住咯咯笑了起来，甚至连正在地上啄米的小鸡也停下来等着看我怎么收场。

　　接下来的故事就是：我大张着嘴吸气，吸进的空气却让"大火"烧到了我的喉咙里；我抓起身边一个装满水的锡质杯子就喝，对全家人的惊呼置若罔闻，等我意识到错误的时候已经太迟了：这次轮到手

[①]　译者注：兴登堡（Hindenburg）是德国制造的齐柏林式飞艇。以德国总理Paul von Hindenburg（1847—1934）的名字命名。1937年5月6日，在其投入使用的第二年，在美国新泽西州曼彻斯特镇Lakehurst海军机场降落时发生意外，燃烧坠毁，36人在这次事故中丧生。这一事故被称为兴登堡灾难（Hindenburg Disaster）。

上火烧火燎地疼了，因为杯子里装的是依然滚烫的开水。

　　我张大了嘴"哇哇"惨叫，赶紧举起双手给自己扇风降温，却忘记了这双手刚刚还是我吃饭的餐具，结果甩了自己满头满脸的米饭和扁豆。等我睁开眼睛再看时，发现全家人似乎都在踌躇着要不要帮我，帮的话，怎么帮才好。

　　经过这么一折腾，我和房东一家的关系马上亲近起来。大一点的那个男孩子名字叫格瓦丹，他有一本尼泊尔语—英语常用语手册。借助这本手册，我们有了一番简单的对话。当说到"尼泊尔很漂亮"时，显然"漂亮"这个词我说对了，于是后面的问题就变成了：他们的房子漂亮吗？这里的山漂亮吗？小鸡漂亮吗？他们妈妈的头发漂亮吗？……直到每个人面前小山一样的米饭被消灭殆尽。

　　一边回答问题，我一边尽可能快地吃完这顿饭，胃里胀得像吞了个沙袋，可是低头看看，我面前的米饭不过才少了三分之一而已。我指着剩下的米饭对房东妈妈说：米饭真的很漂亮。再指着我的肚脐说：我的肚子可就不漂亮了。她哈哈大笑，挥挥手示意可以放我走了。我双手合十道过晚安，回到自己的房间。

　　晚些时候我出来刷牙。因为没有流水可用，只能用桶里的水，而且要尽量小心不把水吞到肚子里。夜幕繁星下，我慢慢地刷着牙，周围一片寂静。邻居家里大都烛光摇曳，只有几户富裕人家点着电灯。可以依稀辨认出，距离我两栋房子远处住着另外一名志愿者，他也在用水桶的水刷牙，和我一样也在遥望星空，也许我们连想法都是一样的：我真的是在尼泊尔吗？真的是站在远离家乡，位于地球另一端的尼泊尔土地上吗？人生中有很多这样的时刻，你想尽力把它握在手心，仔细品味，就像欣赏五彩斑斓的水晶球。到达尼泊尔刚刚一天的光景，我的世界就发生了翻天覆地的变化。

和尼泊尔家庭的近距离接触确实有助于我们稍稍适应这种陌生的文化。这段时间里对我来说最有意义的活动就是跟着苏丝米塔学习尼泊尔语。通常她会放慢语速示范，借助于图片讲解，然后由我来重复。离开比斯塔救海普村的前夜，我在家里其他几个人面前卖弄自己学到的尼泊尔语中的动物单词。只见他们额头紧锁，相互讨论着，猜测我说的到底是什么！

终于，我按捺不住，把格瓦丹拖到外面，指着厕所旁的山羊重复我的发音"法拉"。格瓦丹连连摇头："哈伊娜，哈伊娜。"我明白，他在说"不"。他指着山羊教我说："卡斯。"

卡斯？这可是和我念的"法拉"差了十万八千里。难道我认错动物了？

"谁……教？"格瓦丹用英语对我说。这是他第一次开口说英文。

我告诉他，是苏丝米塔——他的小妹妹教我的。格瓦丹瞪大了眼睛，继而笑得直不起腰来，大笑着跑去告诉他的家人。后来我才得知，我可爱的小老师苏丝米塔是个失聪的孩子。

❋

因为模拟使用蹲厕而名声大噪的哈利开着吉普车来比斯塔救海普村接我离开。他把我的背包扔到车后座上，然后指着山谷对面对我说："那里就是苟达哇力（他的发音是'苟斗力'），你将作为志愿者工作的地方。我们会经常见面的，因为我也在那里工作。我是你要去的那家孤儿院的兼职房管员。"

一次登山远足时我看到过那栋房子，不过对其知之甚少。这家叫做"小王子儿童之家"的孤儿院是根据法国作家圣·埃克苏佩里的短篇故事《小王子》命名的，其创始人是一位二十多岁的法国女士。

我点点头，含含糊糊地对他说，即将开始新工作我是如何如何兴奋。不过，说这话的时候，我的心思其实早就飞到别处去了。距离我正式到孤儿院上班还有两周时间，在此之前，我将实现自己的夙愿，徒步前往珠穆朗玛峰的登山者大本营。乔恩·克拉考尔的那本书曾经让我深受震撼。他在书中描述了在1996年的一场暴风雪中攀登珠穆朗玛峰的悲惨故事。那一天，有八名登山者同时遇难。世界上最高山脉的顶峰有将近三万英尺之高，相当于波音747的巡航高度。我虽然永远也无法登上珠峰，但依然迫切地想看它一眼。后来我得知珠峰在尼泊尔（之前我一直分不清尼泊尔和中国西藏），觉得到尼泊尔做志愿者这个选择简直是太完美了。这样的话，我就可以把志愿者经历和珠峰大本营之行一并完成。我身体健康，应该能够抵抗住高原反应。想到这儿，我又开始迫不及待了。

❖

到珠峰大本营一路上的风景太壮观了，具备绝佳的拍摄条件，只要不是累得气喘吁吁倒在路边，或者因为高原反应趴下干呕，我都会抓紧时间拍照。那里的山高得不可思议，而更不可思议的是，众多的小村庄仿佛生了根似的牢牢站在山坡上。我们就这样一步步穿越这些笃信佛教的村庄，一步步靠近了天际。夏尔巴人几百年前从山那边的西藏来到这里，成为当地的原住居民，一直信仰佛教。在每个村子里你都会看到用梵文写就的佛经被镌刻在巨石上，经过像文身一样的加工，文字颜色被做成黑色。按规矩，徒步旅行的人们应该从这些嘛呢堆的左侧，沿顺时针方向走过，借此表达对当地人宗教信仰的尊重。

抬眼望去，视野中满是喜马拉雅的美丽壮观，让人无法集中精力于脚下的山路。即便如此，想在此时此处求得生存，小心谨慎却是必需的，因为经常会有身材高大、毛发粗密的牦牛负载着几百磅重的登山设备沿着山路飞奔而下，仿佛路上的人都不存在一样，毫无顾忌。初次看到还觉得新鲜，见多了便只觉得危险和厌恶了。

一路上的危险远远不仅于此。在卢卡拉村，即徒步到珠峰大本营的起点及终点，已经有几十名士兵控制了哨站。珠穆朗玛峰国家公园（在尼泊尔被称做萨迦玛塔国家公园）虽然目前仍是在尼泊尔政府军控制下的少数地区之一，但由于反政府军已经掌控了周围，该地区也时常受到骚扰。我在那里等飞机回加德满都的时候，忽然警笛大作，然后就是手持武器的士兵从茶馆的门口跑过去。没有看到打斗的场面，所以我以为是遭遇了一次军事演习。即便如此，回到加德满都后，我还是决定，对这个国家的探险到此为止。加德满都谷是不会遭受反政府军袭击的，所以逗留在尼泊尔的三个月里，我绝不再离开这里一步！

蓝色铁门里的世界

我在泰米尔休整了一天，仅此而已。第二天便前往"CERV"办公室报到。

"准备好我们就出发吧。怎么样，兴奋吗？"哈利问我。

"太兴奋了！"我大声喊道。这是我当时能作出的唯一回答。如果不这样的话，他一定会看出对到孤儿院做志愿者这件事我已经有了别的想法。

我们开车前往位于加德满都南部的苟达哇力村。那里距离加德满都只有六英里的路程，看上去却是冰火两重天。加德满都的林路里，狭小的空间内挤满了人群、建筑物、公共汽车和士兵，完全是熙攘喧闹的城市景象。出了林路，眼前马上一片开阔，突然间周围铺满了田地，所有的道路都不见了，只留下一条路向南通往苟达哇力，延伸到环抱加德满都山谷的群山脚下。到了那里，空气更加清新，人们的步伐放慢，开始出现泥坯建的房屋。

这条路走到尽头，我们又拐到一条小土路上开了一小段距离。哈利在一面砖墙前停下车，穿过一扇蓝色的铁门进到院子里。他从后

❋❋ 我亲爱的小王子们 ❋❋

备厢里拿出背包帮我背上，还替我扣上腰扣，然后热烈地和我握手告别，并祝我好运后，上了吉普车，倒车回到我们来时的那条路上。

我目送哈利开车远去，返身走进蓝色铁门，走向小王子儿童之家。

在此之前我从未意识到自己是如何不情愿走进那扇门。我想要的不过是在人们面前可以吹嘘一下自己有过到孤儿院做志愿者的经历，而现在，当我确确实实站在这里时，我才发觉，到这个国家来做志愿者的想法简直是太荒唐了。但这一点我家里的朋友们早已想到了，他们中很多人都曾委婉地劝过我，照顾孤儿可能会和我想象中的情形不一样。显然，他们是对的。我站在那里，搜肠刮肚地想，除了会捡起掉在地上的东西，自己是否具备哪怕一项技能可以用来照顾孩子？我甚至想不起曾经有和孩子一起共度的时光，更别提照顾孩子了。

我深吸一口气，推开了大门，不知道一旦踏进这扇门，接下来我该怎么办。

事实证明，在孤儿院里不知所措就如同在西班牙面对着飞奔而来的公牛不知所措是一样的效果。你很快就会想明白为什么了。我小心地关上门，转过身，第一次面对一大群吃惊的尼泊尔孩子。我盯着他们，他们也正盯着我看。对视片刻后，我开口介绍自己。

还没说出一个字，我便受到了袭击——一群孩子大笑着冲上来，跳到我的身上，瞬间我被人群淹没了。那阵势简直就像一年一度潘普洛纳①的牛奔。

---

① 译者注：潘普洛纳，西班牙东北部城市。为纪念鞋匠、酿酒师和面点师的守护神、圣徒"圣·费尔明"，每年的7月6日至14日，这里都会举行"奔牛节"。届时，从笼中被放出的奔牛，会对大街上的人们展开疯狂的追逐。

一　小王子儿童之家

按照尼泊尔当地的标准，小王子儿童之家算是比较好的一处建筑：混凝土浇筑，有好几个房间，配有室内卫生间（太棒了），有流水（尽管不是饮用水）和电。房子四周垒起了六英尺高的砖墙，除了房子还包括一个五十五英尺长、三十英尺宽的小花园。小花园的一半地方用来种蔬菜，还有一半地方，至少在旱季可以用来让孩子们玩儿弹子游戏，或者其他几种后来被我称作"橡皮筋—球—沙袋"和"我踢你"的游戏。

在我走进大门的一刹那，所有的游戏都停止了。不消片刻，除了肩上的背包，又多出来几个小家伙挂在我的身上。我拖着缓慢而沉重的步子走向房门口，心里想，这下子别想给人家留下什么得体优雅的第一印象了。一个特别小，大约四岁的小男孩就挂在我的脖子上，我们俩的脸相距不到三英寸。他不停地大喊："那马斯特，兄长！"边喊边闭上眼睛，好让自己的声音更大些。远处，我看到两个志愿者站在门廊下，开心地笑着，看着我艰难地向他们走过去。

"你好！"年龄大些的冲我喊道。这是一位不到三十岁的法国女士。我知道她是桑德拉，小王子儿童之家的创办人。"欢迎你的到来！这个挂在你面前的男孩名字叫拉贾。"

"他管我叫'兄长'？"

"尼泊尔的习惯是称男人'兄长'，女人'姐姐'。他们在入职培训时没讲过吗？"

我也不知道他们讲过没有。"我应该进门之前先把背包放下来。"我气喘吁吁地喊，"真不知道这个样子我还能不能走到你那里。"

"的确，这些孩子都长大了。"桑德拉若有所思地说。这可不如说一句"孩子们，快从那个好人身上下来"管用。一个悬在我手腕上的孩子仰起头冲我喊道："兄长，能不能抬起你的胳膊荡一下？"

终于，我支撑不住，瘫倒在水泥门廊上，连同爬在我身上的孩子们一起滚成一团，我被压在下面，只能透过横七竖八的胳膊和大腿的缝隙看到一线阳光，感觉就像是井下作业的矿工遭遇了矿难。

"他们总是这么兴奋吗？"七扭八扭地挣脱出来后，我问桑德拉。

"没错，他们一贯如此。"她回答说，"请进吧。我们正准备吃饭。"

我上楼去把自己的物品放在志愿者专用的房间里。有几个孩子也尾随过来。加上我，这里一共有五个志愿者。珍妮是从美国来的女大学生，比我早到一个月。克利斯是德国人，一周以后到。法理德是一位法国小伙子，二十一岁，身材瘦削，和我差不多高，梳着一头非洲式长发辫。他很少和其他人交谈，我以为他很腼腆，但很快发现，他只是对自己的英文不够自信而已。

我是最后一个来就餐的。餐厅是一间铺了石板地面的房间，有两扇窗，里面除了几张供志愿者使用的小凳子外没有其他家具。孩子们按印度人的方式背靠着墙席地而坐，依年龄从小到大，自右向左排坐满了房间里的其他三面墙。趁他们安安静静等晚饭的时候，我第一次仔细地打量一下这群孩子。

我数了数，一共有十八个孩子，十六个男孩，两个女孩。看样子他们已经把所有的衣物，甚至毛线帽，都穿戴在身上了。由于室内没有任何取暖设备，温度低得看得到哈气。我后悔自己没戴着帽子来吃晚饭。孩子们的外套大都来自法国人的捐赠，所以上面带着法语商标。我仔细端详着他们。因为只有两个女孩子，所以比较好辨认，但男孩子就不大容易分清了。其中有几个比较突出：一个六岁的男孩掉了门牙；一个似乎是藏族孩子；一个大点儿的笑容很灿烂；还有两个年龄最小的，身形也最为瘦小。其他的孩子，对我这种没有经验的人来说，只能靠衣服的不同来辨别了。

手抓饭端上来之前，桑德拉让孩子们从最小的拉贾开始，一个个站起来作自我介绍。比起刚才爬在我身上的时候，拉贾这会儿可腼腆多了。周围的人都小声地撺掇他站起来，坐在旁边的纽拉吉也拿胳膊肘直捅他。最后他终于腾地一下站起来，按尼泊尔的方式双手合十，说了句："那马斯特，我叫拉贾。"又扑通一声坐回原位，仰起脸冲着周围自豪地咧开嘴笑了。其余的孩子如法炮制，最后一个轮到我。

我也站起来学着他们的样子介绍自己，然后坐下来。人群中爆发出唧唧喳喳的讨论声。

"我估计他们没听懂你的名字。"桑德拉小声说。

"哦，对不起。我的名字叫康——纳。"我放慢语速又说了一遍。于是我听见自己的名字被演绎成不同的版本，在房间里被孩子们喊过来又喊过去，互相纠正着对方。

"昆达？"

"不对！是克朗多！对吧，兄长？你的名字是叫克朗多吧？是不是？"

"不，是康纳。"我提高了音量再一次澄清。

"克朗多！"他们异口同声。

"康纳！"这次我是喊出来的。

"克朗多！"

一个年龄稍大的男孩子大声解释："没错，兄长，你说的就是克朗多。"

相信我，我说的的确不是"克朗多"。所有的孩子都紧紧地盯着我的嘴唇，试着正确模仿我的发音。

"不对，孩子们。来，大家听我说，是康——纳！"我已经近乎咆哮了，期望他们至少不要把我的名字念成克朗多，那让我感觉自己像个铁匠。

他们很吃惊地静了静，然后突然发飙："康纳！"他们也咆哮着，同时模仿我的样子，滑稽地耸了耸肩（抱歉，是我无意识中的动作）。

"完全正确！"我对自己的成就相当满意。

桑德拉环顾四周，赞赏地点点头。"相信你们能够相处愉快。"她说，"好了孩子们，你们可以吃饭了。"听了这话，孩子们马上转而向眼前的手抓饭展开了攻势，那样子好像几天没吃饭似的。那天的晚餐余下的时间里，只见他们嘴里塞满了米饭和扁豆，互相对视着，咕哝着"康纳"，还一边像职业摔跤手似的抖着肩。

这群孩子吃饭简直就是风卷残云。要赶上他们的速度是根本不可能的事。我刚刚吃了一半，他们就已经开始舔盘底了。看来我以后吃饭的时候得专注些了，不能说话，不能思考，除了吃饭什么都不要做。因为盘子里的食物虽然米饭居多，但总量实在是太大了。最糟糕的是，你碰过的食物对其他人来说是不干净的，所以你也没办法分给别人帮你吃掉。把食物丢掉？想都不要想！何况这里还有十八双眼睛盯着你，等着看你把盘子里的饭吃掉呢！我强撑着以最快的速度咽下了最后一粒米，内疚地回忆起自己以前曾经把剩了一半的饭菜倒进垃圾桶的一幕幕。

等我吃完饭，桑德拉用英语宣布了几件事。和志愿者相处了一段时间后，这些孩子基本上能听懂英语，小一点听不懂的，也有大点的孩子在旁边给他们翻译。

那天晚上的一条重要消息就是介绍门口刚刚放置的三个大垃圾

箱。一个上面标着"塑料及玻璃垃圾"，一个是"废纸"，第三个是"其他垃圾"。桑德拉简单明了地解释了它们的用途，等着她的，是十八双依旧茫然的眼睛。在尼泊尔，和在其他第三世界国家一样，垃圾处理一直是个大问题。随地乱扔垃圾是正常行为，环境保护尚未得到政府的关注。在那里，维持人民的温饱和健康比环保更加重要。法理德试着向他们解释保护地球母亲的理念，但孩子们对为什么要垃圾分类还是很费解。

"不如我们给他们做个演示吧！"我建议。

桑德拉笑了。"好主意！你来吧，康纳。"

这是我人生中的一个重要时刻。在此之前，我从未用这种方式和孩子交流过。我没有侄子侄女，没有已经生了宝宝的好朋友，也没有年龄如此小的姑表亲。我强迫自己坚强起来，面对这次互动活动。至少我可以确定：一、我擅长和人交流；二、孩子也是人，只不过是小人儿，可怕的小人儿。我安慰自己，万一演示过程中出了什么问题，我可以比他们跑得更快！

"好吧，孩子们！现在由我给大家演示一下。"我摩拳擦掌地说，暗示他们下面的活动会很有意思，同时也是让自己做好心理准备。

我捡起凳子旁边的一张纸把它揉皱，走到一个叫瑞蒂克的五岁小男孩身边，把纸团递给他，夸张地大声对他说："现在，瑞蒂克，我请你拿着这个纸团，把它扔到正确的垃圾箱里。"

瑞蒂克伸出小手接过纸团，半天没动，眼睛盯着一字排开的三个贴着不同标签的绿色垃圾箱。突然，他哭了起来。这可大大超出了我的预料。不过我知道小孩子有时候是会哭的，因为我在电视上看到过孩子哭。我认为这个时候不需要停止演示。

"来呀，小家伙！"我继续催促他，"一点都不难。就是把垃圾扔到正确的垃圾箱里去。"我朝着标有"废纸"的那个垃圾箱点点头。

还是没有反应。最后我不得不把纸团又从他手里拿回来，表示理解地拍拍他的肩，然后走过去把纸团扔到废纸箱里。

"兄长！"坐在我对面的年龄大点的安尼施大叫，"等等，兄长，别扔！那是他为你画的！那张画！"

我展开那张纸。真的，是一幅简单而生动的画：高高的、尖顶的山，还有一个人正在和奶牛握手。从他使用白色蜡笔代表肤色来看，那个人应该就是我。这幅画的最下方用红色蜡笔写着大大的"瑞蒂克"！哎呀，真是糟糕！

"瑞蒂克！嗯，画得真棒！这可不是垃圾，瑞蒂克！绝不是垃圾！"我赶紧说。瑞蒂克的哭声更大了。

桑德拉靠过来小声说："没关系的，康纳。"然后她拉起瑞蒂克的手说："瑞蒂克，不要哭。康纳兄长还正在学习中呢。很多事情他还不是很明白，你得教他啊。"这么说招来了孩子们的一阵哄笑，瑞蒂克也忍不住"咯咯"笑了起来。

"对不起，瑞蒂克。"我对站在桑德拉身边的瑞蒂克说，"是我不好。你的画真的很漂亮。我一定要好好保留。"我把画放在胸前抚平。瑞蒂克不信任地看着我。

"好啦，孩子们。该睡觉去了！"桑德拉拍着手说。

孩子们纷纷跳起来把盘子拿到厨房里洗干净，然后上床睡觉去了。安尼施，那个提醒我犯了让人伤心的错误的八岁男孩，继续留在厨房里把锅拿到室外的水龙头下洗干净。等他做完清洁，其他的孩子早都上楼回房间了。他向我张开胳膊让我抱。"你来了，我们都很开心，康纳兄长。"他说。

"我也很开心。"这么说绝对夸大了事实真相。但至少度过了第一天，我真的是松了一口气。我抱起安尼施上楼。

那天晚上，我穿着三层衣服，戴着帽子，蜷缩在睡袋里美美地睡了一觉。已经很久没睡得这么香了，甚至从珠峰远足回来我也没觉得这么累。我和这些孩子才相处了不过两小时而已啊！

❖

第二天醒来，周围一片混乱。所有的孩子都飞速地在房子里跑来跑去，几近疯狂。我往睡袋里钻了钻，脑子里琢磨着，到底是什么生理原因导致全世界所有的孩子都一个样，每天只要睁开眼就拼了命地跑来跑去，而且乐此不疲？让他们一闹，我再也睡不着了。我从睡袋里探出头，躲在薄薄的窗帘后向外窥视。太阳还没升到孤儿院后面的小山上呢。村里唯一的热量来源就是太阳光，所以我决定等待。早上七点三十八分整，阳光透过窗子照进来。我起床，慢慢踱到楼下。

法理德正在外面太阳底下喝奶茶，呼气在清晨的严寒中化成水汽。我刚在他身边坐定，就看到一个女人头顶硕大的罐子走进孤儿院的大门。罐子里装满了貌似牛奶的东西，重得把女人的身体似乎都压变了形。

"那马斯特，迪迪！"法理德举起手中的茶向她打招呼，然后转身向我解释说，"她是我们的邻居，每天把自家奶牛产的牛奶送过来，让孩子们加在茶里喝。"我花了好一会儿才习惯他浓重的法国口音。

"你叫她什么？狄狄？"

"迪迪。意思是——你说法语吗？"

"一点点。说得不好。"我很抱歉。

"没关系。我知道我的英语不好，得好好提高才行。"他说，"我说的是迪迪吧？就是这个音——迪迪。意思是'大姐'。这就像我们法语里称呼'夫人'或者'小姐'一样，是对女性的一种尊称。孩子们叫你'兄长'，对吧？"

"没错，是这样。"

"在尼泊尔语里，他们管上了年纪的男子叫'大'（音'dai'），意思是'大哥'，就像'迪迪'一样，是种尊称。我们教他们用英语说'兄长'，他们就开始用这个词称呼对方了。"他喝了一口茶，"你知道吗，这个办法很奏效。互称'兄长'就意味着你不需要记住每个人的名字了。"

是"奏效"，而且是立竿见影。一个孩子从屋里跑出来，扑通一声坐到我的腿上。

"你记得我的名字吗，兄长？"他咧着嘴笑着问。

"他当然记得，尼施尔。"法理德接过他的话，"赶紧去准备吧。清洗完后我们就要去寺庙了。"

我立刻对法理德产生了好感。

后来了解到，去寺庙是星期六的传统活动。尼泊尔的周末只有一天，所以孩子们在这一天里会尽情享受。每个星期六的早晨第一件事是集体做清洁。大一点的孩子把地毯拖到屋子外面，小不点们用麻绳扎起来的细树枝扫帚扫地，第三组孩子负责拖地。即便拖不干净，至少也能保持水泥地面的湿润。桑德拉对我说，其实做家务这种行为本身更有意义。如果这些孩子和家人在一起，他们也要每天做几小时的家务，或者在田里帮忙。

经过扫除，房间看上去略微整洁了点。于是我们出发，步行十五分钟到附近的印度寺庙，沿途刚好穿过皇家植物园和被称做苟达哇力村的那几间土屋。

　　寺庙建在一个比篮球场大不了多少的庭院里，四周有围墙。一个大约三英尺深的浅水池就占了近一半的空间，水源源不断地从嵌在石墙里的五个出水管里流出来，蓄满水池。我们到时，有几个村民已经在那里，正靠在出水管下面洗浴（身着内衣裤使用公共水龙头洗浴是这里最常见的洗浴方式。在比斯塔敕海普的时候，我就曾经只穿一条内裤，在一个全村都看得见的地方使用村里唯一的公共水龙头冲澡，当时还有几个当地的妇女端着待洗的衣物耐心地等在一旁，交头接耳地窃笑着，对我浅白的皮肤颜色指指点点）。洗完后擦干身体，这些人会穿过庭院后面的一扇小门，院子那边是供奉着印度神龛的石室。回来时，额头上都点着朱红的提卡——染了朱红色的黏米。在庭院里敲过钟后，他们才离开寺庙。

　　显然，孩子们很喜欢这个地方。除了两个女孩子，央阿尼和普瑞娅在一旁作壁上观，所有的男孩子都脱得只剩小短裤，噼里啪啦地跳进水里，互相推着水花，想使劲把别人摁到水下。一会儿，他们又一个个跳出水池，跑到法理德身边。法理德给每个大孩子手里挤一团液体肥皂，小点儿的孩子则耐心地等着让他帮忙把肥皂涂满全身。完成这一步，孩子们又纷纷朝我跑过来。我负责发洗发液。拉贾第一个跑到我身边。我挤了大约二十五美分硬币那么大的一团洗发液到他的手掌心里。看着这么多洗发液，他吃惊地睁大了双眼。我意识到自己的错误，想拿回一点。可是还不等我动作，拉贾已经迅速跳进水池，冲着他的小伙伴纽拉吉大声欢呼。

　　法理德注意到我的问题。"可能得稍微少给点，康纳。"他用大拇指和食指冲我比画着，"我第一次来的时候也出现了同样的问题。你慢慢就明白了。"

拉贾已经把洗发液搓出大大的一团泡沫顶在头上，就像戴了一顶非洲假发套。看到这些，其他的孩子一下子炸开了锅，争先恐后地爬出水池，伸着小手朝我要洗发液。

"我明白你的意思了。"我隔着人群冲法理德喊道。

法理德摇了摇头，惊叹于拉贾的杰作，大声回应我："这些孩子太聪明了。他们总是能变有限为无限。"

大约二十分钟后，孩子们开始离开水池。一个七岁左右的男孩子，就是我觉得五官长得像藏族人的那个，走到我身边。

"兄长，你把我的毛巾放在哪了？"他说着，用手抱着我的膝盖，扭着身子向庭院四处张望。

为了辨认这群孩子，我已经记住了其中几个人穿的衣服。因为每人只有两套衣服，所以他们每天的穿着完全一样。可是现在，眼前的这个孩子赤身裸体，浑身上下只穿了一条小内裤，皮肤黝黑，看上去和其他十七个孩子没有任何区别。

"呃……你确定是我拿着你的毛巾吗，兄长？"我慢吞吞地说，希望拖延一下时间，运气好的话，他可能会叫出自己的名字来。"兄长"这个词成了我今后的救命稻草。

那孩子像陀螺一样又转过来面对我，双手抱头。"兄长，你刚才还拿着呢！你说我游泳时替我拿着！"

我只好闭着眼睛瞎蒙了。"哦，没错！抱歉，尼施尔。我忘了，我把你的毛巾放在了……"

"尼施尔？啊，不！兄长，我不是尼施尔！"

"我没说你是啊，兄长！"

"你说的就是'尼施尔'！"

"不，不是。我说的是'毛巾'。你没听见我说的是'毛巾'吗？"他被我说糊涂了。

法理德适时出现。"过来，克里什。我们一起去找你的毛巾。"他扳着克里什的肩膀把他带走了，边走边回过身冲我轻轻摇了摇头表示理解，示意我不必过于担心。

我在水池边坐下来，恨不得隐身到石头缝里，心里念叨着千万别再有人过来找我。正在这时，有人拍我的肩膀。回头一看，是安尼施。之所以还记得安尼施是因为他的肤色相对其他孩子来说要略浅一些，个头比一般八岁的孩子要高，脸儿圆圆的，一笑起来眉眼弯弯的，很卡通的样子。

"兄长，你把我们的名字给忘了！"他肯定地说。

"不，我记得的！"我本能地为自己辩解。不过这话听上去太可笑了，简直就像小学生遇到麻烦时的反应一样。

安尼施面对水池挨着我坐下来。孩子们仍然在浅浅的水池里打水仗。他指着其中一个男孩子对我说：

"那是瑞蒂克，你一想到那个总是上高爬低的就是他了。"嗯，是了！瑞蒂克，就是昨天我把他送我的画揉成团的那个孩子，此时正往大门上爬呢。安尼施又指着另外一个孩子说："那边那个是尼施尔，永远是一副要哭的样子。拿毛巾的是拉贾，我们这里最小的孩子。高个子的那个叫桑托斯……"

这堂课上了足有十分钟。安尼施因为坐在石板上，头顶灼热的太阳，身上已经渐渐干了。我虽然坐在他旁边，却刚好是阴凉里，所以倒也不热。安尼施把包括两个女孩子在内的所有孩子的名字历数两遍后，随手指了几个来考我，我全部答错。唯独当他颇为恼怒地问我是不是还记得他的名字时，我自豪地说：

"当然！你是安尼施嘛！"

他笑了。"好吧，兄长。你合格了。"说罢，转身去取衣服。

很快，其余的孩子也都相继洗完了。下面是洗衣服的时间。孩子们把待洗的衣服塞进小塑料袋里。塑料袋是他们从村里捡来别人丢弃不用的，用破了，再用胶带粘粘接着用。回想起在美国，有时候甚至在当地的杂货店买一听苏打水都会用两个塑料袋包装！我为自己的浪费行为深感内疚。

水池里的水排出来后流经一个两英尺宽的水槽，在马路对面汇入小河。孩子们则穿过马路，把衣服拿到那里去洗。他们挤在一起，往裤子和衬衫上用力地抹肥皂。最小的拉贾和纽拉吉胳膊没力气，干不了这种重活，只好专心致志地对付自己的小袜子。他们把袜子铺在水泥地面上，拿一小块肥皂在上面蹭啊蹭。其实孤儿院里有一个女人（洗衣迪迪）专门负责给孩子们洗衣服，现在让他们自己洗衣服只是为了教他们学会对自己负责任。而且考虑到他们都是失去家庭的孩子，这样做可以让他们体会到正常的家庭生活。

回到孤儿院，孩子们把衣服挂起来晾晒，随即又恢复了先前的样子，大声喊叫着蹦来跳去，仿佛有使不完的劲儿。我可没他们那么有精力。但事情就是那么巧，目前在小王子孤儿院里最为盛行的游戏是一种叫做印度台球的桌游。孩子们称其为克朗棋。事实上，不光这里，全尼泊尔的小孩子都痴迷于此。球桌是方形的，每个桌角有一个球洞，球是圆形壶球。游戏者轻弹蓝色球，使其在桌面上滑行，以击中黑白色球，并以将其击落到球洞中为最终目的。这种游戏兼有台球和沙狐球的特点。

孩子们不仅喜欢玩儿，更喜欢向我挑战。九岁的桑托斯成为我的启蒙老师。他算是我们这里的大孩子了。

"你看，兄长，用手指弹，嗒，就像这样弹。看，我得分了，所以还是该我发球。我再弹……我又赢了，那还是我发球……再一次得分，所以再次轮到我——"

"我明白了，桑托斯。"我打断他。

"现在你来试试吧，兄长。"

我对着其中一个球轻轻一弹——球飞到了桌外。桑托斯眼看着它从身边飞过去，滑到沙发底下……又回头盯着球台。

"好的，兄长，你没得分，所以又轮到我了……我得分了，所以还是我。"

仅仅六分钟，我就败下阵来。我已经和他们赛过很多次了，但所有的孩子都急于向我挑战，倒也不是因为想赢我——他们个个都赢得了我，主要是比试着看谁能在最短时间内击败我。我拼尽全力才得了一分，这让我饱受打击。纽拉吉和我比赛的时候根本就是心不在焉，即便如此，这个四岁大的小毛孩都把我打得落花流水。

和拉贾对阵那次是我距离胜利最近的一次。我先是以手伤了为由连着拒绝了他三次（这是我最容易想到的借口了），最后，他同意每轮让我十五次，我才和他玩的。这十五次机会里，我得了两分。轮到拉贾，他以迅雷不及掩耳之势连连得分，直到所有的球都消失在球洞里。当时所有的孩子都在旁边围观，用我听不懂的尼泊尔语兴奋地交换意见，指指点点。安尼施朝我靠过来，嘶哑着嗓子大声对我耳语：

"兄长，他们在说他们从来没见拉贾赢过谁。"他耳语的声音比他平时的说话声还要大。

"谢谢，安尼施。谢谢帮忙翻译。"

"不客气，康纳兄长。"他继续吼着向我耳语。

这次的失利让我记忆犹新。所以当拉贾和纽拉吉要求和我玩"农场对儿牌"游戏时，我感觉终于有机会一雪前耻了。我心里窃喜，告诉拉贾放马过来。

"什么叫'放马过来'，兄长？"

"意思是我们可以开始玩了。"

"兄长，你还记得我玩克朗棋时赢了你好多好多次，对吧？太好玩儿了，是吧，兄长？"

"赶紧拿牌去吧，拉贾。"

农场对儿牌游戏，顾名思义，就像单人纸牌游戏，图片记忆游戏或者翻牌记忆游戏一样，要先把牌正面朝下洗好，然后配对。他们玩的纸牌背面的图片是农场里的动物，所以叫农场对儿牌。这副牌已经很旧了，显然之前的志愿者用它来教孩子们学习不同动物的英文名称。孩子们非常适合学习英文，同时，志愿者的职责之一就包括孩子们的继续教育。码牌的时候，我还不停地提醒自己要牢记自己的职责。我确实没有忘记自己的身份，不过在那一刻，我脑子里只有一个想法：在农场对儿牌游戏中将他们彻底打败！

第一局，我轻易得手。不过，让我有点小失望的是，每次看着我成功地翻开花色相同的两张牌，两个孩子都开心地拍手大笑，好像是他们让我赢的。当我最终赢了他们，这两个孩子竟然欢呼雀跃，纽拉吉甚至奔走相告，仿佛一个自豪的父亲。我要求重赛，以显示我的胜利并非侥幸。

"重赛是什么意思，兄长？"

"就是说我们再玩一次——如果你们不介意我赢的话。"

"耶！"他们大叫。

第二局，第三局，还有第四局的结果完全超出了我的预料。

拉贾和纽拉吉开了个简短的碰头会议总结第一局的失利，并决定协同作战，以二对一。我同意了。听他们边玩边交流，好像也没说什么过分的话。我甚至不大清楚他们到底有没有谈比赛的事。比如又一次我注意到，在经过激烈的讨论后，纽拉吉把整个拳头放进了嘴里，而拉贾表情阴郁，看样子好像默认了纽拉吉的某个观点。不过，我还是不能太信任他们。事实证明，我是对的。那副牌因为用得久了，已经不那么平整，他们把脸贴在地面上是可以看到下面的牌面的。他们手并没有触牌，所以我不能干涉，而我又不能像他们一样俯下身，大脑袋贴着地面去看底下的牌面。其实我也尝试过那么做，结果却成了他们的笑料。他们还用手指着告诉对方，另外一只驴子在哪里，或者那两只小鸭子在什么地方。轮到我的时候，他们就大声唱尼泊尔歌曲以分散我的注意力，或者爬到我的背上扯我的头发。这些行为就其本身而言并没有违犯游戏规则，却让我处于不利，以至于最后都无法翻盘。

"再来！再来！"第六局结束后，他们依旧唱着要求。

"不行了，不能玩了。忘了我的手受伤了吗？"我说。

"兄长，我没觉得你的手伤了啊。"纽拉吉戳戳我的手说。

"我们去找外面那些人玩吧。"我提议。

"耶！"

其他的男孩子们正在附近一块麦田边踢足球。我把这两个作弊的小家伙送过去和他们一起玩儿，然后偷偷潜回自己的卧室躺下想午休一会儿。探过身看看旅行闹钟，才不过上午十点半而已。我哼哼唧唧地倒在床上。

❊

我初到"小王子"的时候，正值孩子们的学校放假，四天后的礼拜三返校。那是我一生中屈指可数的最为平静的日子之一。直到那天，我才第一次有机会到村子里走了走。村子里的小路窄得只有一条单向车道，贯穿所有的水稻田和芥菜地。我顺着小路走下去，沿途看到了正在田里劳作的妇女们，坐在泥巴砌的门廊下用干草编篮子的男人们，还有用吊兜背着婴儿在公共用水处洗衣服的母亲。无论走到哪，人们都会停下手中的活计盯着我，目送我走过去。在尼泊尔，你永远都有时间停下手头的工作，没有人需要打卡上班，也没人想用超时工作的办法来赢得关注。他们每天的生活就是起床，工作，直到准备生火做晚饭，然后全家人回来吃晚饭，上床睡觉。天黑后，室外就连个人影都找不到了。

到孤儿院一周后的一天，我到孩子们的卧室想帮他们做做上学前的准备工作。他们上学时要穿一模一样的蓝灰色校服，所以小不点儿们需要有人帮他们区分出哪条裤子是谁的，帮他们系扣子打领带。房间里空空如也，于是我直奔写着拉贾名字的大纸箱，开始在里面翻找他那双灰袜子。前两天上学时他找不到成双的袜子，最后没办法，只好穿着一只红袜子、一只灰袜子去学校，当时难过得直哭。他的姐姐普瑞娅只比他大两岁，小姑娘在人前总是穿戴得很整齐。看到弟弟哭，姐姐马上捧起他的头，顾不得眼泪打湿了她的那件领口系扣的衬衫。

"没事的，兄长，我来同他讲。"她说，朝我温柔地挥挥手，示意我离开。

我已经找到了一只灰袜子。就在这时，一个孩子从房顶飞奔下楼梯，从门口跑过去，光脚板踩在坚硬的水泥地面上发出啪啪的声音。安尼施探头进来。

"你找什么呢，兄长？"他惊讶地问。

"拉贾的袜子。其他人呢？"

"今天不用上学，兄长！"安尼施说，"今天封锁！"

"什么是封锁？"

"就是不用上学，兄长！来吧，我们去屋顶玩儿！快来！"他背靠着楼梯，用力拉着我的手。

法理德告诉我，所谓封锁指的是反政府军鼓动下的罢工。在对抗政府军，要求建立尼泊尔人民共和国的内战中，反政府军曾经遭到政府军的包围。封锁是惯用的手段，目的是导致整个国家的生产陷入停滞状态。这个办法非常切实有效。一旦其号召封锁，所有的学校、商店和大部分办公机构都被迫关闭。公共汽车、出租车和小轿车都不允许上路，所以唯一的交通方式就是步行或者蹬自行车。罢工有可能持续若干天，而且没有任何先兆。

以前曾经发生过因为不执行禁令而导致的暴力事件。很多公共汽车和小轿车在马路中间被掀翻，焚烧。尽管如此，仍有少量出租车冒险营运，因为在尼泊尔这样贫穷的地方，封锁期间如果能有一定的额外收入，实在是珍贵到令人无法忽视。为了避免被人看出端倪，那些胆大妄为者通常用纸片遮盖车牌，除了接送客人，车子基本上都是在路上飞奔，有多快跑多快。如果不幸被识别出来，要么遭到一顿痛打，要么车子被砸毁。幸好我们所在的苟达哇力村距离加德满都的林路有三十分钟的车程，所以不大见得到这些。

　　但是频繁的封锁导致了食物和煤油的匮乏，尤其是食物供给不足让我们很难捱。封锁期间的蔬菜价格可能会比平时上涨一倍，煤油更是有价无市。对那些只能勉强糊口的家庭来说情况就更为糟糕了。厨师迪迪，二十二岁的巴格瓦蒂平时就住在孤儿院帮助照顾孩子们。每逢封锁，她就只能在孩子们的协助下架起明火，在园子里准备早饭和晚饭。一天下来，准备二十多个人的手抓饭要耗去她几小时的时间。

　　而对小王子孤儿院的孩子们来说，封锁带来的最大影响就是学校停课了。停课会让美国的孩子们兴奋不已，他们甚至祈祷上帝，天降暴风雪才好。可是在尼泊尔，虽然孩子们也愿意玩，但他们实际上还是非常喜欢上学。我想原因可能是，在美国，上学是孩子们每天逃脱不掉的任务，在尼泊尔却不是这样。

　　即便没有封锁，孩子们上学的那种公立学校也常常会取消计划内的一些课程。从外面看，那所学校感觉像是一栋被遗弃的建筑。房子是泥建的，只有一层，长形，外墙刷着白漆，铁皮屋顶，房子外面有个破滑梯。学校里的老师因为得不到政府的资助，所以也没什么工作动力。德国志愿者克利斯每周在这教两天课，还时常被临时找去为那些缺课的老师代课。如果哪天五岁孩子那班的老师没来，恰好也没有志愿者来代课，七岁班上的孩子中就会有一个被选中派去教五岁的孩子。

　　随着封锁愈演愈频，我们肩上的责任又多了一层：继续孤儿院孩子们的教育。这也许不是件坏事。我曾经见过一次安尼施的英语家庭作业，题目是就书中的图片回答问题。其中有一张图表现的是一个人意识到自己把雨伞忘在家里没带。安尼施的句子是这么写的："人安置了雨伞。"我非常确定，这个句子是错的。

　　我和克利斯、珍妮、桑德拉、法理德一道把孩子们根据年龄分成小组，每人负责一组，分散在不同的房间里。我们会给自己负责的一组孩子就某一话题讲三十分钟的课，然后孩子们会依序轮转到别的房间，再听三十分钟。桑德拉负责教他们基础法语；克利斯和珍妮负责提高他们的阅读能力；法理德不仅要帮助他们提高写作能力，还准备用办公室里那台老式笔记本电脑教孩子们如何使用计算机，就是那种装有硕大的跟踪球，必须滚动跟踪球才能移动鼠标的笔记本。

我不知道该教些什么。其他人都选好了课程，满怀期待地看着我。我听到自己脱口而出：我想教自然科学。话一出口我就后悔了。天哪，自然科学！这世上还有哪种知识我掌握得比自然科学更差劲呢！

还好，我的第一批学生也是年龄最小的那组：拉贾和纽拉吉。至少教他们还比较轻松。我们又玩了农场对儿牌游戏。他们翻开的第一张牌是一只山羊，于是我让他们重复"山羊"这个单词。村子里确实有和这个单词相对应的动物。

"我们不学自然科学吗，康纳兄长？"拉贾问。

"山羊也是科学啊，拉贾。"

我看到纽拉吉转过身让拉贾翻译我的话，拉贾照做了，说山羊也是自然科学的内容。纽拉吉点点头，于是我们回来继续游戏。

三十分钟转瞬即逝。接下来，我将面临一场巨大的挑战。一组大孩子走进我的教室。这下麻烦了，他们知道什么是自然科学啊！有一次我本来想帮年龄最大的比卡什做生物作业。他让我解释花朵的雌蕊和雄蕊。

"花朵是不分雌雄的，兄长，只有动物才有雌雄。"我如是告诉他。

他很困惑："哦……可是，康纳兄长，课本上是这么说的啊……"他把课本翻到一页，上面有张照片展现的是花朵结构图，其中雄蕊和雌蕊被作者清晰地标记出来。显然作者对这个专业是略知一二的。

　　这组学生进门就用法语向我打招呼："早上好，兄长。"这是他们刚刚从桑德拉那里学来的。达瓦一句话不说就开始大声朗读他在法理德的课上写的故事。

　　"从前森林里有一只老虎，它吃了尼施尔的山羊。完了。"他抬起头，满怀期待地看着我，"喜欢吗，兄长？"

　　"嗯，我喜欢，达瓦，谢谢分享。"我说。我等了片刻，期望还有人站出来做点什么，好帮我再消磨掉一些时间。可是没有。没人再讲故事了——显然他们集体创作了老虎吃掉尼施尔的山羊这个故事。

　　无计可施，于是我先让他们几个坐成半圆，然后又琢磨着给他们重新安排了座位，为自己赢得一点儿时间，同时搜肠刮肚地想着自己能讲点什么自然科学知识。我会什么呢？我可以给他们讲火箭登上了月球。假如他们接下来没有问题问我，说完这句话也不过才用六秒时间。

　　"好吧，孩子们，所以，你们知道……"我拖着长音，慢吞吞地开始了。突然，冷不防被桑托斯打断了。

　　"我来讲吧，兄长！"他噌地一下站起身说。

　　"好，你来讲，桑托斯！"我大叫，高举双臂做欢呼状，"你要讲什么呢？"

　　"我讲水，兄长！"

　　"好的，好的！水！太好了，桑托斯！水是自然科学范畴！你真棒！开始吧！"

　　这时候我已经完全不在意桑托斯做什么了。就算是他把纸吃到嘴里我也会大喊："看！自然科学！"关键在于所有人的眼睛都在关注他，不是我，而时间也在滴答声中一分一秒地流逝。

　　桑托斯非常聪明。我见过他只用花园里的竹枝就给其他的孩子做成了玩具。有时候孤儿院里的东西坏了，我也会咨询桑托斯如何修理。可是，即便如此，桑托斯开始讲课时，我还是被惊得目瞪口呆。他给大家详细讲解了水循环的过程，水蒸气的重要性，露珠的形成，还有环境污染对水资源的不良影响。我和其他人一边聆听桑托斯讲授一边想：真的吗？我竟然不知道！

三十分钟飞逝而去。我在众人的掌声中遣散了这组孩子。另外一组七八岁大，属于中等年龄阶段的孩子走了进来。

等桑托斯和他那组的孩子一离开，我就掩上门，又一次重新安排孩子们坐成半圆形。

"好，你们好！今天我们将学习有关水循环的知识！"

孩子们爆发出一阵欢呼，而我在心里默默地感激桑托斯。

❖

孤儿院的孩子常常独立得超乎人们的想象，但不包括晚上睡觉的时间。其中一间卧室里，六个最小的男孩子挤在一张特大号的床上。就是我睡的那种床，上面也铺着薄薄的草垫子。单单把六个孩子弄上床就已经很困难了。拉贾总是在那唠唠叨叨地历数今天做过的大大小小的事情，完全看不到你在旁边正费劲地抬起他的胳膊帮他脱衣服。纽拉吉则通常是一动不动地站着，连头和眼皮都耷拉着，听任你给他脱衣服，再套上一件印满泰迪熊的连体睡衣。等你刚刚费尽力气让他胳膊伸进袖子，腿蹬进裤管，以为大功告成，把拉链从脚踝拉到脖子，他会突然间像机器人通了电一样猛地睁开眼睛，大喊一声："上厕所！"紧跟着站在那如同穿了紧身衣的胡迪尼[1]似的不停扭来扭去，

---

[1] 译者注：哈利·胡迪尼，被称为史上最伟大的魔术师、逃脱术师及特技表演者。

我只好再抱起他冲进卫生间。

夜晚对尼施尔来说很难捱。因为白天受到的一些委屈，他在晚上不是大声哭闹，就是自己在那里生闷气。开始的时候志愿者们轮流去安慰他，过了不久，每晚照顾尼施尔就变成了我一个人的任务。我在尼施尔这个年龄的时候就总是生闷气和哭闹。我需要大人的关注，而且我发现，要达到目的最快捷的办法就是坐在那里生闷气。如今，我也像当年我的父母那样，努力在慈爱和严厉之间寻求平衡。我一直为自己小时候的暴躁深感愧疚，照顾尼施尔竟然奇怪地打开了我的心结。我猜妈妈一定具有非凡的……怎么说呢，母亲般的耐心。照顾尼施尔上床睡觉，同时也从中汲取力量，奇迹般地锻炼了我的耐心，让我的心神归于平静。

我们一个个地把其余的孩子聚拢来，摁在床上。终于，所有的孩子都躺倒在了床上。六个孩子合盖一条大毛毯，只露出六个小脑袋，像保龄球一样排成一排。我们和每个人拥抱说晚安后，关灯，然后再到对面大孩子住的房间。

另一个房间里住着十个大点儿的男孩子，每两个人合用一张双人床（两个女孩子，央阿尼和普瑞娅与厨师迪迪——巴格瓦蒂一起住在楼下）。一进门，我就看到法理德正在几张床之间窜来窜去，刚刚摁下这边一对儿，那边又跳起来了，简直就是一幅活生生的打鼹鼠游戏的场景。当孩子们看到我，全体跳起来，像我第一天来时教他们的那样冲我大吼："康纳！"我协助法理德再把他们一对儿对儿安置好。他们躺在毛毯下，互相拥抱着取暖。孩子们的房间是晚上八点钟准时熄灯。进入梦乡前，我听到他们还在小声地嘀嘀咕咕。整栋房子迎来了一天中的第一段安静时光。每天晚上安顿好孩子们，志愿者们会聚集到起居室里休息一下，喝喝茶，聊聊孩子们白天发生的故事。

常常听到周围的爸爸妈妈们谈论自己的孩子。即便是一些看上去鸡毛蒜皮般的小事，当父母的也会开心地大笑。每到这时，我就会想起在孤儿院的那些夜晚，也开始慢慢理解做父母的心情。那时，我们总是聚在一起兴高采烈地历数某个孩子今天做了什么趣事，他们如何有先见之明，以及他们如何能够不断地给我们带来惊喜。日子一天天过去，每天都是那么的不同，每天又是那么的相同。

✦

十二月初的一个夜里，我被一阵阵痛苦的呻吟声惊醒。声音是从孩子们的房间里传出来的。我打开放在床头附近的手电筒，把光线调成强光，跑进房间逐床查看。这时候，耳边又响起呻吟声。我循声找过去，然后停下来等着他再叫，就像玩儿马可波罗游戏一样。声音是从达瓦的床上传出来的。我拉开毛毯，发现达瓦全身都被汗水湿透了。

"达瓦，怎么回事？哪里不舒服？"我俯下身，距离他的脸只有几英寸远，压低了声音焦急地问他。

"眼睛，兄长！"他哀求我，不停地眨眼睛。

"你的眼睛吗？你的眼睛怎么了？"

"你的光，康纳兄长！"

我手里的手电筒光直射到了他的脸上。我关掉手电筒，把浑身发抖的达瓦拦腰抱起，带到志愿者房间里一张空床上。刚把达瓦放到床上，房间另一头又传来哀号声。片刻，桑德拉箭步冲进房间，直奔桑托斯的床边，双手伸到桑托斯的身子底下，把不断呻吟的桑托斯托起来，送到志愿者房间里的另外一张空床上。桑托斯一直痛苦地捂着肚子。半夜里是没办法去医院的，连出村子都做不到。我们就那么陪着他们，不停安抚，直到几小时后两个孩子才又睡着。

第二天早晨，我和法理德带着他们坐了四十五分钟的公共汽车，到加德满都的帕坦医院就医。医院里熙熙攘攘，人很多。我仰着头，无奈地看着那些写着梵语的指示牌，期望从中得到线索，告诉我们下一步该去哪里。终于找到办理入院手续的服务台。我告诉当班的那个女人，我们有两个孩子病了，需要见医生。她叫来一个懂几句英文的同事和我们艰难地进行沟通。而这时候，后面等待的队伍已经越来越长，人们开始变得焦躁起来。

这所医院让人感觉很糟糕。它更像是一个废弃的公共汽车站，而不是医疗单位。医院里到处是病人，坐着的，躺着的，包扎伤口的绷带都是脏兮兮的。我们在几个医生间穿梭，一上午几小时的时间是在等待中度过的。法理德带达瓦到医院另一侧的厢房去做检查了，只有我和桑托斯坐在那。其他的病人都毫不避讳地盯着我们看过来看过去，看过去再看过来，直到慢慢搞清楚了我和桑托斯的关系，于是每个人都开始冲我友善地微笑。

我们被告知在另外一个房间外取号候诊。电子屏上显示的数字是六，我再看看手中的号码单，七十九号。十分钟后，屏幕上的数字切换成八。

五小时后，终于轮到了七十九号，我已经几近崩溃。我把桑托斯放在前一位病人刚刚腾出来的木椅上，医生抬头看了我一眼，根本就没向我索要号码单，就开始给桑托斯做检查。

在医院里一共待了六小时，竟然没有人说得清桑托斯到底得了什么病。我们就这么被打发出来了。法理德和达瓦正在外面等我们，手里拿着给达瓦退烧的一小包抗生素。我们一起走到车站，坐四十五分钟的公共汽车回苟达哇力。

�֎

　　和孩子们相处得久了，我慢慢明白自己该如何度过这两个月的时光。我发现，要想保持头脑清醒，精神健康，关键在于要理解一点：这些孩子从来就不需要管教。比如说，要是瑞蒂克爬到花园里的小树上，双腿钩着树枝倒挂下来，我会告诉自己说也许在我来之前他就一直这么干，到现在他不是还毫发无损吗？我们有时候会到隔壁的植物园里玩。植物园很大，非常漂亮，孩子们见树就爬，在小溪里钓鱼，捡树枝玩击剑游戏。那阵势真像是和十八个小哈克贝利·费恩[①]一起出游。

　　就算是在屋子里，小王子孤儿院的孩子们自娱自乐的本领也是当年的我无法匹敌的。记得初来时，我犯过一个错误。一次去加德满都办事，我给十八个孩子每人买了一辆玩具小汽车。他们喜欢极了，开心得跳起来。我也感觉自己像范德比尔特[②]一样，施舍礼物给不幸的人们。可结果怎么样呢？十八辆小汽车里寿命最长的也没有熬过二十四小时。房间里，花园里，到处散落着小汽车轮子或者车门。六岁的尼施尔和瑞蒂克共享了最后一辆车。他们在水泥门廊上来回推着已经没了轮子的汽车底盘滑来滑去，没过一会儿就跑去踢足球了。所谓足球，其实就是一只旧袜子里面塞满了报纸。

　　虽然孩子们永远不会承认，但显然他们更喜欢自己动手制作的

————————

① 译者注：哈克贝利·费恩，马克·吐温《哈克贝利·费恩历险记》中的主人公。

② 译者注：范德比尔特，美国资本家，从事船运业和铁路建筑业。

玩具。某个孩子，一般是桑托斯，把村里扔得到处都是的塑料瓶捡回来，用绳子把两小片木条绑在塑料瓶上，再找四个塑料瓶的瓶盖和一些生了锈的钉子，捡块石头敲敲打打，把瓶盖钉进木板条。瞧，一辆玩具汽车造好了！他还发现，如果下坡时小汽车颠得太厉害，可以把塑料瓶里装满水，车就走得稳了。很快，小汽车飞驰下山坡，撞到了树上。因为车是他造的，所以撞坏了他也会修。一天下来，所有的孩子都拥有了自己的玩具汽车。

自那以后，我再也没有给他们买过任何玩具，而是帮着到处捡塑料瓶或者塑料人字拖给他们做玩具用，要么就是把牙膏盒留下来给他们。牙膏盒深受孩子们的欢迎，为了保证人手一个，我们不得不事先给他们排好顺序，按序领取。其实除了单纯的保留，以证明他们的所有权，牙膏盒对他们来说什么用处也没有。像他们自制的小汽车，或者用竹子做的弓和箭，或者用塑料拖鞋做的飞盘，都属于私有财产。白天的时候，他们可以开心地和其他人分享，但是到了晚上，玩具也好，弥足珍贵的垃圾也好，就会各归其位，放回他们自己的硬纸箱里。孩子们的硬纸箱不大，却足够装下每个人仅有的两套衣服和他们在这个世界上所有的私人物品。

小王子儿童之家里的惊人秘密

一个男人走出小王子孤儿院。

当时我刚好从山里远足回来，虽然距离孤儿院还有很远的一段路，但足以看清那个人的相貌。可以肯定，我不认识他。这太奇怪了。出于保护孩子的目的，我们严格限制可以进出孤儿院的人员数量。即便苟达哇力村很安全，即便附近的邻居对孩子们都很爱护，刚刚过去的内战依然让我们心有余悸。我们地处加德满都山谷的南端，山那边就是反政府军的控制区。每当政府军的巡逻小分队在村子里挨家挨户搜查武器的时候，邻居们也会尽量说服他们放过小王子儿童之家，以免惊吓到孩子们。值得称道的是，士兵们通常都很尊重村民的建议。

正因为如此，看到陌生的男子出现在孤儿院时我变得紧张起来。剩下的一段路我是跑回来的。孤儿院里，桑德拉和法理德正和我们的兼职房管员哈利谈话。哈利忙完了"CERV尼泊尔"那边的工作刚刚赶过来。看到我满脸焦虑地冲进门，他们停了下来，桑德拉摆摆手，示意我在旁边坐下来。

"刚刚离开的那个人，"桑德拉用头指着门的方向说，"名字叫高卡。"

"他是什么人？我记得我们是不允许陌生人来探访孩子们的。"
我说。

"他不是什么陌生人。孩子们都认识他。"桑德拉说。法理德不
屑地哼了一声，哈利一言不发。我不明就里，等待下文。

桑德拉继续说："孩子们认得这个人是因为他就是把孩子们从家
里带出来的那个人。他是个拐卖儿童的人贩子。"

就这样，我第一次知道了小王子孤儿院里孩子们的故事，知道他
们如何来到小小的苟达哇力村的。

高卡和孩子们一样，都来自于洪拉，尼泊尔西北角的一个地区，
与中国西藏接壤。洪拉可以算是尼泊尔这个偏远国度中的偏远地区。
那里到处是山，而且不通公路，大部分村庄里不通电，没有电话，只
有一个机场，可是出了机场，如果想到达这个地区中的任意一个地
方，就只能靠步行或者乘坐直升飞机了。在那长大的很多孩子从来没
见过带轮子的交通工具。这就是洪拉，贫穷而且不堪一击。反政府军
那里建立他们第一批军事要塞。

高卡却从这样的一个地方发现了商机：廉价童工！那时候，内战
已经导致包括士兵、叛乱分子和平民百姓在内的一万多人死亡。高卡
把在内战中失去父母的孩子聚拢在一起，强行带着他们连着几天穿行
在洪拉的山间小路中，其艰险应当不亚于当初我徒步到珠峰大本营时
的遭遇，最后走到公路上，搭公共汽车到加德满都。一到加德满都，
他就把孩子们囚禁在一栋年久失修的破泥屋里，答应给他们找工作。
饿了，就逼着孩子们沿街乞讨。

后来有游客发现了孩子们的境遇，他们跟到了孩子们的住处，

想知道怎么才能帮助这些孩子。高卡意识到，这是一个比仅仅控制童工更能赚大钱的方法。于是他开始接受志愿者的访问和帮助。志愿者买来床垫，好让孩子们不必再睡冰冷的泥地。高卡对志愿者们千恩万谢，可一旦他们离开尼泊尔，高卡转眼间就把床垫子卖掉了。捐送给孩子们的衣服也是一样，只有志愿者在的时候孩子们才有得穿，志愿者一走，衣服就被扒下来送给了人贩子自己的家人。

桑德拉在做志愿者的时候遇到这群孩子，她发誓要打破这种腐败的恶性循环。于是她从法国筹集资金，承担起把孩子们从高卡手中解救出来的责任。高卡嗅到了又一个赚钱的机会。他向桑德拉出价，每个孩子要三百美元。在一个人均年收入不过二百五十美元左右的国家，三百美元算是一笔小小的巨款了。桑德拉拒绝了高卡的要求，继续协同政府和另外一个非营利组织，一起为孩子们获得自由而努力。最后，高卡终于抵制不住来自儿童福利委员会和其他组织的巨大压力，同意桑德拉带走孩子。于是这十八个孩子便组成了现在的小王子儿童之家。

孩子们被营救出来三个月后，从邻居那传来消息，高卡摇摇欲坠的破泥屋里又住满了人——他回了一趟洪拉，带出来更多的孤儿。

"为什么不把他抓起来？难道儿童福利委员会不知道他在干这些勾当吗？"我问。

"他们当然知道，但是尼泊尔的法律没什么力度。高卡找到孩子的亲戚签订了监护权委托书，成了孩子的合法监护人，对孩子可以为所欲为。"桑德拉回答说。

"那我们可以做……什么呢？无能为力？"

"你必须明白，康纳，事态很严重，"桑德拉向前探了探身子说，"四个月以前，我们这有一个志愿者，她曾经试图向联合国儿童基金会和儿童福利委员会对高卡提起诉讼，被高卡发觉了。他到儿童之家来威胁说，如果她继续这么做，他就要对她和孩子们进行人身攻击。为了保证她和孩子们的人身安全，她不得不离开了尼泊尔。"

我没说话。桑德拉说的这些已经远远超出了我的理解能力。我到尼泊尔不过才一个多月的时间，这些事与我无关。然而对这个男人，我却抑制不住自己心头的愤怒。他怎么可以拿孩子们的生命大发其财却又可以轻易逃脱法律的制裁？也许，这的确不关我的事，可我偏偏要置身其中。我从法理德的脸上看到了同样的情绪。

"孩子们会怎么样？"我问道。

"我们留他们在这里，抚养他们，教育他们。除了一些远亲，他们已经无家可归，或者至少据我们所知无家可归。我猜也许就是那些远亲签署文书放弃了他们对孩子的监护权。"桑德拉一脸愁云，"很多人，孩子们的很多亲属都在这次内战中死去了。"

"可是这个家伙，他来了我们就得放他进来吗？"

"他可不是个普通人，"哈利抢在桑德拉之前开口，"我太了解他了。他的关系网非常之强大。以前他也被逮捕过一次，就是几个月前吧，可是三天后就被释放了，就因为他的叔叔是个政客。我也不想在这看到他，可如果他想来，我们是无法阻止的。他可以把孩子们从我们这里带走。"他充满歉意地又补充了一句，"这就是尼泊尔。有些事做起来很困难。"

我到楼上孩子们的房间里看了看，心里忐忑不安，恐怕那个曾经奴役过孩子两年的男人突然来访已经让他们备受困扰。但卧室里的一幕却让我难以置信，孩子们正在打牌，在床上跳来跳去，仿佛什么事情也没有发生过一样。这就是平日里连平底拖鞋找不到了都要哭鼻子的那些孩子。我第一次真正领悟到孩子们具有怎样的适应能力。表面上他们好吹嘘卖弄，会生闷气，总是吵吵闹闹，但实际上，在洪拉所经历的一切——杀戮，还有饥饿一定在他们的心底留下了恐怖的印记。我想象着在他们每个人的心底都有一个盒子，把这些可怕的记忆牢牢锁住，只有这样他们才可能过上基本正常的生活。

我突然间觉得一定要告诉孩子们我是多么关心他们，如果他们有什么需要，他们可以来找我，来找我们，无论想要什么都可以。我对自己说，我要做他们的好爸爸。首先，我要向他们敞开心扉。

那天晚上差不多该睡觉的时候，我走进了大孩子们的卧室。我紧张地清了清嗓子，一肚子的话却不知道怎么开口。

"嘿，孩子们，听我说。你们要知道，我——我们——所有的志愿者，我们真的非常关心……"

"康纳兄长！你在你们国家吃什么？"桑托斯大声问我。显然，我打断了一场辩论。"你们吃肉，对吧？你们吃动物吗？"

"呃，是的，我想是这样，"我重新整理思路，"你也知道的，鸡肉，猪肉，就是那类东西。"

"山羊肉？"

"嗯，确切说不是山羊肉，不是的……其实更像是绵羊肉，还有牛肉……"

"牛肉？！"桑托斯坐直了身子。他把我的话翻译给刚才没听到的人，周围的人被惊呆了，安尼施更是大声尖叫起来。我突然间意识到，同一屋子信奉印度教的孩子谈这个话题大概不合适。

"你吃牛肉吗？"

"那个，有时候。你知道的，不过让我再想想看，其实好像是我的朋友们吃……"

"你连神都吃，兄长？"从房间另一侧传来充满疑问的声音。

"不，当然不是，不是的，我永远也不会……我的意思是，其实那并不是我们的神，你们明白吧，所以……"

"牛不是神吗？！"

呀，糟糕！"没错，牛是神！是神！只不过在美国和欧洲，我们……"

"你为什么要吃牛？"桑托斯追问。

我开始感到绝望了。"听我说，其实牛不是上帝那样的神，不是你们想的那样，在我来的那个地方不这么想。你们从来没吃过，所以不知道牛肉是什么味道，但它真的是很常见，也许是最常见的肉类……"

每个人都趴在地上，下颌磕在地板上传出砰砰的声音，然后便是一片沉寂。我抓住机会飞快逃离。

"好啦，晚安吧，孩子们！睡个好觉！"我一边大声说着迅速退出房间，一边回手在墙上胡乱摸索一气，半天才把灯熄灭，关上房门。

我对自己说，事情本来不应该变得这么糟糕的。从此，我放弃了和孩子们谈心的念头。他们需要我做的就是别总是把事情搞糟，不想让我在睡觉前来告诉他们，我最喜欢吃的是小圆面包夹着他们的神。这三个月里，我只要保证他们好好的，吃得好，穿得暖，受伤的时候给他们包扎伤口就行了。我不过是个临时的保育员，但要想把事情做好，又不能试图改变他们的世界，这对我来说已经是很高的要求了。

❖

这几个月里，我从不曾远离孤儿院，只是偶尔会到加德满都同其

一　小王子儿童之家

他几位参加过入职培训的志愿者一起聚聚，喝着啤酒，吃着牦牛肉做的牛排，炸薯条，交换一下做志愿者过程中的见闻。我讲乡下生活，他们讲城市生活，我们比着看谁的故事更荒唐可笑。我印象中最有趣的就是我的朋友亚历克斯·塔特索尔照相机被偷的那次。亚历克斯来自英国曼彻斯特，在加德满都一家专门接收问题儿童的孤儿院做志愿者。他的相机被孤儿院的一个孩子偷走了，等他搞清楚谁是罪魁祸首，相机已经被那孩子拿去换了一只鸡，而且已经杀掉，煮熟，吃光了。那可是台价值五百美元的相机啊！亚历克斯用了整整一天的时间才平静下来。之后，他又回到孤儿院，原谅了偷相机的孩子，并继续留在那里照顾他们。

孩子们上学的时候，我也忙里偷闲，往返三小时坐专线车到加德满都去。加德满都市里有个地方修了一面结构简单的攀岩墙，供人们在城市里练习攀岩。不过那面墙已经摇摇欲坠了。加德满都当地的公共汽车前面是不标明停靠站点的，只有一个十岁左右的小男孩在车子行进过程中从敞开的车门里探出身子，一边招徕乘客，一边大声喊着终点站的站名。通常汽车根本没停稳就开始上乘客了。也就是说你得跟着车一边往前跑一边抓住车身侧面的金属杆儿，飞身上车，然后迅速挤进早已经人满为患的车厢。万一车上人太多，根本没你的容身之处，你就只能抓着金属杆挂在车身外，寄希望于错车的时候两辆车不要贴得太近。因为政府规定的停靠站很少，所以有时候上了年纪的老奶奶就站在马路边候车。那样的话，车上报站的男孩就会使劲敲敲车身，示意司机尽量减速，让老奶奶可以在小男孩的协助下碰碰运气，看能不能也像年轻人一样表演飞身上车的绝技。

我慢慢地开始喜欢尼泊尔的公车了。它慢吞吞地向前走着，审视着林路上的生活百态。同加德满都市中心不同，林路两侧有很多不规则的小巷子，巷子里沿街全部都是些超小的店铺，小到店里除了经营的商品，只能站得下店家一个人了。这些小店铺主要经营地毯、塑料桶或者羊毛制品。巷子的那一头通常会是一个露天广场，附近的建筑不是印度寺庙，就是佛塔，要么就是其他的巍峨高塔。只有站在广场上，行人才有机会呼吸几口新鲜空气（只能说是相对新鲜的空气），保证自己可以站在原地不动三秒钟以上而不被来往的自行车撞倒。

林路上的风景却是不同。加德满都的地形像迷宫一样错综复杂，给人一种幽闭恐怖感，而林路上的道路倒更像是经历了浩劫之后，一片狼藉的样子。建筑物一般都修建在距离马路四十到五十英尺远的地方，在汽车尾气的笼罩下苟延残喘。马路上分隔交通车辆的黄线感觉更像是一条警示线，小轿车也好，摩托车也好，根本对黄线的存在不加理会，毫不犹豫地冲上超载卡车行驶的车道，迫使迎面开来的车辆只好拐上路肩。泥铺的路肩本来的作用是主路的延伸，现在却挤满了来来往往的行人、牛羊牲畜和卖塑料表带、卖香蕉的售货车。一切的一切都被笼罩在浸淫着二氧化碳的漫天尘土中。

马路边，人和动物一起埋头在垃圾堆上迅速翻找着。处于这种经济地位的人通常皮肤黝黑。在尼泊尔，肤色是划分社会等级的重要一环，浅肤色的尼泊尔人在写简历的时候经常会特别加上"肤色"一栏。当然，以"肤"取人是一个全球化问题，可是在尼泊尔，那些在林路边埋头翻垃圾的人沦落到如此地步，其原因绝不只是由于他们的肤色。从出生那一刻起，他们的命运就被深深地打上了尼泊尔社会底层的烙印。

林路上的那一幕其实只是这个次大陆上的国度里种姓制度划分

的具体表现。即便在苟达哇力，我也经常会感受到这种种姓制度的存在。社会等级较高的婆罗门人通常住在宽敞而建造精良的泥舍里，而其他高级阶层的人在谈到这点的时候，对婆罗门的特权却丝毫不以为意。

当地的英文报纸也严格遵守这一等级划分。原本登载"周末交友"的版面被他们换上了一个叫做"征婚"的栏目。顾名思义，就是帮助男子（偶尔也有女性）寻找配偶。那上面的男人无一例外，都想寻找一个家庭背景好、黄棕色皮肤、朴实无华的女性做伴侣。而在美国，同类的交友信息就有可能被分成男找女、男找男两种。可见，在尼泊尔，连征婚广告也受到种姓制度的制约。

种姓制度中最低级的一个阶层叫做贱氏。坐在公共汽车里可以看到，贱氏都居住在污染严重的林路两边。一些我们认为理所当然的场所，例如理发店、茶馆和饭店，对贱氏来说却是被不成文规定禁止入内的。于是他们在树上挂一面小镜子，旁边摆张木凳。这便成了他们的理发店。也有人端着类似杯架一样的东西来回走着兜售奶茶。他们以这种方式游离于社会之外，建立了属于自己的生活，世代如此。可我却对这种不公正的存在感到极为愤怒。我劝慰自己，对不同的文化我们要平等对待；我们要尽量接受一个真实的尼泊尔；也许我们自己的文化也存在着严重的问题，在外人看来，或许更加不可理喻也不可知呢。可是当我坐在公车上，沿着林路一路颠簸下去，我却愈来愈痛恨尼泊尔的种姓制度，直到现在也无法释怀。

❖

一天晚上，当孩子们已经上床休息了以后，桑德拉告诉我们，她要离开一段时间，到位于加德满都山谷以外一个叫做穆古区的劳拉湖徒步旅行。

"那个地方到底在什么位置？"克利斯问。

"尼泊尔西部。叫劳拉湖，是一条徒步路线，但由于距离普通的旅游线路比较远，而且反政府军活动的关系，现在已经不大有人去了。不过我找到了一个导游，他愿意带我去！"她已经激动得头晕目眩了。桑德拉是一个狂热的徒步旅行者，这种探险俨然符合她的风格。

"你难道不担心吗？"我问她。

"担心什么？"

"不知道，比如说反政府军？"

我其实对尼泊尔内战也不甚了解，但就我目前所知，还是让我比较担心。1996年年初，反政府军发动起义，目的是推翻尼泊尔二百五十年历史的封建君主统治。内战最初几年，双方在偏远乡村地区发生一系列冲突，但当时被划归警方处理。但后来反政府军不断扩充队伍，先是只有男兵，后来开始招收女兵，再后来就是儿童军。

由于人数持续增加，再加上没有遭遇有效的抵抗，反政府军势力不断壮大。从零零散散的小村庄到小片区域，再到整个地区都处于他们的控制之下。2002年，尼泊尔西部的一个军营被炸，于是一夜之间，皇家尼泊尔军被牵扯到矛盾争斗中。很快，除了一些城市中心区和加德满都山谷，反政府军已经控制了几乎整个尼泊尔。我们一再得到这样的警告：不要到反政府军控制区旅行，那里不安全。而桑德拉此次徒步旅行的目的地，劳拉湖，就地处反政府军的势力范围内。

"不会有事的，"她向我保证，"我会小心的。而且除了徒步旅行，我还有另外一个目的，就是去看看，能不能找到一些有关孩子们的消息。"

这句话引起了大家的关注。

穆古区紧邻孩子们的家乡洪拉区。桑德拉相信，她可以找机会到一两个孩子家所在的村子里探访一下，看看他们是否还有家人幸免于难。

"我应该三周以后回来，"她说，"法理德清楚关于孤儿院的一切事务，有问题的话就问他好了。"

"孩子们会想你的。"克利斯说。

"孩子们会像往常一样，很快就没事了。"桑德拉微笑着说。

❖

桑德拉离开一个星期以后的一天，我正和大孩子们在附近的地里踢足球，法理德远远走来。他穿过一栋栋泥屋，沿着麦田边的小路，在我们充作足球场的那块地边止住脚步。法理德到室外来看我们踢足球？这事有点不大寻常。他通常更愿意和孩子们待在屋子里玩儿。

"桑托斯，我离开一下！"我冲我的队友喊道。

"不行，兄长！你走了，他们就该得分了！"

"就一分钟，桑托斯。"

我走过去坐在法理德身边。他蹲在地上，手里撕扯着一根长长的麦草。我们两个人都默不做声，法理德两眼盯着踢球的孩子们。

"他们进步了不少啊。"他这么说着，算是和我打招呼。

"一直在练习。我们和马塔特萨的那家孤儿院约了一场比赛。他们都盼着呢。"我告诉他。

我们又一起看了会儿。我知道他不是来和我谈孩子们的球技的。

"我刚刚收到桑德拉的消息，"他终于切入正题，眼睛依然没有离开正冲着别人大喊犯规的尼施尔，"她今晚回来。"

"她不是要三个星期后才回来吗？"

法理德摇摇头。"我觉得肯定是出什么问题了。她说今晚回来后再告诉我们。"

看到桑德拉回来，孩子们都很激动。还不等她把背包卸下来，就扑上去跳到了她的身上。这让我回想起两个多月前我刚到孤儿院时的情景，在别人看来当时的我肯定和现在的桑德拉一个样。我还记得那天我可是被这群孩子吓坏了。桑德拉冲我们挥挥手打招呼，然后整个下午都和孩子们混在一起，陪他们玩儿，对大家的满脸疑问完全不加理睬。

直到吃过晚饭，孩子们都上了床，我们捧着温热的茶杯聚在一起，她才开口给我们讲述过去几天来发生的故事。

那天，汽车在公路的尽头停下来，从那里，桑德拉和她的向导，穆古当地人纳达一起向劳拉湖进发。那是一段为期三天左右的徒步旅程。头两天，他们除了偶尔在途经的村子里停下来讨水喝，顺便问一下路，基本上没有耽搁什么时间。

到了第三天，他们看到两个男人迎面走来。离得老远就能看出，这两个人的走路姿势和普通村民不同。他们步伐很快，目标明确。纳达站起身，迅速把背包背到身上，示意桑德拉照做。对面来的人手里拿着武器。

这两个男人在距离纳达和桑德拉还有几码远的地方停住脚步，举起手里的枪。桑德拉很清楚，他们在询问她和纳达要到哪里去，为什么去。纳达解释说他们要徒步旅行到劳拉湖。男人又询问桑德拉的身份。纳达回答，桑德拉是个法国公民，来尼泊尔救助儿童的。对方对这个回答感到很愤怒，仿佛受了侮辱似的。于是他们大叫着追问桑德拉他们是如何得知开会的消息的。纳达没有回答，回身小声把问题翻译给桑德拉。两个男人又大喊着重复了一遍他们的问题。纳达于是平静地大声回答，他们并不知道什么会议的消息，他和桑德拉只是在寻找劳拉湖，如果无意打扰了他们，很抱歉，而且他们将很乐意继续赶路。

两个男人却无意放他们离开。纳达和桑德拉被带到一个反政府军占领下的村子，在一个房间里等了几小时，直到另外一个男人走进来。新来的人看上去比刚才那两个的级别要高一些。他开始盘问桑德拉。他对纳达说，桑德拉欺骗了纳达；她是个间谍，在利用他。那人说，纳达可以离开了，因为他是当地人，可以信任，而桑德拉必须继续待在那里，他们需要从她嘴里得到答案。

纳达没有离开。他们一起在房间里被关了两天。桑德拉依然拒绝承认自己是间谍，当时桑德拉身上大概只带了二十美元。他们说，那太不幸了。于是，桑德拉继续被关押。

纳达是可以来去自由的。他一连几小时和营地的反政府军人员交涉，一遍遍地同他们解释，他们为什么到这个地方来，桑德拉是什么人，以及她如何救助尼泊尔的儿童。他这么做让那些人不胜其烦，命令他回自己的村子去。但纳达拒绝撇下桑德拉独自回家。

三天后，反政府军的人终于妥协。他们搜查了桑德拉携带的所有物品，既没有找到钱，也没发现任何能证明她间谍身份的东西。鉴于这个国家的资源极度匮乏，桑德拉和纳达如果继续留在那里，他们就要多负担两个人的食物和住处，于是把两个人送回到丛林里释放了。这时候的桑德拉和纳达已经装备不足，无法再继续劳拉湖之行了，只好历尽千辛万苦，又辗转回到加德满都。

"我真不应该走这一遭。"桑德拉说着，一口喝光了杯里的茶。没有人答言，她接着说："这场战争，还有那些反政府军，他们是真真切切存在的。可我们总是很容易忘记这些。"

她放下茶杯，走上楼梯回自己的卧室。我从没见过桑德拉如此疲惫。

❖

桑托斯又病了。我以前从没听到过他哭，所以这次把我吓坏了。尼施尔和拉贾，还有其他几个小不点儿倒是经常哭，一半是为了得到关注，一半才是有原因的，而这原因经过调查，只有极小的可能是受了比较严重的伤。事实上，他们从来也没受过什么严重的伤。但是这一次，桑托斯的哭声是从他的卧室里传出来的。本来他是想藏在那里让别人找不到的。法理德首先听到哭声，上楼找到桑托斯时，发现他真的在忍受巨大的痛苦。我和桑德拉几分钟以后也赶到了。我们从急救包里找了些药给他吃，可是三十分钟过去了，疼痛仍然没有减轻。我们必须作出决定，要不要送他去医院？当时已经是下午六点钟，最后一辆到加德满都的小巴士马上就要发车。如果赶不上，就没办法进城去；而且一旦夜幕降临，政府军的士兵就开始沿着林路巡逻，保卫首都不受反政府军的突袭。在戒严的禁令下，只要最后一班车离开苟达哇力，进城和出城几乎是不可能的事。

晚上七点钟的医院看上去安静得令人害怕。这和一个月前我带桑托斯来时的情形大不相同。由于全国实行戒严，天黑后很少有人前来就诊。我们沿着空荡荡的走廊，边走边找医生。

我忽然想起，小时候有一次我得了肺炎，病得很厉害，父亲也是半夜里带着我到医院就医。我跟着他穿过医院安静的大厅，死死地抓着他的手。记得当时我很害怕，还记得那晚我把自己的安危全部交到了父亲的手上，相信他能让一切都好起来。

如今身处这个陌生的第三世界医院里，虽然很紧张，我也知道这不是害怕的时候，因为我现在也是孩子的家长了。看得出桑托斯很害怕。他弓着身子慢慢地走着，疼得直皱眉头。我轻轻抱起他朝儿科病房走去。

"你得减肥了，桑托斯。你可是越来越胖了。"我小声对怀里这个已经骨瘦如柴的孩子说。

他笑了。"才不是呢，兄长。是你太差劲了，像个女孩子似的。"他小声回敬我。

几分钟后，一个医生从办公室走出来。他很快为桑托斯做了检查。只是在他的胸部按了按，医生就断定问题的确很严重。他把我们带到留观室。留观室里已经有了四个小患者，分别由妈妈陪着躺在那里。我把桑托斯放在唯一的那张空床上平躺下来。床有点小，桑托斯的脚已经蹬到了床脚的金属杆。

医生回办公室取了器具来给桑托斯采血样化验。可屋子里的光线太暗，想找静脉都很困难，我只好用手电筒照着桑托斯的胳膊来协助医生采血。一分钟以后采完血样，医生说今晚没事了，等明天化验吧。因为儿科病房里医护人员奇缺，他们没办法照顾到所有的病人，所以我和桑德拉今晚得留下来陪床。

留观室唯一的取暖设备就是三台电暖器，还全部被护士放到了护士站里。桑托斯身上只盖了薄薄的一条毛毯，我们只好把带来的手套和上衣都给他穿戴上，桑德拉还不知从什么地方给他又找了一条毛毯。我自己的身上穿了两件羊毛衫，却依然冻得瑟瑟发抖。

桑托斯终于睡着了。我拖过两把木椅放在床两侧，和桑德拉头对头趴在床角准备打个盹儿，可那椅子太高了，趴在床上的姿势很不舒服，再加上夜里彻骨的寒冷，让人根本无法入睡。没一会儿，旁边的一个婴儿开始大哭起来，桑德拉抬起头，脸上明显地写着疲惫。

"听我说，"她小声说，"你去找几条毯子，再找张空床睡一觉，我和桑托斯在这张床上挤挤。"

"别开玩笑了，这张床小得连他都快躺不下了。"

"我还碰到过更糟糕的呢，真的。你听我的没错。"

因为知道她之前的遭遇，我相信她说的可能没错。

我敲敲护士站的窗户，问护士有没有多余的毯子。护士回答说没有。我又问能不能借用一下她们的一台电暖器给桑托斯取暖，她转转眼睛，跨过一字排开的三台电暖器，把我领到了储藏间里。

"都在这里了，"她说，"想拿什么你就拿吧。不过可别告诉医生是我让你进来的。"

储藏间里没什么东西，唯一找到能用的是一个医用塑料枕头和两块桌布。我拿着这些东西回到床边。桑德拉已经蜷缩着身子和桑托斯一起挤到了小床上。

"那好，我走了。"我小声对她说。

"好。可是，你能去哪呢？"

"呃，还不知道。走廊那头吧？"

我没告诉她暂时还找不到空床。虽然很不情愿，但那位护士也已经答应我，只要我找得到空床，就可以在上面睡上一夜，条件是，明天要早早离开，不能让别人发现。这大概是当晚我得到的最大礼遇了。我在儿科病房的走廊里游荡，周围静得能听见脚步的回声。一路看下来，我发现所有的病房都一样：人满为患，卫生状况恶劣，没有水槽，没有垃圾桶，也没有任何迹象表明医护人员在监管病人的情况。房间里除了病人还是病人。

走出很远很远，在翼楼里我发现有个房间里亮着灯。探头进去，竟然有张空床，床单还没叠好，看上去是刚刚腾出来的。房间里有几个面带倦容的尼泊尔妇女正给孩子哺乳。我赶紧退出来，抬头看看门上的牌子。梵语我自然是不认识，但下面的英文翻译着实让我望而却步，即便再累也不敢擅入。上面写着：产科病房。我踟蹰良久，最后狠下心，推门而入。

正在哺乳的妈妈们都抬起头，盯着我大步流星走进房间，连怀里的孩子都停止了吃奶。时间和空气都在那一刻凝固了。这些刚刚经历过生产剧痛的妈妈在凌晨两点钟看到一个面色苍白的年轻男子手里拿着两块桌布和一个医用枕头冲进自己的病房，直奔那张空床而去，她们会怎么想呢？但我当时实在是冻得没有办法了。

不幸中的万幸，床上还是有床单的。虽然看上去是用过的，而且被皱皱巴巴卷成一团，但毕竟可以为我在冬天的寒夜里增添一层温暖。我扯着床单的两个角像铺野餐垫一样抖开，待铺好了才发现床单正中间有湿漉漉一块巨大的血污。无奈，我遗憾地把它又扔到了一边。

过了良久，我才让自己镇定下来，把背包放下上床躺好，再把两块桌布拉到身上。我蜷缩着准备在这间明亮而寒冷的产科病房里睡一觉，闭上眼睛，耳边传来叽里咕噜的交谈声。我第一次发现，听不懂尼泊尔语真好。

为了孩子们，我要回来

两天后我就要离开尼泊尔了。三个月的志愿者生涯即将结束，而且我已经拿到了去泰国的机票。第二天早上，我和桑托斯告别。法理德已经赶来接替我照顾他。后来得知，医生一直没有查出桑托斯的病因，不过为了小心起见还是让他在医院里多住了两个星期。那段时间，一直是法理德陪在医院里，桑德拉则回去照看孤儿院里的那群孩子。

那天晚上，我到孩子们的房间最后一次道晚安。他们没有像往常一样跳来跳去，而是两两为伍，静静地端坐在床上，身上穿的睡衣都是肥肥大大的二手甚至三手的T恤。

"那你什么时候回来，康纳兄长？"安尼施开口问我。房间里静得仿佛声音都被抽空了一般。他们想知道问题的答案。

这是预料中的。"CERV"的工作人员曾经强烈建议我们在回答这类难以逃避的问题时要尽量含糊其辞，谨慎小心。很少有志愿者在离开后再次来到尼泊尔，主要是因为路途遥远，还有就是时间上也不允许。在孤儿院里做志愿者通常也是一次性的，那是一种你永远不会忘记但也永远不想再重复的人生经历。"CERV"的官员们清楚地知道，最好的办法就是不要让孩子们抱有虚幻的希望，以为我们离开后真的会再来，这样只会降低孩子们对下一批志愿者的信任度。来照顾孩子们，做替补父母亲的志愿者来了又走，走了又有新的来，孩子们早就对此习以为常。这种制度的确有很多弊端，可是目前还没什么更好的解决办法。

"我也不知道，安尼施，但我保证，我会尽量回来！"我的声音听上去充满了希望，但孩子们却没有任何反应。

"到底是什么时候，兄长？"一阵尴尬的沉默后，安尼施追问。

"嗯，一年内肯定回不来，"我对他说，"还记得我跟你们说过，我要去完成一次很大很大的旅行吗？我还在地球仪上指给你们看来着。"

"那旅行结束可能就回来了，对吗，兄长？"

"对，可能是！"我说。他们以前听我提起过旅行的事，听我这么说，一些孩子不再盯着我看，还有几个也放松下来，躺到了床上，只有安尼施一个人还保持原来的姿势，坐在床边。他换种表达又问了我一遍同样的问题，还不放心，再问一遍，问题具体到我年底准备做什么，我要不要回家，我喜不喜欢茍达哇力，等等。最后我终于忍不住打断他："我真的不知道，安尼施。不过明天早上我们会再见的，好吗，孩子们？"

"好吧，兄长。"他们齐声回答。安尼施终于肯躺下睡觉了。我关灯离开。

回到卧室，我把背包从床下拉出来，从架子上取下一摞T恤平放进背包。这一刻，我再也忍不住，眼里的泪水夺眶而出。事实上，那天晚上我失声痛哭。很多年没有哭过了，一下子变得如此激动连我自己都始料不及。我抽噎着告诉自己：不错，你在茍达哇力过得很开心，可是这里一无所有，你每天只能吃米饭，而且足不出户，见不到女人；你已经好几个月没有电影电视看了，还得照顾十八个孩子；你身上永远脏兮兮的，而且从没觉得暖和过。

我想起每次在美国过完圣诞节乘飞机返回布拉格，妈妈到机场送行的时候，总是趴在我的肩上哭得鼻涕一把眼泪一把，就像我现在这样。以前我总不明白，悲伤的情绪到底从何而来？离别对我来说从来就不是问题，可这次不同。那个晚上，同样一股绝望的悲伤在房间里飘荡。

如果说当初承担起照顾十八个孩子的责任是困难的，那么现在要卸下这个责任几乎是不可能的。孩子们已经成为我生活的一个部分，他们像小陀螺一样转到哪里就把欢乐撒到哪里。这些，我自然会怀念。可我心中还凝结着一股更大的悲哀，强大到让我无法招架。这是因为我必须面对一个事实：我抛弃了他们。诚然，像桑德拉说过的，像以往一样，孩子们很快就会没事的。她真该把这话告诉我妈妈。我知道她说得没错，但我还是不能在不确定是否会再来的情况下就离开。我一定不会这么做！即便不考虑我的个人因素，对孩子们来讲，我是他们的家长。这么说并不是因为我是个合格的家长，而是因为我在他们的生命中出现过。

我又回到大孩子们睡的房间，他们还在黑暗中小声交谈。

"康纳兄长！"有人低声叫我。听得出，这是安尼施沙哑的嗓音。于是黑暗中一个个身影从床上弹起来，小声叫着我的名字。

"孩子们，我一年之内一定回来，行吗？"我也压低了声音说。

"一言为定，兄长！"

"晚安，孩子们。"

"晚安，康纳兄长！"

离开小王子儿童之家之前，我们按照尼泊尔的传统方式告别。法理德也从医院赶回来，只在孤儿院待了几小时。他是专门同其他志愿者一道来为我送别的。孩子们一个一个走上来，给我在额头点上提卡（红点），献花，然后祝我一路平安。十八个孩子无一例外，走到我面前的时候每个人都问我一遍我是不是明年真的回来，于是我一遍又一遍地向他们保证。旁边几个志愿者听了满脸怀疑，法理德站在那里只是笑。

我是认真的。为了孩子们，我要回来。

二

环 球 之 旅

2005年1月—2006年1月

背包旅行的一年

2005年1月中旬的一个温暖的夜晚，我飞抵曼谷。航班上空空如也。就在三周前，一场世界瞩目的海啸撕裂了泰国西海岸，风景如画的海滩上一座座旅馆被巨浪卷走。当时正值旅游旺季，我原本也是约了当年在布拉格时的好朋友葛兰·斯皮格（他的外号叫小个子葛兰，虽然身高只有五英尺八英寸，却是个精力无比充沛的人）在泰国见面的。海啸的消息传来时，我们也想到取消这次旅行，但后来考虑到目前我们能够为这个遭受灾难的国家作的最大贡献就是到那里去消费，把钱留在那里，所以还是决定按原定计划进行。

我站在葛兰住的酒店房间门口敲门，房间里一阵凌乱，随即门开了，小个子葛兰出现在我的眼前。显然，他刚刚冲了澡，身穿一件黑色纽扣领衬衫和短裤，双手各举着一听泰国啤酒。

"嘿，伙计！"他放下啤酒给了我一个熊抱，然后捡起啤酒递给我一听，"把包放下我们就出去吧。消费一下，这儿的人需要这个。嘿，老伙计，我们真的在曼谷了！这太难以置信了……哦，对了，计划有变。我们要买两辆山地车然后骑车穿越东南亚。那多拉风啊，肯定能迷倒一群小妞儿。这是我在飞机上想出的主意。怎么样，了不起吧？甘拜下风吧？”

我把行李放在床上，拿起啤酒狠狠地灌了一大口，任啤酒顺着嘴角流下来。

“山地车？嗯，太有才了。我们还可以……喂喂喂，等等，你来真的啊？”我已经记不起最后一次骑车是什么时候的事了。

“我什么时候骗过你？真的，我觉得这主意不错，骑车旅行，多棒啊。我说正经的呢。怎么样，可以出门了吧？要不要先刷刷牙什么的？妞儿们等着呢，伙计！那可是真正的妞儿，不是那种穿着女人衣服的男人。别担心，有我罩着你呢。知道你有一阵子没出来玩儿了。不错啊，在西藏救助孤儿。救得怎么样了？是在孤儿院里吗？这事儿有点异常啊，怎么说这词儿？”

“是尼泊尔。不错，用‘异常’来形容这事儿挺合适。”我点头赞同。

“异常的好还是异常的坏？”

“好。没想到吧，嗯？”

“我就知道你这家伙会这么想。太棒了！”我们起身走出房间，葛兰边锁门边说，“但现在不用再去想那些孤儿了，对吧？我们一起玩儿，一起骑车旅行，一起喝酒，一起泡妞儿？老兄，你辉煌的一年开始了。来吧，让我们震撼登场吧……等一下，我找一下钥匙。我房间钥匙呢？来，替我拿着啤酒。”

葛兰对骑车旅行和喝酒两件事都是认真的。两天后，我们买了山地车，扔掉了大部分行李，开始骑车穿越泰国。我们每天在路上骑几小时，通常其他背包客搭车几小时就能到的地方我们要骑上两三天才到，但收获就是，每到一处，只要说出旅行方式，就时时都有女人羡慕的目光包围着我们。

"我说得没错吧，老兄——我说过的！"葛兰从酒吧的另一头冲着我大叫。

我们一直向北骑到缅泰交界处，然后再右转骑到老挝边界，到了那条路的终点。

"这儿没有公路了吗？附近有什么地方可去吗？"葛兰问当地旅游局的那位女士，眼睛盯着她身后的一张地图。

"没有了，先生，非常抱歉。这里唯一的公路就是你们来的那条路，往泰国去的路。"她充满歉意地笑着说。

"不对，等一下，这是什么？不是公路吗？"他指着地图上将老挝一分为二的一条紫色的线问道。

"那是一条河，先生。湄公河。"

"哦……那你们这有船吗？"

四小时以后，我们的自行车被捆到了一条船的篷顶上。我们在湄公河上顺流而下，两天后到达老挝的琅勃拉邦。那里有即将消失的殖民地时期的建筑，还有热闹的夜市。从琅勃拉邦开始又有公路了，于是我们再次上路。

连着蹬了十二英里的上坡路，我和葛兰停下来在丛林边的村子里歇歇脚。村里的孩子们跑出来和我们打招呼，爬到我们身上，挂在我们的自行车上、大腿上、挂包上，像观察被他们逮住装进瓶子里的萤火虫一样看着我和葛兰。我从自行车上下来，躺到草地上，任由这帮小不点儿在我身上叠人堆，一会儿抓抓我的脸，一会儿弄弄我的头发，一会儿又把我的鞋带解开。几个大点儿的孩子坐在几英尺远的地方，看着小不点儿们胡闹，开心地咧开嘴大笑着，却很自觉地不来加入他们叠人堆的游戏。他们让我想起了安尼施和桑托斯，想起小王子儿童之家的孩子们。我走过去和他们坐在一起，但语言不通，没办法交流。这时候葛兰已经从村里讨了些水回来，也坐过来。他和那群孩子们聊得热火朝天，好像他们是他布拉格的老朋友一样。孩子们一直围着他笑。

❖

　　在接下来的九个月里，我去了十六个国家。和葛兰的骑车旅行持续了六个星期，他离开后，我成功说服了亚历克斯和我继续旅行。亚历克斯是我在加德满都认识的朋友，就是相机被一个孩子偷去换鸡吃的那位。他本来也有周游世界的打算，当得知我这边的进展，就马上买了一辆山地车在柬埔寨与我们会合。三天后，我们继续向南，逆风骑了六十英里到达柬埔寨沿海地区。从那过了边界就进入越南，然后到了胡志明市，也就是西贡。据旅游指南上说的，差不多有两百万辆摩托车在西贡街头穿行。这话说得一点都没错。当时感觉像是川崎摩托车厂上游的水坝决口了，街上铺天盖地，全是摩托车。在西贡时，我们偶尔同其他几个背包客朋友一起出去买醉，玩到深夜。几天以后，我们继续北上，穿过稻田，沿着海岸线一直抵达河内。

　　我本来打算一回到曼谷就把自行车卖掉的，可是一路下来，竟然发现自己与这辆车已经难舍难分，尤其在经历过那几个宿醉的夜晚之后。亚历克斯离开后，我转道斯里兰卡，那辆山地车也被打包一起带了去。斯里兰卡，又是一个海啸后游客罕至的国家。我独自一人在丛林里骑行了三个星期，然后到了印度尼西亚，也是这次单车旅行的最后一站。几天后，我把自行车扔上火车，沿着海岸线一路坐到巴厘岛，在海滩上向那些专门为游客提供培训的当地男孩讨教冲浪的技巧。

我最终在南美洲与那辆山地车告别。和我一起踏上印加古道之旅的除了我大学时的旧友查理、斯蒂夫、凯利和他们的妻子，还有我的哥哥和妈妈。我飞到秘鲁北部，沿亚马孙河乘船向下漂流一千二百英里。那艘船是当地的，我混迹于一群秘鲁人中间，躺在吊床上，每天两顿比拉鱼外加燕麦条饼干（感谢上帝），透过雨幕看着茂密的热带雨林在两岸慢慢闪过。

旅程中有很多天我都是独自一人行走，但大部分时间还是有其他背包客同行。在每个国家里遇到的背包客也都形形色色，有度假型的、旅游型的、以酒会友型的，还有随遇而安型的。我曾经在秘鲁蹦极，在玻利维亚拿到了滑翔伞飞行员执照，在越南学了风帆冲浪，在泰国学会攀岩。在厄瓜多尔，我一天内两次成功击退了劫匪，却在印度尼西亚被人生生从手里抢走了相机；在越南受过一次伤，小腿缝了好几针；在新加坡照了X光片，见过若干世界著名的景观。

行走中，我发觉自己对沿街乞讨的孩子有一种特别的感觉。流浪儿在每个贫困城市里都很常见，以往我都是能躲则躲的。我很清楚，他们是在为某个人工作而已，所谓乞讨不过是他们赚钱的伎俩。但尼泊尔之行后，我第一次觉得他们也是普通的孩子。如果有一个安全的家，有上学的机会，有人为他们遮风挡雨，他们和小王子儿童之家的孩子没什么两样。看到他们，我越发想念尼泊尔，想念"小王子"。

2005年10月底的一天，阳光和煦，我在纽约肯尼迪机场走下飞机，结束了为时一年的环球之旅。因为囊中羞涩，我只好暂住在父亲与继母家里。他们两人都是纽约瓦萨尔学院的教授，当时正值他们休公休假，就在长滩租了一栋海边的房子过冬。那一带是新泽西州沿海居民区，安静而祥和。经过整整一年的不间断旅行，我真的需要好好休息一下，告别背包客的生活了。可是没过多久，我便开始想念尼泊尔。2006年1月，刚好是我离开尼泊尔一年的时候，我再一次到达加德满都，开始了另一段为期三个月的志愿者生活。那时，我已经把积蓄花得精光。在重新成为打工族之前，以这种方式正式结束旅程应该是个不错的主意吧。

亲爱的小王子们，我回来了

开往苟达哇力的汽车从加德满都驶出，车上充斥着一股熟悉的味道：尘土的味道，汗水的味道，还有香料的味道。我即将回到的那个地方既给不了我私人空间，也从不在意卫生状况，而且没有可口的食物。可是，当小巴士在苟达哇力村边时，我的喉咙开始发紧。我沿着小路慢慢走过去，越过麦田，穿过门口拴着水牛的泥屋，一群刚从稻田里回来的妇女与我擦肩而过。她们排成一排，低着头鱼贯而行，每个人的背上都背着硕大的一捆草。我到底想要证明什么？一年前，我就已经完成了既定的工作。为什么回来？穿过右手边的最后一栋泥屋，小路开始向坡下延伸，小王子儿童之家映入眼帘。

老远，我就看见正在平台屋顶上玩耍的孩子们。一个小小的身影停下来，朝着我来的方向凝视着。然后，就像水手发现了鲸鱼，他指着我，向旁边的孩子挥手，拼命想引起他们的注意。突然，一群孩子都转过来指着我，冲我挥舞着双臂。远远地，风中带来一波一波"康——"的呼喊声。

我重温了在一大群孩子中艰难前行的经历，不过这一次我没忘记要先卸下背包。我辨认出人群中唯一一个高于四英尺的人是法理德。他竟然在这里待了整整一年。

"欢迎回来，康纳！"他冲我喊道，"看到你，孩子们一定特别开心！"

我给了他一个大大的笑脸。看到他们，我也很高兴。

✣

在我离开这一年里，每个人都发生了变化。桑德拉已经回到法国，其他志愿者也都在很久以前相继离开。法理德不再留非洲长发辫，他的英文也有了长足进步。可以说，他的英语说得不错，因为相比之下，我的法语一点都没长进。桑托斯这一年里足足长高了有两英寸。他接过我的背包帮我送到楼上的房间里，一路上都在喋喋不休地说我看上去是如何的差劲，又说能碰到他这么强壮的人帮忙拿行李我该是如何的感激涕零。放下行李，他伸出手做期盼状，我也装模作样地拿出一张口香糖包装纸当做小费递给他。

人非物是。一切都还保持着我离开时的模样。我坐在熟悉的床边，床上依然是那张薄薄的草垫子，我的睡袋卷成一团放在床下，连位置都没变。天气也和一年前一样，一出门我就知道是不是要变天。我熟悉这十八个孩子就像熟悉我自已的手足兄弟一般。于是，我释然。苟达哇力是我的家园。

我回到尼泊尔的第二天恰逢印度教的节日。所谓节日，就是当你以为自己已经距离寻常生活很远的时候，它适时地提醒你，还不够远。我以前碰到过人们庆祝印度教节日。好像是在印度布什格尔的一个小镇上，我碰巧赶上那里的人们庆祝一个什么不知名的节日。记忆中就是色彩艳丽，花团锦簇，歌舞升平。我被拖进一群身材高大、身着莎丽①的女士们中间，要我和她们当街起舞，结果招来了一群旁观者。

那天早上在苟达哇力醒来，因为时差没有调整好，我的头还是晕乎乎的。恍惚间，我看见房间的门敞开了一寸左右宽的一条缝，有只眼睛正趴在那往里窥视。等我慢慢抬起头，发现门缝里的眼睛不见了，取而代之的是一张小嘴，嘴唇顶着门缝。

"兄长！兄长！"小嘴唇在喊我，"今天过节，兄长！"是拉贾的声音。

那一瞬间我有点搞不清自己在哪，为什么有人冲着我大喊大叫。

拉贾扯着嗓门又喊了一次，这次我彻底清醒了过来。

"好吧，拉贾……好吧，我起床。什么节？"

他顿住了，偷窥的那张小脸上困惑的表情告诉我，我的这个问题让他措手不及。他的脸消失片刻，我听到他在和旁边的什么人小声嘀嘀咕咕，似乎从同伴那里得到了回答。这个同伴一定是纽拉吉，因为他那特有的沙哑嗓音听上去永远让人觉得他得了感冒。拉贾的小嘴唇又出现在门缝里。

"我也不知道，兄长！"他大声喊道。

所有的孩子都不知道过什么节。对他们来说，今天就是一个"节"，仅此而已，而过节意味着可以吃到更多的食物。我一直盼望着来尼泊尔后的第一顿手抓饭，结果发现盘子里盛的是某种浅褐色蔬菜样的东西。我闻了闻，什么特殊味道也没有。这让我更加怀疑。旁边围了半圈的孩子们狼吞虎咽地把自己盘子里的食物一扫而光，我又转头看看法理德。

---

① 译者注：莎丽是印度的传统民族服装，是妇女披在内衣外的一种丝绸长袍。

二 环球之旅

"这是什么？"

"我不清楚，也不想知道。"他说着，把盘子推得远远的。

"嘿，孩子们！"我大声对围在我身边的十六个男孩子和两个女孩子说。所有人愕然。我忘记了用餐时间就是集中精力把盘子里的食物送进嘴里，而不是谈话时间。孩子们盯着我，等待着，以为我有什么要紧的事情要宣布。

"这是什么东西？你们吃的这个？"我问道。

我的问题引发一场激烈的讨论。他们只知道这个东西用尼泊尔语怎么说，却不知道用英语是什么。大孩子们在商量着合适的翻译，但是很快，他们一个个沉默了。现在所有人都看着桑托斯，桑托斯看着天花板，他在思忖着怎么回答我。每个人都满怀期待地屏住呼吸等待着。

桑托斯猛地跳起来，盘子也稀里哗啦滚到了地上。他用食指指着天，一副"我知道了"的样子。

"是马铃薯的一种，兄长！"

周围兴奋的叫声此起彼伏。"没错！没错！就是马铃薯！"安尼施大喊。瑞蒂克突然把手伸过来做恳求状。"是马铃薯，兄长！马铃薯的一种！"

我低下头看看盘子。我又不是没见过马铃薯。我自己就是半个爱尔兰人，这辈子吃过数不清的马铃薯。可是朋友们，盘子里的并不是马铃薯啊！也不像孩子们猜的那样，是马铃薯的一种。不过看它长得那么难看，倒的确有可能是某种根茎蔬菜，这就和生长在大洋深处的动物不需要长那么好看一个道理，反正海底那么黑，长得好不好看根本就无所谓。但不管怎样，它绝不是我想吃的东西，我也绝不会吃它。

　　我把这个所谓某种马铃薯的东西放到一旁，又拣起盘子里的另外一样东西。这个看上去就像一球干粪蛋外面撒了层芝麻。据孩子们讲，这是今天的特别美味。尼泊尔的特别美味都很恐怖。去年，有一次我应孩子们的要求买过一盒叫做果汁饮料（我可以向好奇的各位保证，那饮料绝非美味，喝上去就像喝果冻一样）的东西，如今这个"芝麻粪球"就更恐怖了，它外面是黏的，我猜想如果不加糖的黄豆巧克力掉进沥青里，经过几百万年后变成了化石被哪个饥饿难耐的科学家挖出来后大概就是这个味道。

　　早上去庙里拜过后，一回来就看见巴格瓦蒂——我们的厨师迪迪正站在门廊下，手里举着一个装食用油的罐子。我突然有一种莫名的紧张感。我放慢脚步，让孩子们先走过去，然后我问她拿食用油准备做什么。

　　"食用油啊，兄长！"她说着，往手心里倒了一点油。

　　"是，我知道是油。我想问的是为什么你拿着油……"还没等我说完，她已经突然间挡住了拉贾的去路，像黑熊捉鱼一样一把抓住拉贾，麻利地剥下他的T恤，然后猛地把油涂满拉贾的全身，甚至像抹护发素一样连头发里也抓了几下。其他的孩子也是刚刚从寺庙里洗得干干净净的回来，这时候都高高兴兴地把衣服脱得只剩一条小内裤，从罐子里取了油互相涂抹到对方的背上和胳膊上。

　　尼施尔油光锃亮地朝我跑过来，手里还掬着一捧油。等我看见他已经为时已晚。我想逃，却被一只拖鞋绊了一下，结果被尼施尔一把抓住，从我的胳膊开始给我往身上抹油。

　　"尼施尔！"

　　"过节嘛，兄长！"

如果不能每天洗澡，又被抹了油，当时的心情最好也只能用"复杂"来形容了。但是过节就是过节，你也说不出什么。

❖

我回归到一年前的乡村生活，与孩子们的感情也愈加深厚。大孩子们比以前起得更晚，他们对美国人的生活很好奇，还喜欢分享有关自己家乡的记忆。他们把从学校学来的知识拿来问我：飞机，迈克尔·乔丹，橄榄球，世界上跑得最快的汽车，澳大利亚，鲸鱼，第二次世界大战，电能等等。但对于我告诉他们的关于人类登月和海洋浩瀚这些事他们却不肯相信。一天下午，我带着他们爬上了平台屋顶，那里地势高，可以看到好几英里远的地方。

"现在向远处看，想象一下，你的面前是一望无际的海水，而且深不见底，就像喜马拉雅山一样深。"我给他们描述着。

他们异口同声地惊讶："哇！"然后一连几天，每天向我求证。

"海水有从苟达哇力到加德满都那么宽，对吗，兄长？"安尼施总是这么问我。

"不，比那还要宽，我说得对吧，兄长？"桑托斯就会纠正他，"你说过了，要比那宽得多得多！"

"从这到加德满都才十公里远，是吧，安尼施？"

"我不知道，兄长。"

"就十公里，相信我。所以说海洋，最大的那个名字叫太平洋，它的宽度相当于从这到加德满都然后再返回来走一千次那么远。"

"哇！"

我爱小王子儿童之家的这群孩子。在此之前我从未意识到过去的一年里我是何等地想念他们。

❋❋ 我亲爱的小王子们 ❋❋

　　我观察法理德和孩子们相处时的状态。他差不多和孩子们已经朝夕相处了十二个月，而且很多时候都是一个人应付他们。在这一年里，桑德拉回来过两次，只来了一个志愿者，而我在的那年是四个。在这种情况下，孩子们越发独立了。一次，尼施尔在屋顶上追着瑞蒂克跑，突然间被绊倒，大头朝下栽了下来，然而让人不可思议的是，他跳起来又继续跑着追过去。要是在一年前，尼施尔肯定会坐在原地大哭，一直等到有志愿者扶他起来。安尼施以前每天晚饭后洗完自己的餐具就经常帮忙洗锅，现在则是很多时候跟随在纳鲁——我们的洗衣迪迪左右，帮她洗衣服。他们拿着衣服在石头上敲敲打打，然后一人抻着一头，朝相反方向用力，把衣服拧干。拉贾七岁大的姐姐普瑞娅正在同巴格瓦蒂学习做饭，巴格瓦蒂做手抓饭的时候她都跟在一边看，帮着撒香料。

　　法理德对待这些孩子如同自己的兄弟姐妹，并不过分娇宠他们。他就像一个大哥哥，已经把印度桌球练得很厉害，能够打败那些大孩子了。村子里没有什么其他的娱乐项目，所以大多数志愿者不管孩子们玩儿什么游戏，都让着他们，让他们赢，但法理德不这么做。他玩儿得很认真，要是哪个孩子犯了规，他会毫不留情地把他罚出局。

　　"这样不行，达瓦！"他会冲他们大喊，"你作弊了！我看见你作弊了！"

　　孩子们喜欢和法理德一起玩儿，因为他比别人更了解他们。他们还知道法理德不喜欢蜘蛛，可以说深恶痛绝，于是每次在树林里看到蜘蛛，就是那种生活在尼泊尔丛林里的体形巨大的绿蜘蛛，他们就会装作要告诉他什么秘密似的把法理德叫到身边。

　　"别和我玩儿蜘蛛的把戏，我不会晕倒的，桑托斯。我又不蠢！"他把"蠢"说成了"春"。

"你过来就是了，法理德兄长！"

"我要是过去了，发现是蜘蛛，我就让你把它吞下去。我会这么做的，知道吗，桑托斯？你一会儿得把那蜘蛛吃下去，行吗？"孩子们笑倒一片。虽然我从没承认过，但其实我总是鼓励孩子们抓住一切机会让法理德摸摸蜘蛛，看他什么反应。对此，我们总是乐此不疲。

�֍

尼泊尔内战在过去的一年里愈演愈烈。2005年年初我刚刚离开的时候，贾南德拉国王取得了绝对的控制权，解散了议会。这个以彻底摧毁反政府军为目的的行动最初得到了民众的支持，可见尼泊尔人民多么迫切地想早日结束战争。但是，尼泊尔王室内部却出现了动荡。

四年前，尼泊尔的一个突发事件震惊世界。贾南德拉国王的前任比兰德拉国王，连同皇后和大多数王室家庭成员一起被自己的儿子——王储迪彭德拉枪杀身亡。事情的起因是国王拒绝接纳王储的意中人做太子妃，引起王储的极大不满，于是在餐桌上持自动武器对着自己的家人扣动扳机。在造成王室成员九死五伤后，王储把枪口对准了自己。但后来他自杀未遂，却由于严重的脑伤而陷入昏迷。

处于昏迷状态的迪彭德拉王储被加冕成为尼泊尔新国王，但三天后便去世了。于是，迪彭德拉的叔叔贾南德拉，王位的第三顺序继承人继任新国王。除了至高无上的王权，新国王继承的还有尼泊尔内战。

但是到了2005年年底，由于反政府军宣布停火，内战似乎有了马上结束的迹象。当时正是我准备重返尼泊尔的阶段。

"看见了吗？这下彻底安全了！"我得意地把报纸拍在桌子上给

我父母看。我是这么对他们说的，也是这么想的。

　　然而，我向父母隐瞒了后面发生的事实：贾南德拉国王几乎马上拒绝了反政府军的停火建议。他想要的是无条件投降，却没有考虑到当时的尼泊尔人民对和平的极度渴望。国王下令，皇家尼泊尔军加强对反政府军的打击。作为回应，反政府军开始攻击尼泊尔首都所在地，即加德满都谷地的一些目标，其中包括小王子儿童之家所在的苟达哇力村。

　　战争还在继续。

✣

　　虽然爆炸从未在苟达哇力村方圆五英里以内发生过，我们还是能够感受到战争所带来的影响。如今从苟达哇力到加德满都，往返都必须接受军事检查站的检查。小巴士在检查站要停下来，我和所有乘客都必须下车接受士兵的搜查。车子本身也要接受彻底搜查，谨防有人携带炸弹。从苟达哇力，也就是加德满都谷地的最南端进入加德满都的这条公路是反政府军非常可能采用的一条通道，所以爆炸事件越来越多起来。在这条路与加德满都林路交叉路口的位置，一辆坦克车守卫着进入首都加德满都的南大门。

　　"小王子"里几个年龄大点的孩子现在每天早晨都坐在那里看报，研究上面有关全国新增死亡人数的新闻。这方面的报道每天都在增多：政府军击毙反政府军人员，反政府军打死警察、摧毁房屋等等。反政府军对违反罢工的行为处罚越来越严厉。我们曾经读到过有出租车司机因为在封锁期间继续运营，结果被处死在自己的车里的报道。

　　基于这种不稳定状况，基本上所有的西方政府都敦促旅游者推迟不必要的尼泊尔旅游计划。我和法理德一直在等一个叫塞西尔的法国志愿者。她应该1月份来。我们向她保证，苟达哇力是安全的，但同时建议她根据自己的感觉来作决定。就在法理德给她发出E-mail三天后，尼泊尔西部有八十五个孩子从学校被绑架。这则消息是法理德从一篇法语新闻翻译成英文，大声读给我听的。读完，他回头看着我。

"我觉得塞西尔不会来了，"他摇摇头说，"我不怪她。"

三天后，塞西尔取消了她的尼泊尔之行。

眼见着这个美丽的国度正在遭受越来越多的杀戮，我和法理德依然坚持认为孩子们待在苟达哇力的小王子儿童之家是最安全的。不管怎么说，苟达哇力没有什么军事或者战略上的目标，而且加德满都谷地地区还从未发生过绑架事件。更何况，几乎没什么人知道"小王子"的存在。

或者说，我们主观上是这么认为的。

❖

"你能肯定吗，哈利？是谣言还是你确实知道这事？"

我和法理德坐在屋顶。太阳刚刚从山那边露出一点头，苟达哇力村的大部分地方尚且披着冰冷的露珠沉睡在黎明前的黑暗中。"小王子"的房管员哈利早早就来了，说有紧急的事情向我们通报。

他的手指紧张地在金属茶杯边缘画着圈。"这只是我听说的，康纳兄长。也许是谣传，但也有可能反政府军已经发现我们在这儿了。很抱歉，我不能肯定。"他说。

哈利带来的消息很令人担心。"小王子"的孩子们是反政府武装潜在的新兵招募对象。他曾经碰到过那个拐卖儿童的人贩子高卡的兄弟。他最近刚从洪拉来，说反政府军已经得知他在计划把孩子带出洪拉，他们很生气，命令每个家庭必须交出一名儿童加入儿童军，参加对抗国王的战斗。他们找到了高卡的兄弟，并让他传消息给在加德满都每一个保护洪拉来的儿童的人：这些孩子必须回到洪拉，马上回！

而谣言就更加令人心惊胆战。哈利听说反政府军已经知道了小王子儿童之家的存在。他们不仅知道我们的位置，还知道这里有多少个孩子。他们想得到这些孩子。

我和法理德谁也不看谁。外面传来孩子们的声音。他们已经下了楼准备去上学。

"你怎么看？"我打破了沉默。

"不知道。"法理德说。他看着哈利："你的观点呢，哈利？我们应该做些什么？你觉得这是真的吗？他们真知道我们在这里？"

哈利犹豫了一下，使劲清了清嗓子，然后说："法理德兄长，我认为你和康纳兄长应当考虑离开尼泊尔。这里不安全。如果反政府军的人来了，你们什么也做不了——他们有枪，所以他们肯定会把孩子们带走的。也许你们现在和家里人待在一起是更好的选择。我们可以在这照顾孩子们，我、巴格瓦蒂，还有纳鲁。以前我们也这么做过，没问题。我们是没事的。"他说，眼睛望着别处。

"不用，哈利。谢谢你，我明白你为什么这么说，不过我们会尽量待在这里，能待多久就待多久。"我说，眼睛看着法理德。法理德在一旁点点头。"但是，你怎么想，哈利？我问的是你自己的想法。无所谓对与错。你觉得，他们一定会来把孩子们带走吗？"

良久，哈利才回答我的问题。他总是揣度我们的意图，想知道我们想要什么答案。我看得出，他正在自己的本意和本能反应之间挣扎。"康纳兄长，我告诉你我的真实想法，纯属个人观点，不能肯定啊，"他字斟句酌，"依我看，我们在这里是安全的。反政府军绝不会冒险到加德满都谷地来的。这对他们来说是太大的冒险了，而且在加德满都谷地以外，他们有太多更容易得手的机会。"

法理德转过身看着我说："我也这么想，康纳。我认为孩子们在这里是安全的。"

我相信了他们的直觉。"好吧，"我说着，站起身，"那我们准备送孩子们上学去吧，已经有点晚了，不是吗？"

❖

随着封锁越来越频繁地发生，孩子们不用上学的时间越来越多。我和法理德几乎没时间离开"小王子"，于是我们就有大把的时间可以坐在屋顶上。苟达哇力的地势比首都加德满都要稍微高一点，但即便是在2月份，如果白天直接待在阳光下，也还是很暖和的。加德满都的冬天从12月份开始，到次年的2月份结束，白天的温度一般在华氏①四十度到五十度。之后，气温持续上升直到8月份，最高温度能够达到七十度以上，然后开始回落。在室内完全没有人工采暖设备或者空调的情况下，人们对温度的丝毫变化都会很敏感。

尼泊尔每家每户的平台屋顶就是专门为这样一个特别的目的建造的。至少在白天，人们待在屋顶上的时间比在室内的时间要久。洗过的衣服都平铺在屋顶上晒干；麦子也堆在屋顶储藏。有关这一切，"小王子"也不例外，只是为了防止孩子们摔下来，屋檐边多了一道小矮墙。除了6月初到9月底的雨季，孩子们每天基本上就"长"在屋顶上。

儿童之家宽敞的屋顶是我们绝佳的瞭望处。在那里，我们可以随时照看同在屋顶上玩耍的孩子，还可以向下看到花园里的孩子，甚

---

① 译者注：华氏度，温度计量单位。华氏度与摄氏度的换算公式为：摄氏度=（华氏度-32）÷1.8。

至可以兼顾到在附近的地里踢球和在吃草的牛群里东躲西藏的孩子。我们靠在栏杆上，一边喝奶茶一边聊天，大都是关于尼泊尔的话题，任凭纽拉吉和拉贾把我们当做攀爬架，在我们的身上爬上爬下。除了尼泊尔，我们还谈美食。尽管从小就瘦得皮包骨，法理德还是像囚犯渴望阳光一样对法国菜无比怀念。他可以滔滔不绝地连续一小时给你介绍一种叫做大香肠的风干肠，以及大香肠的不同种类。他可以告诉你哪个地区的大香肠最好，什么原料最好，用哪种面包（圆面包）搭配着最好吃，然后畅想着如果当时可以的话，他想吃一顿什么样的饭（大香肠，圆面包，还有越多越好的炸薯条）。

　　法理德很少提及他自己，以及他来尼泊尔之前在法国的生活，但我知道他是个被领养的孩子，不知道自己的父亲是谁，只知道他是个阿尔及利亚人，而且已经回到自己的祖国。我还知道法理德一直希望有一天能找到父亲。只是偶尔，他才会不经意地提及这些事，好像出于自我保护心理，不愿意在这方面想太多，也不愿意过分渲染这样的一个事实：作为曾经被抛弃的孩子，这个年轻人去年一年都在世界的另一端照顾十八个孤儿。于是，我们站在屋顶，望着远处的苟达哇力村，极尽口舌之能事描述着各自钟爱的美味佳肴。

七个孩子，七个牵挂

远处一个女人朝着儿童之家走来。似乎没什么特别的。

我和法理德正站在屋顶闲聊。当时是星期六下午，屋子里的地板刚刚拖干净，还要一小时才晾得干。孩子们用粉笔画了跳房子的格子，排成一排，每个人手里都攥着一块小石头。我先看见了那个女人，沿着那条铺好的路走来。那条路是连接苟达哇力村与外界之间唯一的纽带。我觉得奇怪。那天有封锁，路上根本没有小巴士来往。不管她从哪来，可以肯定，她是靠步行来的。

那个女人越走越近。还有一点比较特别，村里的妇女走路通常都是低着头，因为她们不是在负重就是急着赶回家，而这个女人不是，她走得很慢，但眼睛一直紧紧地盯着儿童之家的方向。我甚至担心她会不会在这条并不平坦的小路上跌倒。待她走得更近些，我意识到她其实是在盯着孩子们看。更奇怪的是，我看到孩子们从游戏中停下来望着她。

她在"小王子"大门口停下脚步，没有敲门，只是安静地站在那里，等待着。

法理德正眉飞色舞地描述着一年他过生日时他妈妈为他准备的一

道菜。突然间他意识到我正盯着别处看。他转过身，顺着我的视线看过去。

"那个女人是……"话没说完就停住了，盯着那女人看了一会儿，他说，"康纳，我想我知道这个女人是谁了。"

我也看出来了。她的脸庞瘦削而宽大，长着一双藏族人特有的眼睛。这张脸我们见过，就在小王子儿童之家。

这个女人是纽拉吉的妈妈。

纽拉吉双手死死抓住栏杆僵在了那里。他的哥哥克利斯推开人群，用胳膊搂过自己的弟弟，一言不发。法理德什么也没说便快步奔向楼梯。我跟在他的身后，中间停下来把桑托斯拉到一边。

"桑托斯，我要你和比卡什带着大家待在屋顶上，明白吗？"

"我明白，康纳兄长。"他回答。于是我快步跟随着法理德下楼。

法理德已经到了门外。我到的时候，他已经打开门，面对着女人站在那里。那女人也不进来，只双手合十，不住地念叨着"那马斯特"。我们还礼后，继续盯着她。法理德用尼泊尔语问她，是不是来这里看望孩子的。

她的头前后不停地晃动着。这个姿势在美国表示不确定，而在尼泊尔，则表示加强语气的"是"。我听不懂她对法理德说些什么，但有两个词是不需要任何翻译的："纽拉吉"和"克利斯"。

我们把她请进屋，给她倒了茶。尼泊尔人的风俗是，只要有人上门，都要端茶待客的。我出去找哈利，发现他正在我们楼下的小办公室里查看本周的食物预算。

"哈利，我们需要你到那个房间里帮我们做一下翻译。来了个女人，是纽拉吉和克利斯的妈妈。她现在就在这。"我说。

哈利放下手中的铅笔。"我不相信，康纳兄长。他们的妈妈已经死了。"

"我知道，可是……你来见见这个女人吧。"

他把椅子往后一推，跟着我来到起居室。法理德坐在一个小凳子上，那个母亲跪坐在地上。

哈利是对的。这个女人应该已经死了，而且孩子们自己也是这么说的。但我敢肯定这个女人——哈利和她打招呼时我从他脸上看到了同样的表情———定是两个孩子的妈妈。哈利拿过一个小凳子坐在她身边，先用尼泊尔语和她小声聊了一会儿，然后他抬起头看着我和法理德。

"法理德兄长，康纳兄长，这位是纽拉吉的妈妈，"他简单地介绍说，"你们想知道什么？我来替你们翻译。"

"一切，哈利，"法理德说着，向那女人俯下身来准备倾听，那女人不肯直视他的眼睛，"我们想知道一切。"

于是，我们知道了孩子们来到小王子儿童之家的故事原委。

两年前，像所有内战时期尼泊尔的妈妈们一样，纽拉吉的妈妈也担心着自己孩子们的生命安全。与外界隔绝的洪拉成为反政府军占领的绝好选择。在远离警察与法律约束的情况下，反政府军驱逐了当地选举的官员，许诺在他们的治理下，人们的生活会更好。贫困潦倒的村民们事实上没有什么选择的余地。首先，他们肯定没有任何反抗的手段，其次，很多人还抱有希望，希望反政府军会信守承诺。反政府军的人对他们说，君主制是他们苦难的根源，而不是干旱、与世隔绝，或者严重的发展落后。他们说，现在一切都要改变了。

但是反政府军还有军队要建设。他们解释说，他们必须武力强大，才能保护村民不受王室压迫者的欺凌。于是桥梁被毁，目的是使得最近行动起来，开始抗击反政府军的皇家尼泊尔军无法进入洪拉南部的这些村庄。反政府军推出新法令，要每家每户必须为他们提供食物供给。开始的时候，农民们还自愿缴纳粮食，寄希望于从自己那点可怜的储备中拿出的粮食可以满足反政府军的需求。但是他们的队伍发展得太迅速了，粮食的需求量也随之大幅增长。村民们已经倾其所有，连养家糊口都成了问题。

再后来，反政府军不光向村民们索要粮食，他们想壮大力量，扩大队伍，于是开始招募志愿者加入。反政府军已经夺走了他们的粮食，那么权宜之计就是成为强大一方的成员之一，至少这样可以养活家人。当不再有人主动报名加入，反政府军又颁布了一项新法令：每家每户须送一个孩子加入反政府军队伍。儿童军中最小的孩子只有五岁。这些孩子根据年龄和能力被分编成参加战斗的战士、火夫、脚夫，或者通信员。孩子们无处可藏，从妈妈的怀里被带走，随之在反政府的战斗中一去不回。

忽然有一天，"救星"从天而降，一个男人来到村子里。这个人的哥哥在洪拉区被反政府军占领前是本区的执政官，一个很有权势的人。他说，他能保护孩子们；他可以把孩子们带离洪拉，送到尼泊尔最后一个避难所——加德满都谷地；他将把孩子们送到寄宿学校，孩子们在那里能够接受启蒙教育，读书写字；孩子们将有饭吃，有人照顾；最重要的是，他们永远都不会被反政府军掳走。这个人便是高卡。

纽拉吉的父母乞求高卡把他们的孩子也带走。他们明白，高卡要价很高，但为了孩子，他们不惜一切。为了筹钱，纽拉吉的父母和其

二 环球之旅

他邻居们一道变卖了房子，搬到只有一个房间的小屋，又卖了土地和牲畜，再向远方亲戚借钱。这么做，他们的后半生都将背负沉重的债务，而且等于将其他的家人置于危险的境地，但是，只要能让孩子脱离反政府军的威胁，他们心甘情愿。在洪拉，家里有孩子的村民都在采取这种极端的办法以救自己的孩子于水火之中。

纽拉吉的妈妈给两个儿子准备了一个小包裹，里面装着他们仅有的一点财产：一件小衬衫和一点干稻谷。把儿子交给陌生人带走时，她不断地安慰他们。她告诉孩子们：他们要去探险；他们会很安全；眼前这个人会照顾他们，所以他们要做好孩子，按照这个人说的话去做；他们很快就能再见到妈妈了。

几个月过去了，孩子们音信皆无。她曾经问过同样把孩子送走的邻居，他们也没收到那个男人的消息。纽拉吉的爸爸拿着这个男人给他的电话号码走了好几天，到锡米科特，洪拉最大的村子，也是洪拉唯一有电话的村子去打电话。

电话的另一端传来无人接听的滴滴声，纽拉吉的爸爸挂上电话，又仔细检查了一下电话号码。没错，就是这个号，旁边还写着那个人的名字呢：高卡。他重拨了一遍，还是没有人接。永远都没有人接电话。他手里拿着的是个假电话号码，而他的孩子不见了，消失在几百里外加德满都的喧嚣中。纽拉吉的爸爸挂上电话，重新起程，步行几天回到村子里。他要告诉妻子，告诉孩子的妈妈，他们的儿子不见了。

我和法理德一声不响，凝神倾听着纽拉吉妈妈的讲述。小王子儿童之家根本就不是一所孤儿院。这些孩子们的父母亲还都健在，而且，其中的一位奇迹般地找到了我们。

纽拉吉的妈妈那天是从加德满都的林路走过来的。她现在住在那里。就因为这个人贩子，他们变得一无所有，别无选择，只好到加德满都来找工作。听她描述她的住处，我知道，从那走到我常去练习攀岩的地方只有几分钟的路程。那是个极其贫困的地区，每次我坐公共汽车路过的时候都会想，到底什么样的人能在这种地方住下去呢？纽拉吉的妈妈租住在一间小棚屋里，房东太太在附近还有一些土地。纽拉吉的妈妈替房东照看土地，以此换得一席栖身之地。她的丈夫已经到尼泊尔的第二大城市，位于尼泊尔南部的根杰去找工作了。她目前带着小儿子，一个两岁大的残疾儿独自住在这里。纽拉吉和克利斯根本还不知道自己有这么一个小弟弟。

一次，一个国际救援人员到她住的棚屋里看望，从他口中，她得知了有关"小王子"的消息。这位工作人员是从邻居医生那里听说有这么一户人家，妈妈带着儿子穷困潦倒。医生答应可以让她儿子到医院做检查。救援人员听了她从洪拉到加德满都的经历，告诉他说，他知道一个叫苟达哇力村的地方有个孤儿院，他们也许知道这两个失踪的孩子的消息。于是，她把最小的儿子留给邻居帮着照看，自己沿着因为封锁而空荡荡的公路步行到苟达哇力。这条路她整整走了一天，连方向也没问过。当看到通往孤儿院的那条小路时，她说，她知道自己没走错路。还说，当看到远处的黄色房子时，她知道自己的儿子就在那里。

这一刻她已经等了很久了。我到楼上把克利斯和纽拉吉带了下来。我走进房间，纽拉吉紧紧抓着他哥哥的手臂。克利斯也才七岁，但俨然已经是弟弟的保护神了。我站到后面，希望看到一个欢乐团聚的场面。

可是，两个孩子站在房间的一侧没有动，甚至都没有看他们的妈妈一眼。法理德走过去，在他们身边蹲下来，努力想引导孩子们和妈妈说句话，但他们就是不肯开口，眼睛死死盯着地板。母亲慢慢走到孩子们身边，在他们面前席地而坐，把两个孩子的手牵起来，柔声细语地和他们说着什么。然而，孩子们还是没有反应。

过了一会儿，当妈妈的又站起身走到哈利身旁，小声对哈利说了句话，我没听清。然后，她转过身，对着我和法理德双手合十做祈祷状，嘴里说着"谢谢"，然后回身走出房间要离开。

"等等……她说什么，哈利？她为什么离开？"

"她说她明白孩子们为什么是这种反应。她说她会回来的。她对我、对你和法理德兄长说谢谢。"

自始至终，克利斯和纽拉吉都没有抬起头看妈妈一眼。法理德让我带纽拉吉回楼上和其他的孩子们待会儿，他手揽着克利斯走到外面的花园里。这次的对话，话题会很敏感。孩子们对法理德有绝对的信任，而且克利斯是个聪明孩子。

我对屋顶上那群孩子的激动与好奇毫不理会。拉贾就是一个，声音比任何人的都大，不过他的问题却很特别。他没有像别人一样关心一下这个陌生的女人是谁，到底发生了什么事情，而是大声问纽拉吉要不要打桌球游戏。我让纽拉吉和拉贾一起玩儿，把其他的孩子带到离他们远远的一个角落，严格告诫他们不许打扰纽拉吉。一小时后，法理德和克利斯回来了，他让克利斯回屋顶和孩子们玩儿。

"到底怎么回事？"我问道。我们又一道走回花园。

"你肯定不相信。"法理德说，嘴里用法语骂了一句。

高卡曾经告诉过孩子们，只要有人问起他们的父母，就一律说死掉了。这样就会更容易从游客手里弄到捐赠，而且有利于向当地政府解释为什么一个人会有这么多孩子的监护权。

"如果某个孩子不小心说错了,告诉人家他父母还活着,就会遭到高卡的毒打。你能想象吗?"法理德说,"克利斯看到妈妈来了,他的亲生母亲啊,而且这么久没有见到妈妈了。可是,他唯一的念头竟然是他们要有麻烦了。他警告弟弟,要装作没有认出妈妈的样子。他怕如果纽拉吉说了什么,我们会打他。"

匪夷所思。"那么,他们认出妈妈了?"

"当然认出来了!那是他们的妈妈啊,"他说,"康纳,我大概没告诉过你。我以前见过这个女人,就在村子里。我当时就怀疑她是两个孩子的妈妈,但是不敢相信。后来我跑去找她,但是已经太迟了,因为找不到孩子,她已经走了。她肯定又回来找过孩子。"

"你怎么没告诉我这件事?"我不解地问。

他摇摇头。"因为我觉得不大可能是她。我以为整件事都是我臆想出来的。但是今天,我知道这是真的。她就是他们的妈妈。"

之后的几天,我花了很多时间陪在纽拉吉和克利斯身边,为了不引起误解,特别请哈利做我们的翻译。我们对他们说,妈妈来找他们是件好事,应该庆贺一下才对。分别几年后,他们还能见到妈妈,这种机会是别的小朋友都没有的。我们像和尚念经一样一遍一遍地对两个孩子,更是对所有的十八个孩子,重复着这个信息。我们向克利斯和纽拉吉保证,只要罢工结束,我们就会定期带他到加德满都去看望妈妈,慢慢恢复和妈妈的感情。

孩子们慢慢明白,我和法理德与那个人贩子不一样,我们不会因为纽拉吉和克利斯谈起自己的妈妈而受到惩罚。事实刚好相反,他们看到,我们因为两个孩子的妈妈尚在人间而欢欣鼓舞。于是他们知道可以信任我们。那是一种真正的信任,是自从离开家乡后对他们来说已经变得不可能的一种信任。这种信任成为我们和孩子们之间更紧密的纽带。孩子们心中的恐惧是我们之前所不了解的。而现在，这种恐惧正慢慢地远离。

几年来第一次，孩子们开始谈论家人，至少是目前为止他们记忆中的家人。我从未见过他们如此活跃。一到晚上，他们就开始大谈洪拉，谈自己的哥哥姐姐父亲母亲。他们的家乡在我的脑海中鲜活起来。回忆中不会总是快乐。夜深人静，当他们以为别人都已经熟睡时，我听到年龄大点的孩子在哭。是我们打开了孩子们尘封的记忆，但我们没有办法消减他们的痛苦。战争仍然在继续；洪拉依然是无法回归的家园；爸爸妈妈还是不知道他们在哪里。孩子们不仅记得，而且清楚地知道，自己的爸爸妈妈很可能已经不在人世。在这个世上，他们依然无依无靠。记得，又怎么样呢？一切都没有改变。

❖

几天后，罢工结束了。小巴士又恢复了在苟达哇力和加德满都之间的穿梭。我留守在儿童之家，法理德带着克利斯和纽拉吉去见他们的妈妈和小弟弟。没有几小时，他们就喜气洋洋地回来了。孩子们把他们围在中间，仔仔细细地询问他们是如何与妈妈一起度过这个下午的。他们的妈妈都说了什么？他们都聊些什么？他们都做了什么？

每隔几天，我和法理德就会带着他们坐上长长的一段汽车去看望他们的妈妈。两个孩子的变化是显而易见的。他们仍然是我们的孩子，仍然是儿童之家的一分子，但是兄弟两个人待在一起的时间越来越久了。他们一起学习，避开其他的孩子说悄悄话。更重要的是，他们开始盼望着去看妈妈。

但是，由于安全状况的恶化，进出加德满都变得越来越困难。尼泊尔陷入了叛乱的反政府军与王室之间斗争的夹缝中。

一方面，恢复了君主制的贾南德拉国王于2006年2月倡导进行了市政选举。此次大选遭到尼泊尔所有政党的联合抵制和国际社会的指责。抗议行动在加德满都街头遍地开花。

另一方面，反政府军雪上加霜。他们号召全国实行封锁或者罢工行动，禁止人们在选举的当天在路上走动。任何到投票站投票的市民一旦被发现，就会受到人身攻击。

政府与反政府武装组织之间的斗争愈演愈烈，市民们深受其害。

无论从哪个方面讲，2月份的选举都是彻头彻尾的失败。只有百分之二的市民参与投票，大多数投票站里守卫的士兵比投票的市民还要多。甚至候选人的人数都不能满足选举的需要，相比大约四千个席位，只有大约两千个候选人报名参加竞选。反政府军曾经威胁要刺杀候选人，并且至少他们有一次实施成功。一名候选人遭到枪击，横尸街头；还有一些候选人的家里遭到炸弹袭击。于是政府又出台相应的政策，规定只要有人愿意参加竞选，就免费提供人身意外保险。

国王宣布民主选举成功。

❖

一天下午，克利斯和纽拉吉从妈妈那里回来后显得尤其欢欣雀跃。他们飞奔过蓝色的大门，风一样从我身边刮过，径直跑到大孩子堆里。孩子们又聚拢来听故事。带两个孩子去见妈妈的法理德倒是过了好一会儿才回来。他把我叫到屋顶平台上。太阳已经快落山了，我加了顶帽子，又带了块羊毛毯跟着他上楼了。

屋顶上只有法理德一个人。他坐在栏杆上，遥望远处的群山。像这样晴朗的午后，加德满都谷地那边的喜马拉雅山清晰可见，在夕阳的映衬下披着淡粉色的光芒，它们的存在使得周围的一切相形见绌，黯然失色。即便在遥远的苟达哇力，也依然无与争锋。

"那又多了几个孩子，康纳。"法理德说。

"哪里又多了几个孩子？"

"纽拉吉妈妈那。一共七个，都和她挤在那间小棚屋里。洪拉来的孩子。"

法理德将他从纽拉吉妈妈那听来的消息讲给我听。高卡仍然在干着拐卖儿童的勾当。战争局势越恶劣，就有越多的家庭乐意付钱求他把孩子带出洪拉。高卡把孩子带出来，再把他们扔给国际组织开设的孤儿院照顾。这类孤儿院通常只在意孩子的安危，对他所谓这些孩子是孤儿的谎言不加质疑，照单全收。但后来，他的所作所为在加德满都有所传言，这些国际组织不得不谨慎甄别。于是，他们决定不再接收高卡带来的孩子——即使知道有些孩子会因此处于危险中。可是这么做也无力从源头上遏止高卡贩卖儿童的行为。

这宗生意的利润实在诱人，高卡岂能轻易放弃。他无意中发现了纽拉吉的妈妈，认出了她是洪拉人，而且知道她丈夫不在。高卡知道可以利用这个女人来帮助他。一个来自偏远乡村贫穷无知的女人根本无力抵抗高卡的压力。他把七个孩子带到她的住处，让她照顾他们。之后，高卡又不知去向。

"她靠什么养活这些孩子？我觉得她连自己的儿子都快养不起了。"我说。

"问题就在这儿，她根本养活不了他们。这些孩子眼看要饿死了。依我看，他们可能熬不下去了……"法理德说。看得出，他在竭力控制自己的愤怒。高卡又把七个孩子推上了一艘马上要沉没的生命之舟。

　　两天后，孩子们上学去了，我和法理德乘车去拜访纽拉吉的妈妈，顺路拐进了一家当地的商店。那是一家普通得随处可见的小店，小屋临街的一面墙完全打开，卖些大米、蔬菜之类的东西。货物都放在一个个旧麻袋里，按公斤称给顾客。我们量力而行，能带多少就买多少，连拉带拽地把粮食和蔬菜运到了纽拉吉妈妈的住处。进了大门，里面是个不大的院子。

　　三个孩子从一个单间棚屋敞开的门里探头向外张望。那是一个砖房，屋顶松松垮垮地铺着一张瓦楞铁板。片刻，又有一张小脸从昏暗的房间里伸出来望着我们。我已经习惯了"小王子"的那群孩子，习惯他们一个个像疯狂的小小鳄鱼表演者一样跳到陌生人的身上，全力挂住，然后向新朋友提出一连串的问题。可是这几个孩子，阴暗的天空下躲在昏暗的房间门后偷偷向外张望的灰暗的小身影，却一言不发。他们倒也不是害怕，但好奇和怀疑势均力敌，在他们的心中同样强大，不分伯仲，使他们在想靠近和想后退的矛盾中达到空前的平衡，结果就成了现在这样。走到门口，我数了一下，是七个孩子。他们看上去很脏，皮肤干裂，衣衫褴褛，头发剪得乱糟糟的，大部分都打着赤脚。

　　我和法理德把食物送进屋里，和纽拉吉的妈妈打了个招呼。她抱着自己两岁的儿子站起来。那孩子畸形的背部露在外面，我不由自主地缩了一下。纽拉吉的妈妈抱歉地笑了笑，然后扯过一件衬衫盖在孩子的身上。我觉得自己简直就是个浑蛋。

　　房间里有两张床。一个叫纳温的十二岁左右的瘦高个男孩坐在其中的一张床上，他是七个孩子中最大的。房间里没有窗户，唯一的光源是从狭窄的门口透进来的一点点阳光。为了保暖，室内墙上所有的洞洞都用旧报纸堵上了。黑暗中，我看到纳温手上包裹着什么，他紧紧地攥着。法理德轻轻地扶着他的胳膊把他带到门外。原来，他手上包着的是块破布，肯定是他在街上捡的。法理德小心地把布解开，我看到他的头猛地一缩，然后他又替纳温把手包好，和他低声说了几句，纳温低声回答。法理德点点头，然后匆匆向我走来。

"你能和他们待一会儿吗？"他问我，"我必须带纳温到医院去，他的手指被门挤了，就是……这个位置，"他指着自己食指指尖说，"这部分几乎断掉了。"

我答应他待在这里。他带着纳温走到林路上，迅速叫了一辆普通的旧斜背式出租车飞驰而去。

门外发生的一切似乎让孩子们产生了很大的兴趣。这时他们走出来瞪着我看，也许心里在琢磨，是不是我也会抓住他们中的某个人，把他扔进出租车扬长而去，带到只有神才知道的地方。要不然他们怎么都和我保持一定的距离呢？我坐在地上，开始仔细端详他们。纳温走了，现在还剩下六个孩子，其中最大的一个长得很像纳温。我在想他们俩是不是亲戚。那孩子转身回了棚屋，其余的孩子留了下来。他们扑通扑通全部坐到地上，一个挨着一个，等着看我有什么下文。看年纪，他们应该在五岁到九岁。最小的那个看上去比拉贾个头还小，永远一副愁眉苦脸的表情。事实上，我仔细看了之后发现，几个孩子都是一脸的苦相。

这群孩子里只有一个女孩子，后来知道她叫阿弥达。阿弥达一头长长的黑发，乱蓬蓬地散着，长得很像藏族人，小眼睛、宽颧骨。这种长相在洪拉和尼泊尔北部地区很普遍，因为那个地区的居民，其先人是四百多年前从西藏及其周边地区翻越喜马拉雅山脉来到这里的。六个男孩外加一个女孩，这个比例刚好和从洪拉带出来的孩子男女比例基本保持一致。一般父母亲把孩子交给人贩子带走时，大多会选择送男孩子走，因为他们认为男孩子更容易遭到绑架。他们还相信，男孩子学业会更出色些，长大了可以回到洪拉照顾家庭。

不过，这会儿看来，阿弥达似乎是这群孩子的头儿。她冲着身边一个瘦得皮包骨的男孩子耳语了几句。男孩子名字叫迪尔加，他那突出的前牙让我想起了兔八哥。迪尔加非常消沉，坐在那里只是盯着地面，手里拿着一根小棍在地上画各种形状的图形。

我们就那么坐着，互相盯了大概二十分钟，因为本来也没有什么事情可做。在尼泊尔，我学会了自己本性中并不具备的一种耐心。这里的生活没什么刺激，也很少有压力逼着你做事，所以尼泊尔人可以选择一种平和的方式静静地长时间坐在某处，遥望田地，凝视自己的牲畜，或者盯着自己的小孩子在门廊上玩耍。

虽然很想和孩子们多聊一会儿，但我又怕吓跑了他们，于是我到棚屋旁边的田里走了走。这块麦田很小，大概只有足球场的一半大，纽拉吉的妈妈已经堆了几堆草。不出我的所料，那群孩子仍然在一定的安全距离之外跟着我。我转过身，他们便停止了交头接耳，人也仿佛僵在了那里，有点像我小时候常玩的一个叫做"红灯、绿灯"的游戏。然后我转过身猛走，更加迅速地一次次回过头来。几次三番之后，他们意识到我是在和他们做游戏，阿弥达咧开嘴笑了。之前，迪尔加发现自己玩得很开心，就折回棚屋，找到他的小棍儿又开始在地上画画去了。所以这时候，阿弥达的笑容给了我极大的鼓舞。

两小时后，法理德带着纳温回来了。此时纳温的手指上紧紧地裹着干净的白色纱布。我们同纽拉吉的妈妈道别，同时向几个孩子挥挥手，只有阿弥达一个人挥手回应。林路上来了一辆公车，待它慢慢减速，我和法理德跳上去，在路上颠簸了九十分钟回到苟达哇力。

每隔九天我们就会给纽拉吉的妈妈和那七个孩子送些食物。孩子们渐渐对我们热情起来。第三次去的时候，他们都跑出来迎接，只有迪尔加依然躲在棚屋里面不肯出来。他好像要证明什么似的，倔犟地把手放在破裤子的口袋里，一双赤脚在地上蹭来蹭去，头也不抬。

那次，我还带了自己的小数码相机。把一袋蔬菜放在门口后，我趁孩子们玩闹的时候给他们拍了些照片。因为我没告诉他们在做什么，孩子们也从来没见过照相机，所以比较容易抓拍。儿童之家里的那群孩子要是见到相机就完全是另外一个样子，他们会跑过来争着挤到镜头前，所以我拍的大部分照片里不是瑞蒂克的腮帮子就是尼施尔的发际。不过到了后来，这几个孩子终于对相机产生了好奇。他们踮着脚，拼命想搞清楚我到底从那小小的屏幕里能看到什么。

第四次去时，我还是带着相机。孩子们正在地里的一个小干草堆那玩儿。迪尔加和往常一样，坐在棚屋旁边的一堆砖上，忙着把长长的草叶两头系在一起，然后举起来，像经幡一样串在他两条细细的胳膊上。我走近他，他抬起头看了看我，又低下头，挑衅一样对我置之不理，继续专注于他手中的工作。我在两英尺远的位置给他拍了一张脸部特写，然后把相机转过来，拿远一点，让他可以清楚地看到神秘的相机屏幕上他自己的那张脸。

他终于抵制不住诱惑站起身朝我走来，脸色依然阴沉着，唯恐我看出他的开心。他紧盯着相机的屏幕，双眼睁得大大的。我身后传来兴奋的叫喊声，随后是赤脚踩在泥土地上的啪嗒啪嗒声。秘密终于被揭穿了。所有的孩子都冲过来，像高速公路发生连环撞车一样挤到我的身边，争抢着把脑袋凑过来看相机的屏幕。待看清楚了屏幕上的照片，沉默片刻，人群中又一次爆发出兴奋的喊叫声，喊叫声随即转变成开心的尖叫声。阿弥达兴奋得喘不上气，一个劲儿地摇晃着迷惑的迪尔加，告诉他到底是怎么回事：原来屏幕里的照片就是迪尔加，他长的就是这个样子。

我没想到，迪尔加从来没见过自己的长相。他们村子里没有镜子，也没有玻璃，没有任何可以反射出人影的东西。其他的孩子还在欢欣雀跃地大叫着，央求我给他们每个人照张照片，迪尔加只是死死地把着相机，瞪着屏幕上的自己。我第一次看到他咧开嘴笑了。

此后，迪尔加不再害羞了。虽然还有一点小小的逆反，倒也是很可爱的样子。假小子一样的阿弥达找到一个塑料球，想和我玩接球游戏。她花了好一会儿才跑出去，在离我三英尺远的地方哧溜一下停下来，然后用尽全身的力气把球扔过来。站在我身旁的迪尔加显然急于想表现一下自己，好让他七岁的伙伴刮目相看，跳起来截住空中的球，似乎以此证明他的权威。可是球从他的手里滑落，掉到了我的手中。他气恼地转过身，冲我跺脚，然后一屁股坐在地上，双臂交叉抱着肩膀。从这个孩子身上，我又看到了小时候的自己。我把球扔回给阿弥达，装作不小心的样子，球脱手，刚好掉在迪尔加身边。他猛扑过去捉到球，一副完全靠运动实力成功断球的样子。待他再跳起来，已经是满脸笑容。他甚至同情地把球传给我，好让我觉得自己没有被排除在外。我感激地冲他点点头。

我对看望这七个孩子有一种期盼。小王子儿童之家的那些孩子就如同我们的兄弟姐妹，见到他们就像回到家一样亲切。可是这七个孩子被社会遗弃了，没有志愿者来照看他们，送他们去学校，为他们募集捐赠，也没有人在睡前给他们读故事听。他们不受任何组织的保护，游离于人们的关注之外。以这样的状态生活在尼泊尔，就意味着，他们的生命时时处于危险之中。

我们的担心不是没有道理的。尼泊尔的政治局势每况愈下，反政府军已经公开宣布起义，要不惜一切代价埋葬君主制。山雨欲来风满楼。如果谣言属实，封锁延期的话，我们就不能来给孩子们送食物了。我们必须想一个长久之计，让这几个孩子活下来。

情况变得越来越糟糕了。我和法理德必须应对前所未有的紧急状态。我们到处寻找可以接收这七个孩子的孤儿院，均以失败告终。看来我们低估了这些被拐卖，远离家园的孩子面临的艰难处境。目前，所有的援助机构都已经拥挤不堪。对他们的难处我非常理解。我们刚刚接收了两个孩子到小王子儿童之家，那也是因为他们是我们现有的两个孩子的弟弟（一个是桑托斯的弟弟，一个是摩西陀的弟弟）。同时接纳二十个孩子，这已经达到"小王子"承受能力的极限。哪怕再多一个，都会打乱孤儿院现有的秩序，人均占有面积受到挤压。我们不能再冒险接收更多的孩子了，所以要尽快找到其他解决问题的办法。

❖

我预订了2006年4月4日的返程机票。至今我也搞不清自己怎么会选了那个日子回美国，但那一天是所有的外国人蜂拥到机场，只要有飞机就上，火速离开尼泊尔的日子。反政府军已经命令尼泊尔全国于4月5日到9日实行大规模的封锁，并威胁说封锁可能会无限期延长，直到国王下台。现在已经是3月底，我们的时间非常紧迫了。我的朋友，年轻的尼泊尔小伙子德文德拉在为"CERV尼泊尔"工作，就是第一次介绍我来尼泊尔做志愿者的那个组织。通过德文德拉，我约见了儿童福利委员会的领导人吉安·巴哈杜尔。德文德拉事先就提醒我，全加德满都最忙的人可能就是吉安·巴哈杜尔了，但是如果我们星期四下午一点钟能准时到达位于泰米尔的"CERV"办公室，吉安先生会尽量抽出时间见我们一面。

我和法理德早早就到了，被带到一个地板上放着坐垫的小会议室等着。三十分钟后，德文德拉带来了吉安先生的口信，说他会晚到一段时间，问我们能否四点钟再来？于是我和法理德找到附近的一个小饭馆，那里卖的坦都瑞①鸡味道极好，是我们在苟达哇力日思夜想的美味。我们坐在小饭馆的平台屋顶上，边吃边聊，打发剩下的几小时时间，讨论如何安置这群孩子，再调侃一下政治局势，间或安静地坐在那里看着下面马路上过往的人流，发现在本应是徒步旅行高峰期的季节里，游客竟然如此之少。好不容易看到一个，也正大包小包地塞进出租车，朝机场扬长而去。国际社会正在撤离，留下尼泊尔独自忍受战争的煎熬。很快，我和法理德也不得不走了。

回到"CERV"，我们见到了吉安·巴哈杜尔。他坐在我们对面的垫子上，旁边是德文德拉。德文德拉来自比斯塔敕海普，就是靠近苟达哇力，我们最初接受入职培训的那个村子。更重要的是，他了解这七个孩子的情况，也乐意帮忙。

"康纳吉②，法理德吉，很高兴见到你们，"吉安很正式地同我们打招呼，"我能帮你们什么忙吗？"

我给吉安讲了"小王子"的情况、高卡的问题、七个孩子的困

---

① 译者注：坦都瑞是独具特色的一种烹调方法，即将鸡、鱼等肉加上香料在陶锅里烹煮。
② 译者注：在尼泊尔人的姓名后加一个"吉"的音为尊称。

境，以及我们目前面临的两难境地。吉安仔细地听着，既不打断我，脸上也没有流露出任何表情。

"康纳先生，"在我清楚地表示情况已经介绍完毕后，他开口说，"谢谢你告诉我这些。我很想知道你和法理德先生的意见。对高卡的行为，我已经有所掌握。你们猜得没错，除了在你们那里的二十个孩子和林路边上你们发现的那七个，的确还有更多的孩子处境相同。我已经跟踪调查了这个人两年之久。据我估测，他一共带出来差不多四百个孩子。"

对我的震惊他早有预料，所以他冲我点点头，好像在说，嗯，就是这个表情。

"你们可能在想，逮捕这个人一定很困难，"他接着说，"以前曾经逮过他一次，但这个人的关系实在太厉害了，三天后他们就把他放出来了。起诉他的证据不足啊，不合乎尼泊尔的法律，"吉安面带忧郁地微笑着说，"不过你们讲的情况给了我一线希望。这七个孩子可能就是证据，可以证明他虐待儿童，导致孩子们饥饿，甚至死亡。也许这几个孩子能够成为逮捕高卡的证据，可以阻止他拐卖洪拉的儿童的行为。"

三

草堆里的七根针

2006年4月—2006年10月

一封改变一切的电子邮件

飞机降落在新泽西的纽瓦克机场。走下飞机，迎接我的第一张熟悉的面孔是妈妈。她像往常一样站在人群的最前排，靠在栏杆上，在涌出接机口的一张张疲惫的脸中搜寻着。我看到她时她还没发现我，正双手紧紧地抓着护栏，表情严肃地盯着信息屏，确认我搭乘的从德里来的航班是不是准时到达了——啊，到了。她一眼就认出了我，虽然我已经瘦得皮包骨，衣服挂在身上晃里晃荡，虽然头发剪得短短的，虽然已经一个月没有刮胡子了，看到我时，她的眼睛马上一亮。我知道她接下来就会大喊一声："嘿，哦哦哦哦！"旁边的一个印度女人被她吓了一跳。都这么多年了，她的这种迎接方式总是让我很难堪，但这一次好像感觉不像以前那么尴尬。

我们驱车赶往位于泽西市的家，纽约的摩天大楼群远远可见。坐在车里，妈妈首先问起孩子们的情况。通过我写回家的电子邮件，她已经对所有孩子的名字了如指掌。新闻里报道尼泊尔的事了，她告诉我。为了证明她的话没错，她把收音机调到国家公众广播电台。果然，没一会儿就开始报道有关尼泊尔的最新消息。很快我发现，妈

106

妈对尼泊尔政局的了解远胜于我。所有关于尼泊尔的报道她都不放过。她花了十分钟的时间对尼泊尔的大事记作了一个概括总结，提到了反政府军的进攻，皇家尼泊尔军的反攻，记者被捕和双方对尼泊尔平民的暴虐。

车子停在泽西市我们的家门口。熄了火，我们没有马上下车，在车上静静地坐了一会儿。

"不管怎么说，你回来了，我很开心。"妈妈说。

第二天，妈妈离开泽西回佛罗里达去了。她已经搬到那里常住，准备等我找到自己的住处就把泽西市的房子卖掉。

两天以后，朋友们开始陆续打电话过来问候，都是些一年多没见的老朋友。于是每个晚上都有不同的一群人带我出去，庆祝我的回归。十年来，我第一次决定回家后就不再离开，准备找个工作安顿下来。我们大谈特谈我应该住在纽约的哪个区，应该和什么样的女人约会，对众多的相亲对象评头论足。每到一处，无论是酒吧还是饭馆，他们都争着付钱，对我说："拜托——你去救助孤儿，我们也就只能做这点儿事了。"

我知道自己该婉拒他们的慷慨，可是那些吃的看上去都太诱人了，无与伦比的美味可口。就看我每吃一口土豆皮都兴奋得满脸通红的那副馋样，真应该给星期五餐厅拍广告去。所有的食物，只要没有米饭我就吃，就连直接对着水龙头喝水我都兴致勃勃，再怎么喝都可以，不必担心有寄生虫。喝一口啤酒，就美得上了天堂一般，而且四个月以来，我第一次又吃到了巧克力。

这里到处洁净如新，每个人都穿得光鲜亮丽，衬衫领子浆得硬挺，烫得笔直。没有人会连续两天穿同样的衣服，更别说连续两个月不换衣服了。没有漫天飞绒毛，也没有人字拖，走到哪都能听到甜美的英语，新车的轰鸣，抽水马桶的哗哗声，感受空调房间的惬意。只有看到孩子的时候我的感觉最奇怪。那么多的孩子都皮肤光洁白皙，和我一样不幸地苍白得近于半透明。几个月来看到成千上万个古铜色皮肤的孩子，就感觉这里的孩子皮肤都被漂白了一样。

那几天，我把简历整理了一下，以前的信息都太过时了。这次，我决定重返公共政策领域。这应该是个比较正确的选择，因为找工作相对容易些，对我这个很久没有收入的人来说很重要。纽约的消费太高了，我又身无分文。在简历中，我列举了在布拉格和布鲁塞尔的东西学院的工作，希望四处游历的那一年不会对我不利。在最后"其他兴趣"一栏里我写的是："小王子儿童之家，尼泊尔：志愿者。"

仅此而已。这句话就是我的全部经历。和十八个孩子几个月来的朝夕相处，每一个孩子的独一无二和他们的疯狂一直游弋在我的记忆中。只短短的一行字便把所有的一切一带而过，很可能永远都没人在意。但也许事情原本就该如此吧，我想。是该往前走了，找一份真正的工作，谈谈恋爱，在家人和朋友身边过日子。

可是，我的内心里还是在挣扎，挣扎着要不要真的往前走。回来后我已经往"小王子"的电子邮箱里发了四封邮件，我相信法理德或者哈利一定会把我的信念给孩子们听。我写信给哈利，请他在七个孩子入住雨伞基金会以后，当然，也要等到时局稳定了以后，去了解一下他们的情况，并请他转告那几个孩子，我们很关心他们。我考虑着把给他们的照片发过去。我发现自己非常希望保持与尼泊尔那边的联系，不想做一个一旦离开尼泊尔就消失在自己最初的日常生活里不再联系的志愿者。

一方面我努力展开求职之路，另一方面我又备受干扰。CNN（美国有线电视新闻网）将有关尼泊尔的新闻毫无隐瞒地进行实时报道。通过CNN，我知道老百姓们现在开始走上街头。这一次倒并不是应反政府军的命令——虽然这一行动也受到反政府军的竭力支持——而是在当初国王攫取政权时被踢出议会的那些政党的敦促下采取的行动。抗议活动由一批激进分子组织，并在那些没有被捕的新闻记者的参与下升级。

尼泊尔的局势已经一触即发。贾南德拉国王迫切想维持自己手中的政权，颁布了宵禁令。计划失败后，他又命令，只要见到抗议者，警察就可以开枪射击。

反政府军的武装起义已经成为全民行动，而且每时每刻都在发展壮大。法理德已经回到法国，通过电子邮件和我保持着密切联系。任何一则来自尼泊尔的朋友和同事的消息、谣言或者新闻我们都互相分享。电视上看到的那些景象让我们无比惊诧，那些原本平和的、极好的、充满爱心的人们突然之间狂热地激情高涨，变得果敢而坚毅，充满了斗志。这种精神驱使着这些男男女女站到游行队伍的最前沿，为后来人赢得自由不惜饮弹而亡。

国王一旦开始了杀戮，他的命运就已经不可逆转。似乎全尼泊尔的人都聚集到了加德满都的街头。2006年4月24日，君主制土崩瓦解。尼泊尔市民围攻王宫的大门，迫使国王宣布恢复民主程序选举的议会。也许正是这个条令，是他能作出的唯一拯救了他的性命的决定。电视中CNN新闻里一张张尼泊尔人的脸部特写为我们讲述了怎样才是解脱、怀疑、喜悦和乐观。

我关上电视，感觉像是看了很久很久一样疲惫。尼泊尔依然前途未卜，那么反政府军的未来呢？国王的未来呢？谁将成为尼泊尔的统治者？电视里那些面孔在我的脑海里徘徊。他们也是为人父母者，却欣然投入这项重要的事业中，为他们的孩子创造一个更美好的世界。

我为我的第二故乡而骄傲。也许，只是也许，孩子们，"小王子"的孩子们和那七个孩子会拥有一个光明的未来。

但是，一封电子邮件改变了一切。

✖

邮件来自维娃·贝尔。由于反政府军的武装起义，他们花了三个星期才横穿加德满都接到了七个孩子。在那之前，公路上不允许任何车辆往来穿行。所以等到国王一下台，他们花两天的时间找到一辆小货车。考虑到可能需要有人安慰孩子们，维娃的合伙人杰姬带着两名女性员工去接他们。我们给的方位指示非常准确，所以杰姬毫不费力就找到了他们住的棚屋。推开大门，纽拉吉的妈妈带着她的小儿子笑着把他们请进屋。

可是，七个孩子不见了。

纽拉吉的妈妈说，高卡已经得到消息，有人要来营救这几个孩子。高卡可能知道我的名字，而且知道我曾经就七个孩子的问题知会过政府的儿童福利委员会。这个人太知道如何钻法律的空子，逃脱牢狱之灾了，所以他很清楚地意识到，这七个孩子的存在以及他们恶劣的生存环境有可能成为对他不利的证据，而且是他无法反驳的犯罪证据。

高卡绝不冒险。国王下台，宵禁解除，他就马上出击。在首都加德满都一派欢欣景象的掩护下，他把孩子们带走了，这样他们就不会给他带来麻烦。在这场孩子争夺战中，他比雨伞基金会快了整整四十八小时。就这样，七个孩子失踪了。

一直困扰着我，让我寝食难安的是我临走之前对孩子们说的那些话。我告诉他们，会有人来接他们走，是他们可以信赖的人。这个人会带他们到安全的地方，在那里，他们将见到很多小朋友，可以上学，吃得好，有床睡，还有合适的鞋子穿。他们不相信。以前他们也听过类似的话。就在他们从洪拉的家里被带走，再被遗弃，变得衣食无着之前，爸爸妈妈也说过这样的话。我坐在他们身边，看着他们的眼睛说，我理解他们的感觉，但是这一次，我保证是真的。

三周以后，如我所言，真的有人来接他们了，但并不是带他们到安全的地方。现在阿弥达、迪尔加、小比什努，还有其他几个孩子都已经知道，我背叛了他们。在他们眼里，我和其他人没什么两样。唯一不同的是，我意识到这一次，没有人知道他们被藏到了什么地方。

我坐在卧室里，把维娃发来的邮件看了一遍又一遍。这间卧室保留着我大部分的童年记忆。电话响了两次，应该是朋友打过来通知我今晚在哪个酒吧碰头的电话。我没有接。再次抬起头看表时，我发觉我就那么坐着，盯着电子邮件已经足足有一个多小时了。天黑了。

电脑边放着我的求职笔记，里面的信息都经过了我一丝不苟的细心整理，可见我的兴奋程度。在纽约，回归到主流的生活是我的一个梦想，是过去的一年里我朝思暮想的一种生活，我见得到朋友，能挣到钱，可以去约会，有美食吃。生活在美国，在我的家人身边，每个人都说英语，分享共同的历史和文化。

我最后看了看这些笔记，上面有我准备求职的研究机构和公司的目录，有每个职位的优势与劣势比较，还有具体每个职位的起薪。看过后，我把这几页撕了下来。另找一张白纸，在上面写下了七个孩子的名字：纳温、马丹、萨米尔、迪尔加、阿弥达、库马尔、比什努。

重坐到电脑前，我给法理德写了一封邮件，向他解释了那边发生的事情，包括维娃的邮件全文。最后，我写了一句话："我准备回尼泊尔。"

身在法国的他马上给了我回复："我和你一起回。"

"下一代尼泊尔"诞生

　　我的第一个反应就是订机票。机票钱可以借,这样我周末就能到加德满都了。最近时局这么动荡,应该没什么人订尼泊尔的航班。可是,到了之后怎么办?在人口一百万的加德满都要找到那几个孩子几乎是不可能的事。内战期间成千上万的难民拥入加德满都,成千上万的儿童失踪。我真不知道该从哪入手,所以必须事前做更周密的计划才行。可是一想到要做计划我就很苦恼。我本身不是一个很会做计划的人,总是鲁莽行事,让自己陷入困境,然后再竭力挽回,挣扎着扭转局面。

　　现在应该先做什么?我拿出笔记本准备列出行动计划。首先想到的是去加德满都,但这也算不上行动的第一步。去了之后我就不知道了。于是放下笔接着想,可是越想就越愤怒。我在尼泊尔竭力去做的,不过是要将七个孩子带离危险境地,把他们送到市里某个儿童之家,仅此而已。我没想做特雷莎修女,但即便如此,我还是失败了。

　　我看着从尼泊尔发来的照片,上面是国王下台后举国欢庆的场面。这让我愈加愤怒。为什么尼泊尔人自己不去找孩子?那是他们的孩子，不是我的！可他们就知道庆祝，好像所有的事情都在朝好的方向发展一样，没有人关心那些失踪了的孩子。要是在美国，一个五岁的男孩不见了，肯定接连几天都是头条新闻，全城警戒，大把大把的钱花出去，政府还要召开记者招待会。在加德满都，七个孩子就这么无声无息地不见了，竟然没有人惦记他们。他们当然不用担心，因为有像我这样的人给孩子们送粮食，四处打电话替他们找一个家啊！

法理德任由我发泄完，然后回信给我，以他毫无外交头脑的眼光看，我有点——用英语怎么说？——不公平。对尼泊尔人不公平（查过字典后他又加了一个词"不理智"）。他没过多解释，也不需要解释。我的暴怒浸入法理德理性的池水中，再次浮出水面时，就成了湿淋淋的内疚。我把所有的钱都花在环球旅行上，永远不必为了我的孩子能得到医疗救护而奋斗；也不需要保护他们远离人贩子的魔爪；永远不会看到朋友和邻居饿死；也不会向上帝求雨以保证谷物不会干旱而死。但是如果我曾经经历过以上的任何一种恐惧，我敢肯定，我绝不会花时间去担心那些我根本没见过的孩子，因为我得操心自己家人的生计。

我开始理性地思考，和法理德整天整天地凑在一起想办法。手头上没有任何资源，这么快就回加德满都对我们没好处。即便是我们奇迹般地找到其中某些孩子，又该怎么养活他们，怎么保护他们呢？他们可以暂时待在雨伞基金会，但我深知，这七个孩子不应该是雨伞基金会的责任，我该为他们负责。雨伞基金会已经尽其所能去营救他们，保护他们。孩子们需要一个家。如果我们要去寻找他们，就有责任给他们一个家。我走之前也是这么承诺的。在我们筹到足够的钱可以给孩子们提供稳定的生活之前，回尼泊尔其实没什么意义。

慢慢地，我们的思路开始清晰起来。

我写下一条：先筹集资金。这是计划中位于"飞往加德满都"之前的一步。在此之前，我通过写小王子儿童之家的旅游博客已经挣了一点钱。我需要一个更好的组织形式，好让人们明白，他们要做的是一次真正的商业投资，而且会享受政府减税的优惠。至于怎么才能找到这些投资者就另说了，我暂且把这一步略过去。我需要一个正式的公益组织。

当然，现在的问题在于，我对如何组建一个公益组织没有一点概念。我问过朋友，也问过朋友的朋友，每个人都建议我雇一位律师帮我筹建。律师？我一边琢磨一边缠着一位自己创办过一家公益组织的朋友。可是我现在已经穷得只能买得起日常杂货了，又不肯舍弃口舌的享受，于是我在纽约找了一家法律图书馆，每天坐通勤车去那里搞调研。两周后，我觉得已经基本掌握了自己创办公益组织的要领。但这只是漫漫征程的开始，就像买车却不会开车一样。之后还有厚厚的法律文件要看，要回答一些应该是很基础的问题，可我就是不知道怎么回答。你的救助目标是什么？打算如何完成？具体策略有哪些？准备筹集多少善款？董事会都有哪些人？我统统不知道。我想找到那几个孩子，却不清楚会花多少钱。我想给他们一个家，却不知道怎么做才能成功。

在尼泊尔组建这个组织耗尽了我所有的时间，我现在已经没有任何社会交往。每天满脑子都是这件事。为了分散一下注意力，我晚上会看会儿电视，但每次也就只能看三十分钟。三十分钟后，就又回到工作中了。这样很累，但最累的是想睡觉的时候。每次我都要花很长很长时间才能放松下来，让自己的心情归于平静，真正入睡。各种考虑，各种想法，我要谈话的人，要见的人，所有这些都像参加轱辘速滑赛一样在我的脑子里乱窜，互相攻击以赢取我的关注。但是有一天晚上，本来睡得好好的，突然间脑子里跳出一个想法，让我彻底从梦中清醒过来。这个想法一出现就气势如虹，在我的头脑中飞速形成。当我意识到时，我发现自己双脚着地，笔直地坐在那里。我知道该做什么了！我跌跌撞撞地爬到电脑旁边，开始给法理德写邮件。

邮件中，我直奔主题。

我们可以找到他们的家人，那些孩子的家人。最开始先找小王子儿童之家的孩子家人，等找到那七个孩子后我们再找他们的家人。考虑一下，目前正在休战。皇家尼泊尔军已经不再参战了，反政府军也已呼吁停火。国王下台了，没人想打仗。我们去洪拉的机会之窗已经打开。也许，我们可以顺利进到村里，特别是如果反政府军想努力做一个合法的政党，我们就不会受到绑架和袭击。尼泊尔的未来取决于能否将失踪的年青一代人和他们的家人和社群重新建立联系。我们可以试一试，对吗？你觉得这个办法可行吗？

当时一定是法国的凌晨，可法理德不到一小时就回信了：

康纳，我喜欢这个主意。我们一定得试试。

我们的目标表述很模糊，但我知道那是什么意思。我们要去解救被拐卖的儿童，我们要去寻找他们的家人。这么写，至少应付那些法律文件是足够了。我并没有特别说明，我们其实只是想着去解救七个孩子，而找到他们也许是不可能的，更不要说找到他们的家人了。

在回答有关策略和筹款方面的问题时我也比较含糊。怎么才能找到孩子？我不知道。也许，先和政府部门交涉一下。我们需要多少钱？不确定。我估计大约得一万两千英镑吧。目前唯一能确定的花费就是飞到尼泊尔的机票钱和开设一所儿童之家的费用。不是七个孩子的儿童之家，也许二十几个吧。我把这些问题的答案一一填好，其实都是估测出来的。我只能尽量做到具体详尽，好不让他们看出来，其实我都不知道自己在做什么。

填好这些，我突然发现还有一个空白处：组织的名称。脑子里依然没想法。于是我花了一个晚上时间把所有想到的名称大声念熟，想象每个名称在尼泊尔语中怎么发音。有几个我觉得还不错，决定作为备选名称采用。记得在写给法理德的邮件里我提到过"失踪的一代儿童"这个词，所以最后确定了一个首字母缩写看上去没什么不好的含义的词：下一代尼泊尔。

事情进行到现在，我不光补充完善行动计划，也开始有已经完成的工作可以从本子上划掉了。这点可喜的成绩让我备受鼓舞，我干得更卖力了，经常两三天不出家门，坐在电脑前埋头苦干。我联系了在东西学院工作八年间结识的几位最阳光、最富有同情心的旧同事，说服他们出任"下一代尼泊尔"的董事会；填写美国国税局的免税申请；把"下一代尼泊尔"写进博客；要求家人向"下一代尼泊尔"捐款作为提前送我的圣诞节礼物；请求我的朋友们伸出援手，帮助那些他们在过去的一年里通过阅读我的博客早已熟悉的孤儿们；请另外一些朋友帮忙组织募捐活动。

等到募捐活动开始了，我才意识到，我真的准备去救那些孩子。那次活动来了五十个捐赠者，每人捐了二十美元。我站在他们面前向他们宣布，"下一代尼泊尔"将是第一个（或者至少是在我经过调查研究后，据我所知的第一个）不仅要阻止尼泊尔的拐卖人口行为，更要努力改变这种状态的公益组织。我们将翻山越岭，到世界上最偏远的角落去，直到找到那些被拐卖儿童的家人。周围一片掌声。有一句话我没说：我说的可能通篇都是废话。

在人们面前我很少提及激发我创办"下一代尼泊尔"的真正原因：那七个孩子。其实我也清楚，寻找孩子家人的想法有些牵强，但就算我走在加德满都的街头，至少也可以尝试着找找看。但迪尔加、阿弥达、比什努、纳温……这些都是活生生的孩子。我从未和任何人提起过这几个孩子的名字，那么做就等于对已然发生了的事情作出承诺。我劝慰自己：当时我什么也做不了，但事实不是那样的。在找到更好的解决办法之前，我本来可以让他们先在"小王子"挤挤；我不应该和那么多的人提到孩子的事，高卡的关系太多了，那么做让高卡了解到我们对这几个孩子的意图，直接导致他带走了孩子。这是个我无法逃避的事实：七个孩子因为我而失踪，而且很可能我永远也找不到他们了。我每天因此深受折磨，所以这几个名字被我深深埋在了心底，在募捐活动上依然接受着人们的赞扬，人们把我说成是一个勇敢无私的人。

那个夏天我忙着加紧了解政策，加强多年来在东西学院建立起来的国际联系，创建通信录以备到加德满都以后用，在这期间，我得到了不少有关尼泊尔的消息，但没人告诉我孩子们的家乡——偏远的洪拉的情况。根本就没人知道这个地方。直到有一天，我遇到了安娜·豪。

安娜的工作地点就在加德满都。据我所知，只有极少的人真正到过洪拉，安娜是其中的一位，在那里从事过社区发展工程方面的工作。安娜是位五十出头的美国人，像雨伞基金会的维娃一样，已经在尼泊尔生活了十五年左右。她信奉佛教，目前带发修行，下一步准备穿上栗色的袈裟，剃度去做尼姑。我遇到她时，她在一个叫做"ISIS"，以救助洪拉被拐卖儿童为目的的国际组织驻尼泊尔办事处工作。在电子邮件中，我向她作了自我介绍，并告诉她我的计划。她很快回复，表示非常乐意，并将尽力帮忙。救助洪拉的儿童是她毕生的使命。

我和安娜之间的邮件来往很频繁，她非常了解尼泊尔，很清楚这些孩子被拐卖的经过，也知道高卡这个人，知道除了"小王子"的孩子，高卡还拐卖了更多的洪拉的孩子。不幸的是，高卡也知道安娜的存在。一名当地记者曾经撰文详细报道过她在加德满都的工作，而且不顾安娜出于人身安全考虑提出的匿名请求，直接署上了她的名字。几天后，高卡就通过他的人际关系网查到她的电话，直接拨通了她的手机，警告她必须无条件地立刻停止所有与洪拉有关的活动。以其特有的处事风格，安娜礼貌地告诉高卡：见鬼去吧！但自那以后，她每次出门都愈加小心了。

安娜成为我的行动导师。从我的卧室到尼泊尔，我们经常跨越半个地球，连续几小时通过即时信息讨论我如何寻找被拐卖儿童的家人。安娜对洪拉非常了解，内战时她去过两次，有过短暂被反政府军逮捕的经历。在按照要求缴纳赎金后被释放。

显然，他们并不知道安娜·豪是何许人也。她流利的尼泊尔语让那些年轻的反政府军士兵自惭形秽。安娜质问他们到底为何而战，是不是真的要一个为了帮助贫苦的村民而独自旅行的老太太倾其所有支付他们索要的赎金，以至于被困在洪拉？他们放她走了。

三　草堆里的七根针

安娜一遍又一遍地告诉我，我正在做的事情是正确的，那些孩子需要我这么做。整个夏天，当任重道远的压力就要把我击垮的时候，是她的鼓励让我一直保持着昂扬的斗志。

法理德一直和我并肩战斗。我们每天有数次邮件往来。因为感同身受，他对我几乎偏执的行为非常理解。在法国，他创办了一家同"下一代尼泊尔"一样的机构，只是规模小些，名字叫"卡亚"。不得不承认，这个名字比我的"下一代尼泊尔"好多了。"卡亚"听上去像是法语，但在尼泊尔语里是"工作"的意思。卡亚的目标是筹集资金，更主要的是在法国寻求优秀的、肯致力于这项事业的人士的帮助，他们中的很多人以前曾经在"小王子"做过志愿者。毕竟"小王子"的创办者是一位法国女士。我和法理德知道，我们完全可以合作开办一家儿童之家。在"小王子"的那些日子里，我们熟悉了管理儿童之家的所有流程。法理德还清楚地知道一个孩子平均每周会消耗多少粮食，土豆的价格高低，还有裁缝的收费标准。

但如何营救失踪儿童又是另外一回事。如果有人问起我将如何施救，或者如何寻找尼泊尔偏远山村里失踪儿童的家人，我便无从回答，只能说，我们将尽力而为，但没有他们的捐赠，我们便无法施救。非常感谢，虽然数额不大，十美元，二十美元，但很多人都伸出了援手。很多两年来跟踪访问我的博客的人也寄来支票，告诉我说他们感觉就像和我一起在"小王子"生活过一样。我给每个捐助人都写了回复，不停地说着感谢的话，大概说得对方都有些难为情了。但对我来说，每一份捐赠都让我感动，显示出对方对我的一种盲目的信任，认为我能够完成任务。每个人都信任我，除了我自己。

经过连续几个月的四处化缘，到8月份，我终于筹集到五千美元资金，应该足够我回到尼泊尔并支撑一个儿童之家几个月的开销。当然，筹款的工作仍然继续。这项工作真是累得我大汗淋漓。还好，之后我幸运地得到第一次休息的机会。我的大学同学，弗吉尼亚大学的约什·阿尔保同弗吉尼亚夏洛茨维尔的一家报纸取得联系，说服他们下个月，也就是9月份整月连载我的故事。那时我应该已经回到尼泊尔了。报社答应要做长篇报道，并刊登我和孩子们的合影。报道中也会详细讲述七个孩子的故事。就这样，夏洛茨维尔的这家地方小报将这份沉重的责任放到了我的肩上。

　　我看了一下笔记，列出的行动计划中已经划掉了七个，下一个就是我最初写上去的那条：飞往加德满都。2006年9月初，我完成了这一计划。

加德满都小巷中的希望

尼泊尔已经不是4月份我离开时的那个尼泊尔了。在去乡下的路上，要绕过林路上正熊熊燃烧的轮胎，还要挤过迎面冲来的一群仍然滞留在尼泊尔的已经惊恐万分的游客。他们正要去赶我来时乘的那班飞机。第一次看不到一群群等候亲友的人们把机场外围了一圈又一圈的景象，现在允许他们进到机场里面，在到港区域接机了。机场入口附近原来躲着机枪手的防御工事后面现在已经空空如也；还有原本守卫在从加德满都通往苟达哇力那条向南的公路上每个十字路口的士兵和坦克也都不见踪影。我们开车路过以前的军事检查站，每次通过这里，我已经习惯了下车接受搜查，然后再回到公车上继续前进。可现在，就好像结束的铃声一响，战争就骤然停下来，从此远离了一样。

走了一小时，花了我七美元后，出租车开进了苟达哇力村，回到故事开始的地方。

我在距离孩子们三四百米远的地方下了出租车。他们不知道我要来，都以为我要好几年以后才会回来。沿着通向儿童之家的小路刚刚走了一半，我就碰上了尼施尔。他双腿交叉坐在地上，手里拿着个小橘子，一边剥一边和腿钩着树枝倒挂在他头顶上的瑞蒂克聊天。尼施尔举起手里剥好的橘子递给瑞蒂克，然后又开始剥另外一个。瑞蒂克接过橘子，眼睛继续盯着那块空地。刚好我走过来，倒着走进他的视野。我看着他迷惑的眼神猛然一怔，接着使劲想把头抬起来。

"康纳兄长！"他大喊一声，从树上掉下来，压在了尼施尔的身上。尼施尔看到瑞蒂克从他头顶上直直地掉下来先是一声尖叫，随后看到我一路走来，又是一声尖叫。他们俩忙着从对方的身上爬起来，然后像离弦的箭一般向我飞奔过来，像做撞击实验时的假人一样冲到我的身上，抓着我的手高兴地摇晃着。之后，两个人又跑到我前面，直奔儿童之家，争着看谁先去宣布这个消息。

尼施尔和瑞蒂克消失在门里，片刻安静后，一群孩子乱哄哄地跑了出来，有几个手里还举着铅笔和笔记本。现在正是他们的自修时间。趁中间的这会儿安静，我打量了一下周围的景致。9月初是尼泊尔雨季即将结束的季节，前两次我在尼泊尔时都是旱季。如今，晴朗无云的日子已经过去，远处的群山笼罩在薄雾中，树上也挂着雾气，好像《指环王》的拍摄现场一样梦幻。田里浓密的麦子绿油油的。园子里原本一块地里什么都没种，空空的，另一块种了蔬菜，干巴巴的，如今冒出一片竹子，已经长得比七英尺的院墙还高，掩住了儿童之家的一角。天上下起了毛毛细雨，这是我在尼泊尔遭遇到的第一场雨。有几个孩子举着《侏罗纪公园》里那样的硕大无比的叶子当做雨伞遮着头。然后，我被撞倒了。

我的到来让孩子们欣喜若狂，而看到疯狂的孩子们实际上却让我平静了下来。不是因为看到他们就像回到家，也不是因为这二十个尼泊尔小龙卷风让我感受到一股喜悦的冲动。这是一种三年前当我第一次走进这扇蓝色大门时绝对不会料想到的心理感受，一种与以往截然不同的感受：尊敬。对这群孩子的尊敬。想想看，在尼泊尔这么多年来遭受战争的困扰以后，在被迫长途跋涉走出大山以后，在离开父母，眼看着当内战爆发，志愿者们一个个也离开他们以后，这些孩子依然在笑，依然坚持学习，依然喜欢表现自己。他们是战争的幸存者。这就是尼泊尔的孩子们。虽然我心中要去寻找七名失踪儿童的紧迫感丝毫没有减弱，但看到眼前这些孩子，我心中至少升起一丝希望：即便我明天还是找不到那七个孩子，他们也会坚持活下去。

我从小就对去教堂不感兴趣，十岁开始就再也没去过。可是那天晚上，在9月浓重的湿气里，我躺在床上大声祈祷，恳请上帝眷顾这个偏远的国度和这个国度里的七个孩子，虽然他们不过是整个人类中的七个小不点。我只请上帝保证他们的安全，至少要等到我找到他们。在心里，我默默承认（因为我相信上帝已经知道了），这么做是为了孩子们，但同时也是因为我，为了我有机会可以将功补过。

✿

"你结婚了吗，兄长？"桑托斯问我。当时我正给纽拉吉扣衬衫的扣子。像以前一样，他总是最后一个做好上学准备的孩子。其他的孩子都已经准备好了，鞋子擦得亮闪闪的，衬衫掖进裤子，手抓着印有法国卡通标志的双肩书包肩带，万事俱备，只等出发。

"没，还没呢，因为才不过……"

"你有女朋友了吗？"这回是年龄最大的比卡什问的问题。

"没有。就像我说过的，一直忙着……"

"你很快就要找女朋友了吧？找尼泊尔女孩吗？你已经很老了，兄长！"

听到这儿，我的脑海里响起了警报，就像两艘潜水艇马上就要相撞时拉响的那种。哪怕我现在给他们一点点暗示，说我愿意找一个尼泊尔女朋友，孩子们会马上疯掉，脑子里一根筋似的只想着：给康纳兄长在苟达哇力找一个女朋友，某某如何，某某又如何……

"绝不。我来这是为了你们这群家伙，来看你们的，"我宣布，好像语气有点重，"何况，我父母不会到这里来接受她的。"我又补充一句。

这句话起作用了。尼泊尔超过百分之九十的婚姻是包办婚姻。如果我想不守规矩，找一个我喜欢的女孩结婚而不征得父母的同意是不可思议的事。他们很严肃地点点头。

孩子们排成一队，抬头挺胸地大踏步地出发了，一个个头发上都抹了油，服服帖帖地趴在头皮上，有模有样的，感觉像一群40年代夜总会里的服务生。我目送着他们沿着小路越走越远，屋子里安静下来，真正的一天的工作开始了。

准备回尼泊尔期间，我已经和所有在尼泊尔结识的人联系过，包括国际组织救援人员、联合国儿童基金会代表、其他志愿者、尼泊尔朋友等。这次要做的事情需要我的人际关系网越稠密越好。我每联系到一个人都会告诉他，我正在寻找4月份武装暴动时失踪的七个洪拉的孩子，很多人表示好奇，还有人马上对我的动机产生怀疑。这么做肯定还有其他目的吧？这七个孩子肯定只是一个编外计划，背后还有更大的计划吧？各人反应不同，给我的反馈却是空前一致：计划极好，实现无望。他们说，我们会替你留意，但是，请不要寄予太多希望。

我去见了雨伞基金会的维娃·贝尔和杰姬·巴克。他们目前也忙得不可开交。该基金会在加德满都开办的儿童之家已经有五个之多。五个儿童之家再加上他们自己的住处基本上都相互紧邻。在加德满都西北部这个相当安静的地区，维娃和杰姬，还有他们的员工共同照顾着一百七十多个被拐卖儿童。他们的工作非常辛苦，大概是全尼泊尔接收孩子最多的儿童保护机构。可是当我们坐在维娃的会客室里喝茶交谈时，维娃的全部话题还是围绕着她如何如何后悔，没有及时接到那七个孩子。我提醒她说，当时正值军事戒严，而且他们也只晚了两天。她还是摇摇头。

"不，不……那才是我们的机会，康纳，"她放下手中的茶杯，"你没有在加德满都寻找孩子的经历。我有过。这就像是在草堆里寻找一根针一样——根本就是不可能的……"

她话没说完，转眼望着杰姬，杰姬冲她笑笑。维娃继续说："这样吧，如果你找到他们，不管能找到哪个——他们现在应该不在一起了——就让他们待在我们这里，多久都行，只要你需要，直到你自己的儿童之家开办起来，走上正轨为止。你做得很好。"

喝完茶，他们把我送到门口。真不想走。维娃已经在尼泊尔生活了十五年，杰姬两年。他们在尼泊尔建立了自己的生活。两个人年轻时都是嬉皮士。维娃有个十几岁的儿子，坐在他们的客厅里我有一种安全感，像是离家的旅人又找到一个家。我想我以后会常来拜访的。他们平等相处，互相鼓励，坦诚以对，和这群尼泊尔孩子一起共同经历了种种磨难。我对他们的这种生活与态度极为认同。

法理德11月底才能来，在此之前，独自面对如此艰巨的重任我感到分外孤独。

走到门口，杰姬让我停下来等一下，他掏出手机拨了个号码，语速很快地和对方聊着什么。两分钟后，他挂断电话。

"是儿童福利委员会的吉安·巴哈杜尔。tu le connais, non? ①"他把英语和法语可笑地混搭在一起说，不知他自己有没有意识到，"你去年见过他。建议你现在马上去他的办公室。他现在可以接待你。如果说有人能帮上忙的话，那这人肯定是吉安。"他送我出了大门，"祝你好运！"

吉安·巴哈杜尔，儿童福利委员会官员，几个月前帮过我们，即将成为我生活中最重要的人之一。由于尼泊尔政府机构的复杂性，我们一直没有搞清楚他确切的职位，但有一点很清楚，他大权在握。看他办公室里吵吵嚷嚷的就知道了，经常是一大家人围着他，求他帮忙。在这样极其忙碌的工作期间还能抽出时间见我，他对雨伞基金会的尊重程度可见一斑。

在尼泊尔，人们对很多公务人员持怀疑态度，但吉安是真正想帮助孩子的一位。他权力很大，管辖着加德满都山谷地区，那里是尼泊尔被拐卖儿童的聚集地。但他从不放弃，从不拖延，与人交谈时永远保持着一个佛教徒式的冷静。那天，我走到他的办公桌前，他挥挥手让旁边一个大嗓门先离开，绕过办公桌和我握手。我简短地告诉他，去年他曾经想帮忙保护的那七个孩子失踪了，以及我这次回到尼泊尔的原因。七个孩子的悲惨命运让他很痛心。

---

① 译者注：法语，你认识他，不是吗？

"这就是高卡，我们太了解他了，"他说，顿了一下，他继续说，"我不想吓唬你，康纳先生，但是……时间不是我们能够控制的。这事已经过去几个月了，而且根本没人知道他们现在是不是还健在。我会打听一下，看是不是有人听说过这几个孩子。"

我本来还有一肚子的问题要问他，但我知道，他得回去工作了——刚才那个大嗓门现在正使劲敲桌子来引起吉安的注意。吉安沉着地对那人笑了笑，然后示意他先坐下来。我走出吉安的办公室，乘公车回到苟达哇力。

❖

每天等到孩子们去了学校，我一天的工作才真正开始。因为现在没有了封锁，所以差不多他们每天都能去上学。等他们放学回来，我的工作也暂时告一段落，晚上八点他们上床睡觉后，我再继续。白天我总是和维娃与杰姬待在一起，差不多每一个对洪拉有所了解的人都被我找了出来，而且我特别问过去洪拉是不是安全。没有人能给我一个确定的答案，包括从洪拉当地来的人。这期间我也经常打电话给吉安，虽然每次都赶上他正忙着，但他总会抽出时间来接我的电话。他感觉到了我日益严重的焦虑。

"我们必须展开搜救，没错，但同时也要有耐心，"一天下午，吉安对我说，"我们会找到他们的，但这需要时间……很抱歉，康纳先生——你也知道，我这边的工作太多了。"那天，我到办公室找他。像往常一样，他请来找他的一家人先等一下，然后过来接待我。外面正在下雨，我的雨衣还在滴水。

"我们没时间了，吉安——你也明白的。"

"我会找更多的人问一下，看他们有没有消息。"

"没人有他们的消息，也没人见过他们。或者，有可能有人知道，但就是不告诉我们。到底有多少非法的孤儿院在安置这些被拐卖的孩子？有两百个吗？"我听到了自己的愤怒。

吉安摇摇头。"比两百个还要多。"

"那我们的孩子有可能就在其中的某个孤儿院里，要不然就在某种完全不同的地方。我们从来没有准备要找到他们，吉安。"我第一次把这句话大声地说了出来，说出来后，我突然发觉，事实的确如此。这让我很难过。我不知道自己在做什么，好像也没有人能帮上忙。

吉安盯着我看了一会儿，然后回到自己的办公桌前，这是在告诉我该告辞了。我甚至没有再生气，只是觉得有点头晕，好像刚刚出了车祸后的感觉。整件事就像一个猜字游戏。所有我承诺过的事都没办法实现，七个孩子就这么失踪了。这就是尼泊尔的生活。那些伤心欲绝的父母挤满了这个房间，每天讲述的都是同样的故事。

吉安走到办公桌前，把手里的文件放在桌上，然后从椅子后面的一个挂钩上摘下外套，对他的同事说了句话，又走回到我面前。

"跟我来。"他说，然后走出办公室，下了台阶冲进大雨中。我急忙跟在他身后，隔着雨幕大声喊他。

"你去哪？吉安？"

吉安一直走到他的摩托车前，骑上去，然后把备用头盔递给我。

"我们去找你的七个孩子，"他说着，踩着油门，"上来吧。抓紧我，路上很滑。"

❖

雨点砸在头盔上就像树上掉下的橡实一样硬。我们艰难地在雨中前进，穿行在加德满都狭窄的小胡同里，都是我从未到过的区域。一路上左躲右闪，大块大块的泥巴从摩托车的轮子上甩下来。三十分钟后，吉安在一栋房子门口停了下来。从外面看，这栋房子和周围其他的房子没有什么两样。吉安抬腿下了摩托车，摘下头盔，走上去开始重重地敲门。我跟了上来。这时候，门开了一条缝，一个女人隔着门缝往外看。当她认出来的人是吉安时，眼睛一下子睁得大大的。她很快地说着什么，但吉安的声音很大，把她的声音淹没了。我从没见过吉安这个样子——这么具有威胁性。那女人弱弱地回应了一句，吉安的眼中燃起了怒火，于是她很不情愿地打开了大门，后退一步，警惕地看着我。

我跟在吉安身后又穿过一个窄窄的过道，在一扇破旧的木门前停下来。那扇门的油漆剥落，看上去就像老树皮一样。吉安回过头命令那个女人回到前门去等着，女人不肯。吉安也不说话，只用眼瞪着她。于是女人小声嘟囔了句什么，然后回到我们刚才进的那扇门去了。

吉安慢慢推开门，里面黑洞洞的。我们小心翼翼地往里走，一股霉味扑面而来。好一会儿，我的眼睛才适应了房间里的昏暗。一开始觉得房间是空的，过了一会儿，各种形状的器物才慢慢凸显出来。水泥地面的正中间摆着一张木桌，四周靠墙摆着上下床铺；唯一的光源来自于水泥墙面和铁皮屋顶之间的那条窄窄的缝隙，所以整个房间里的空气浓重得像在棺材里一样，我甚至听得到自己的呼吸声。

站在我身旁的吉安低声温柔地说了句话。过了良久，我听到房间里一个阴暗的角落里传来一阵窸窸窣窣的声音。吉安继续讲话，然后一个身影出现了。借着门口照过来的微弱光亮看得出，这是个七八岁的孩子，消瘦到很危险的地步，手里抓着一团米饭。吉安俯身蹲在他的身旁，他温软的声音能抚平人心中的伤痛，即便我听了，也觉得舒服极了。那孩子小声说了句什么，吉安微笑了，继续和他的谈话。一会儿，男孩扭过头去大声对着黑暗处说话，很快，又出来了更多的孩子，男孩女孩都有。为了不招虱子，大部分孩子的头发被剃得光秃秃的，很难看。他们站成一堆，摩肩接踵地挤在一起。看上去有三十几个。

"康纳先生，你来看一下这里面有没有你要找的孩子？"

我无法动作。孩子们瞪大了眼睛在盯着我，不知道我要做什么，不知道我会带来好运还是又一次厄运的降临。我掏出保存了九个月的孩子的照片，手止不住地颤抖，目光在这群孩子的脸上一个个扫过去，没看到一个熟悉的脸庞。

"没有，他们不在这儿。"我说。

"好吧。那我们得走了。"吉安说着，戴上了摩托车头盔。

"等一等，这些孩子怎么办，你准备把他们就这么留在这里吗？他们都快饿死了！"

吉安摘下头盔。"我知道，康纳先生。你想让我怎么办？"他问我。

"带他们走，把他们安置到儿童之家去！"

"哪个儿童之家，康纳先生？你的吗？"

"目前我还没有，吉安，这你清楚。我说的是政府办的儿童之家。"我回答他。

"我们也没有，康纳先生，没有一家有空位置。现在没人能接收这群孩子。"他说。黑暗中我依然可以清楚地看到他。他目光炯炯地盯着我，似乎在等着我自己想明白。"我知道你很难理解。这里和你的国家不同。你们能解决这些问题，我们不行。"

我没再说什么，只是看着眼前的这群孩子。"那我们就只能把他们继续留在这里吗？留给那个女人？没什么吃的，住在这个黑洞洞里？"

"这就是尼泊尔，康纳先生。这样的孩子数以千计，但现在我们必须接着去找你的七个孩子了。我们不能放弃他们，对吗？"

"是，我们不能放弃他们。"

"那就走吧。希望有一天我可以回来接这群孩子。不过现在这个女人已经知道了我在监视她，她不会让这群孩子死掉的。这次来已经把她吓坏了。相信我，今晚孩子们能吃得好点了。"

离开那栋房子是我这一生中做过的最艰难的一件事。

吉安带着我继续在小巷中穿行，又去了很多这样可怕的地方，只为寻找稻草堆中的一根针。在那之后的几小时内，我至少看到了一百个孩子，每个孩子都处于同样的危险境地。每到一处，我们就那么站在房间里，雨水顺着雨衣流到地上，我一次一次木然地掏出照片。我已经不是在寻找那七个孩子了，他们就站在我的眼前。他们是我未曾找到的孩子，是我没有失去的孩子。他们甚至从未成为搜救的目标。

然后，当我们又一次站在一个黑洞房间里时，耳边响起了兴奋的喊喊喳喳声。我正举着照片对照着一群年龄稍大的男孩子，他们在那里指指点点，语速飞快地说着什么。先是互相交流，而后又对着吉安在说。吉安从我手里拿过照片，指着其中的四个男孩，仔细比对着。一个男孩穿着又长又脏的白T恤，背后已经撕破了。他点点头，也指指照片。我走近看，他指的是纳温、马丹、萨米尔和迪尔加。

"他说什么？"我问吉安。

吉安又问了那男孩一遍，那孩子又一次点点头。吉安站起身。"这四个孩子大概三周前在这里。现在不在了，"他说，他知道我下面要问什么，继续说，"他们也不知道这几个孩子现在在哪。有个男人把他们带走了。"

"还有另外三个呢？他们见过那个叫阿弥达的女孩子吗？或者比什努？他是里面最小的那个男孩……他在这吗？"我转过去问那个男孩子。

"只有这四个，康纳先生。其余几个不在这儿。"

高卡把这几个孩子分开了。

❖

我回到"小王子"，还有工作要做。我很快认识到，筹款是一件让人筋疲力尽却永无休止的工作。我需要给每个熟人写信，报告最新的工作进程，哪怕一点进展都没有也要写；要请朋友和熟人把我介绍给他们的朋友和熟人认识；还要一遍一遍不停地请求人们的帮助。

我随身带了一台便携电脑来尼泊尔，通过一个时好时坏的调制解调器可以连接到微弱的网络信号。我走进小办公室，坐在书桌旁准备工作。

桌上的笔记本电脑不见了。

我急得直拍脑门，在屋子里转着圈到处找。没有电脑我什么也做不了。我所有的笔记，所有的文件，所有的电子邮件，所有的联系方式都存在电脑里。我心里升起一股恐慌，慢慢地堵住我的喉咙，连气也喘不上来。没事的，我对自己说，然后用鼻子深吸一口气。肯定哪个孩子会知道电脑的去向。

孩子们不在楼上，也不在卧室，我只好又下楼。刚才还悄无声息的会客室爆发出欢呼声。二十个孩子正围着我的笔记本电脑用DVD观看一部制作粗糙、音效极差、图像模糊的宝莱坞电影。男主角是个长头发、穿皮衣、左边脸被煞费苦心地做成流血状的家伙。正演到他从屋顶一跃而下，跳进一群坏蛋中间。那群坏蛋正围在一起冲着一个疯疯癫癫的女孩做嘲笑状。

"你们从哪找的这个电影？"我问他们。

安尼施转过身，兴奋得浑身发抖。我突然感觉很糟糕，我没想找他们的麻烦，他们不过是想借用一下我的笔记本电脑。安尼施开口道歉。

"兄长，别说话！请先别说话！男主角开打了！开打了！"他手指着屏幕气喘吁吁地冲我大叫着，然后又转过身，不肯再回头了。

屏幕上的那群坏蛋用一种只有在电影里才会出现的奇怪的方式做作地大笑着，意思是说，别开玩笑了，一个人怎么能打得过十二个人呢？镜头移到男主角的脸部，就是被化妆师弄出很深的一个刀伤的那侧脸。只见他一把扯下太阳镜，瞪着匪首咆哮着"呀吧达巴达巴！"（我听不懂印度语）然后一跃而起，飞过去一拳砸下来，深深地打进了其中一个坏蛋肋骨里。孩子们疯狂了。

"听我说，孩子们……我是认真的，我需要电脑工作，所以，如果你们中有哪个人能拔掉它……"我的声音再一次被突然爆发的欢呼声打断了。男主角又飞了回来，这次是从右到左踢了个飞脚。好像他都不用着地，能一直飞似的。镜头里，他的脚跟踢进了另一个坏蛋的嘴巴。他就一点都不觉得这件事多么虚假可笑。孩子们仍然沉浸在极度的快乐中。纽拉吉蹦起来，高兴得跳起舞来。

哈利抱着胳膊站在房间的那边，眼睛也盯着电脑屏幕。

"哈利，他们从哪找的这个？"

"学校里的朋友给的，兄长。是宝莱坞电影，DVD光盘。你喜欢看吗？"

"说不好，我刚回来。这电影要演多久？"

哈利想了想。"我估计这部电影，大概有……四小时吧？"

四小时？就这种烂电影？

"那他们什么时候开始看的？"

"十分钟之前，兄长。"哈利答道。

我看了看手表。没有电脑，我的确什么也干不了。人群中又爆发出兴奋的尖叫声。见鬼！我只好坐下来跟着他们看。这时候，两名匪徒的头被一双手揪着撞到了一起。人群再次陷入疯狂。

邮件结起的姻缘

9月底，一封来自弗吉尼亚大学校友的邮件引起了我的注意。我在弗吉尼亚读的本科，而人家是法学院的研究生。她的名字叫丽兹·弗兰那根。她从夏洛茨维尔的那篇连载中得知了"下一代尼泊尔"的故事，于是写信询问更多的情况。我收到的很多邮件中，人们总是在说，他们希望有一天也能有机会帮助贫困儿童。在所有这些人中，丽兹第一个谈到她在这方面已经做了哪些工作，为什么想继续做下去。写这封信是因为圣诞节期间她准备去印度做志愿者，所以她想知道"下一代尼泊尔"是否加入了某个全球性组织，如果是，我能否推荐一下。

我当天就回了信，向她解释说我们是个独立的组织，但如果能帮上忙，我将非常开心。我问她还去过哪里做志愿者。

"赞比亚，去那里的一个孤儿院，"她在回复中写道，"好像第一天你就和孩子们相处得很好。我可不是！第一次在孤儿院露面时，我已经尽力考虑他们的需求，尽量对他们表示出友爱，但他们好像就希望我在后面追着他们跑似的。我根本没办法让他们安静下来，

135

最后还是放弃了，一直追着他们跑了九天。偶尔他们放慢速度，我才有机会和他们聊聊天，对他们多点了解。我还编了一些关于他们的歌谣……你想想看，我真不知道自己的价值是什么。但我敢肯定，他们直到现在还在谈论那个奇怪的美国来的白人女孩儿。"

知道有人最初和孩子们相处时和我一样一无所知（虽然她自己都不知道），我感觉不错。同样，我也很高兴她乐于承认最初与孩子们相处得艰难。回信中，我给她讲了我第一次迈进"小王子"的遭遇。

"我都不知道自己在做什么，"给她描述过我进门后，无法阻止孩子们一个个跳到我身上这段趣闻后，我接着写道，"我觉得主要是我总是想掩饰自己对照顾孩子的内心恐惧。"

"没错，这话听着耳熟。但我相信他们一定喜欢死在你身上叠罗汉了。可能他们就需要这个？"

之后的邮件往来中我了解到，丽兹是位律师，曾经在纽约市的一家大公司从事过几年公司法的工作。两年前，也就是2004年，她决定和她最好的朋友伊莲娜一起先休假三个月环球旅行，然后再开始给一家技术公司做专职顾问律师的新工作。我们两个人在同一年冒出完全一样的想法。那年，我也在计划自己的环球旅行，因为我想出去看看外面的世界还有什么我不知道的。

2004年复活节那天的早上，在越南一个叫做会安的小镇上，和背包客朋友们一起露宿在外，度过了又一个漫漫长夜后，丽兹决定散散步。走在安静的街上，丽兹碰到了一个大约只有八岁的小男孩，身体严重残疾。不知是什么吸引了她，丽兹停下脚步，在小男孩身边坐了一会儿——虽然他一句英语也不会。显然，小男孩被丽兹迷住了，他牵着丽兹的手沿着街一直走下去，把她领到了自己的家：一个深藏在会安的小巷中，专门接收残疾儿童的孤儿院。丽兹心里的某种东西就此点燃。第二年夏天，她又报名去了赞比亚做志愿者，照顾艾滋病儿童，再后来是南非。今年圣诞节，她准备去印度。

"看来你天生是爱好旅游的人。"我总结道。

"其实恰恰相反。"她写道，告诉我说，二十四岁的时候，她随当时的未婚夫搬到英格兰。到那以后的第一周里，她几乎连房间都没离开过。"那儿的口音把我吓坏了，还有公共汽车和地铁，还有那里的食物——说真的，那里的食物真是吓坏我了。我就弄不明白，为什么他们把甜玉米放在比萨饼上面。谁这么干？所以我只让我未婚夫买一些在美国立等可取的食物。我讨厌那里，每天只有'回家'一个念头。英国就是那副样子的。"

我马上喜欢上了丽兹。

陆续寻回失踪的孩子

10月初的一个早上，电话铃声响了。是安娜·豪。不到一小时前，她接到一个消息，她认为我必须马上知道。

通过整个夏天的长时间交流，安娜把她所知道的关于洪拉的一切都告诉了我，还有她个人的经历。从那时起，我们一直保持密切联系。她和我妈妈差不多同龄，也和我妈妈一样处处护卫着我。到尼泊尔几天后，我们在一家当地的茶馆见了第一面，之后更是常常见面。经常是坐在咖啡馆里，话题围绕着我如何才能安全进出洪拉，哪条路线最安全，什么时间去最安全，还有去了之后该找谁。

第三次见面的时候，安娜显得特别兴奋。她的同事兼老朋友，一个叫D.B.的洪拉人答应作为ISIS（安娜在加德满都任职的那家国际机构，其宗旨也是保护洪拉的儿童）的代表到洪拉去一趟。安娜建议D.B.和我结伴而行，看看是否能互相帮忙，找到那些偏远山村里的孩子的家人。她介绍我和D.B.互相认识，会面地点定在D.B.家。D.B.家的客厅墙上摆着一排排的佛像，我们按印度人的方式盘腿坐在传统的尼泊尔地毯上。这次见面是个转折点。去洪拉的计划突然之间看到了曙光，即便依然困难重重，但至少成为可能。我和D.B.开始一起谋划到洪拉的细节，把两队人马合二为一。

10月的那个早上，安娜说有紧急的事情通知我。她得到消息说，有几个洪拉来的孩子最近出现在加德满都谷地西部一个叫坦科特的村子里。我知道那个地方，是高卡他们那群人贩子的大本营。我告诉安娜，两周前我独自去那里的非法孤儿院调查过，看到有几十个洪拉的孩子，但没有我们要找的那七个。

"应该再去看看，康纳，"她说，"这次送来的大部分孩子年龄都太大了，和你要找的孩子描述不符，但有一个很像。他们说有个小女孩，长长的黑头发，藏族人的长相，七八岁的样子，是以前没见过的。你说过你找的孩子里有一个和她差不多，对吗？"

我甚至不记得有没有挂上电话，几分钟后，我已经出门搭上了一辆小巴士。去坦科特要走很长的一段路，中间转几次车。如果阿弥达——如果那个孩子真是阿弥达——在那儿的话，谁也不知道她会在那待多久。至少高卡藏匿她的地点已经换过一次了，可谁又知道他多长时间转移一次呢？时间紧迫，但糟糕的是，我出门的那天又碰上了去哪儿都快不起来的一天。那天是宰牲节。

宰牲节是尼泊尔一年中最重要的印度教节日。我永远也理解不了这个节到底在庆祝什么，只知道一点，宰牲节这天，由于一夜之间冒出来的大型山羊市场阻碍了交通，加德满都西面的林路基本上无法通行。山羊在宰牲节中扮演非常关键的角色。每个教派，每个家庭，就算是最穷的人家这一天也要宰上一只山羊。杀了羊吃肉之前，人们会把羊血洒在汽车上，摩托车上，哦，当然，还有公共汽车上作为浦珈（梵语，礼拜），或者祝福。登上泼了羊血的公共汽车，我脑子里唯一的念头是不知道今天的交通状况会糟糕到何种程度。看来，我对尼泊尔的生活越来越习惯了。

为了避开林路上的拥堵，小巴士没有走常规路线，而是在加德满都迷宫一样的小巷子里穿来绕去。那些小胡同都奇窄无比，好像只有瘦点的驴子才过得去。有好多次，车子真的是蹭着两边的墙皮钻过去的，万一卡住了，我们就只有踢开前面的挡风玻璃逃生了。回到主路，我们的巴士司机依然要使出浑身解数继续向目的地推进。他先是把车开到路肩上，此路不通，于是又开到对面逆行的路肩上，一边走一边拼命地冲着行人按喇叭。这种开法就算在加德满都也是够大胆的了。但不管怎么说，上午晚些时候车子把我送到了坦科特。

那天的天气很热，我真后悔没有带点水出来。雨季好像一夜之间就结束了，已经晒干凝固的汽车轮子印像一块块伤疤一样布满路面，成为土路的永久标志。我沿着一条主路步行穿过稻田，走到头是个T形路口，左边伸向山里，右边通往一群泥屋。我选了右边那条路。

两小时后，我已经累得大汗淋漓，却还是没摸到门路。没办法，我只能寄希望于那个小女孩，今天上午在合适的时候出现在合适的路上，让我刚好看到她。我望望四周的稻田、小路、泥屋和主路。她很可能还在这里，可那又怎么样呢？她依然是稻草堆里的一根针。我怎么会有这样的想法，以为只要我在坦科特出现，就能神奇地找到她呢？我需要一个排的兵力，挨家挨户敲门，对其家庭成员做个完整的调查。

这是我第一次，真正意义上的第一次独自开展搜救。如果说之前我曾怀疑过自己，那么经过这两小时的寻找，我已经觉得这么做根本就是毫无希望，即便想尝试一下的念头都纯粹是骗人的。我掉头走上一条小径，准备回到通往苟达哇力的那条主路上去。我要为尼泊尔的孩子们找到另外一条出路，但绝不是这条。

正在这时，我看到了她。

一个小女孩站在小路上距离我二十英尺远的地方，眼睛死死地盯着我。她身上穿了一件超大的男式T恤，长长的头发乱成一团，两只手各擎着一个从垃圾堆里捡来的两公升装破塑料瓶，是用来从公共接水处接饮用水的。

我呆住了。过了一会儿，我慢慢地把手伸到后面的口袋里，掏出那张已经磨得不成样子、脏得不成样子的七个孩子的合影，慢慢展开，仔细比对着。照片上的女孩脸上挂着顽皮的笑容；而眼前的女孩面无表情，神情漠然。我向她走过去，走几步，停一停。离她还有五英尺远的时候，我蹲下来，用最简单的尼泊尔语问她，是不是还记得我。她一动不动，表情也没有任何变化。我把手中的照片翻过来对着她，看着她的眼神在照片上几个孩子的脸上移过去，最后停留在后排最右边，她自己的脸上。我又问了一遍：你还记得我吗？

她点点头，眼睛里涌出泪水。我拿起她手中的塑料瓶放在地上，牵过她的手，领着她走上了马路。她一言不发地跟着我。我们转了转，找到一家商店，其实就是那种很普通很简单，可以打电话的木质报刊亭。在那里，我打电话给吉安·巴哈杜尔，告诉他我已经找到了阿弥达。

"你找到她了，康纳先生？怎么找到的？在哪找到的？"

"在坦科特，就在通往田里的一条小路上。"我回答说。

电话那边沉默片刻。"嗯，没错，那就对了。高卡的老婆，他其中的一个老婆就住在坦科特。可能那个女孩是跟她住在一起。那另外六个呢？你也找到了吗？"

"没有，只有阿弥达在这儿。我没进到房子里去，我根本就不知道她们住的房子在哪。"

"好的，康纳先生。没问题。雨伞基金会会派人到十字路口的那家茶馆接你们，我和我办公室的一个同事今天下午赶过去，看看其他六个孩子是不是也在那里。"

"那太好了，吉安。谢谢你。"

"听到这个消息，我也很高兴，康纳先生。"

一小时后，雨伞基金会的工作人员到了。我认得他，因为他是基金会房屋托管员中的一位，他能认出我是因为我是这方圆几英里范围内唯一的白种人。我把阿弥达和他送上出租车，然后又在原地等了吉安两小时。他是和他办公室的一个小伙子一起来的。我在他办公室见过那个小伙子。吉安飞身跳下摩托车，快步朝我走来和我握手，脸上带着灿烂的笑容。

"干得不错，康纳先生。现在你搭公共汽车回苟达哇力去吧，我不想冒险让高卡或者他的老婆看到你，或者，认出你来。我们自己去找就行了。如果那几个孩子在这儿，我们会把他们带回去的。走吧。高兴点。"他说着，拍拍我的肩，然后叫上他的助手快步沿着那条土路走下去，消失在稻田里。

✤

回到苟达哇力，我接到吉安打来的电话。

"我同维娃和杰姬先生通过电话了。阿弥达待在他们那里很安全，他们会好好照顾她的。"他说。

"那其他孩子呢？你们找到了吗？"

"没有，他们没和这个女孩子一起住在这里，但是我们不会放弃的，康纳先生。"

我多希望他的回答是已经找到了七个孩子啊！不过没关系，我还是想晚上好好享受一下胜利的喜悦。这是我唯一的一次成功。挂了吉安的电话，我做的第一件事就是给丽兹发邮件。我给她讲了这里发生的一切，还附上了我找到阿弥达时给她拍的一张照片。照片上的阿弥达双手拿着塑料瓶面无表情地站在小路中间。我告诉丽兹，这个小女孩现在安全地待在雨伞基金会那里。

丽兹的回复很简单："哦哦——哦哦哦！！！"几分钟后，她又写道："好吧，我很抱歉，还是很想知道得更详细些。照片拍得太棒了，她真是个甜美的女孩子。真高兴她现在安全了！刚刚看到她时你是什么感觉？"

我告诉她，因为一直觉得她的出现是完全不可能的事，所以刚一看到她，我还以为自己出现了幻觉呢，要么就是上帝安排好了，让她从天而降，掉到我的面前，这样我就不会错过她。

"我想我明白你的意思。"丽兹说。我知道她指的是什么。我们刚认识的时候，她就告诉过我，她是基督徒，但在那之后的邮件来往中，这还是她第一次提及这个问题。"我知道，你不必一定这么看待这件事，但我还是想告诉你，我真的相信，是万能的上帝让你去寻找这些孩子的。"

我已经很久没和基督徒交朋友了。事实的确如此，从我很小的时候就没有过。但我和丽兹却很快便成为朋友。我很庆幸，信仰只是丽兹生命中的一个部分，也许是最主要的一部分，但不是全部。我喜欢她对这件事的处理方式：既不试图说服我，让我相信其真实性，也不逃避自己作为基督徒的责任。我发现自己越来越渴望了解她了。

❈

刚过了三天，"小王子"的电话铃声再一次响起。达瓦，一个年龄大点儿的男孩，一路跑着到田里找我。我正和孩子们在那踢足球。

"康纳兄长，有你的电话。一个男人说他要和你通话。"他上气不接下气地说。

"是什么人？"

"是个尼泊尔人，兄长。"

来电话的是吉安。在电话里他告诉我说，他已经找到了其中的四个男孩子。我欣喜若狂。我开始相信丽兹的话了——也许我们真的能找到所有的七个孩子。那天晚上，我决定做祷告，感谢上帝。

但吉安的话还没说完，后面是坏消息。其中两个孩子，纳温，最大的那个男孩，还有迪尔加，很久前我照了照片拿给他看的那个孩子，已经饿得奄奄一息了。他们被火速送到了医院。

"我非常非常抱歉，康纳先生，"吉安的声音很轻，"那个小一点儿的，叫迪尔加的男孩，很可能熬不过今晚。"

❈

加德满都医院的"营养病房"是个可怕的地方。被送到那里的孩子都已经濒临死亡的边缘。我当天晚上赶到医院，医生把我带到迪尔加身边。他躺在走廊里的一张简易小床上，纳温坐在床角，两眼盯着地面。他不肯抬头看我一眼，或者，他根本连抬头的力气也没有。医生让我把迪尔加抱到病房里唯一的一张空床上去。自从被送到医院，这个孩子就没有醒过来。他的身体轻得像一片羽毛。上次见他的时候，他还固执地装作不喜欢追着我和阿弥达玩儿。可看着他现在这副样子，抱着他的时候，他没有一点知觉，耳边响着医生毫不乐观的声

144

音，我伤心欲绝，几乎无法忍受。

纳温梦游似的，踉踉跄跄地跟在我身边。他在七个孩子中最大，是他们的头儿。可是现在，他几乎连路都走不了。我们走进一个摆满了床的长条房间，只有尽头的那张床空着。阳光渐渐退去，房间里的日光灯亮了起来。很多灯管已经坏了。医生指着剩下的那张空床，说两个孩子只能共用一张床。说完就走了，房间内只剩下我们和其他的患者。

纳温开始往床上爬，我一把把他拉了下来。床上放着一支满是血污的注射器。我小心地捡起来，尽量拿得离迪尔加远些，然后四处张望着找垃圾桶。没有。我只好把注射器扔到地上，远远地踢到床下，然后把迪尔加放到脏床单上。纳温爬上去靠着迪尔加躺下。

病房里大概一共放了二十张床，每张床上躺着一个孩子，孩子的爸爸或者妈妈躺在自己的儿子或女儿身边，小声和孩子聊着，安慰着孩子。我看了看自己的两个孩子，迪尔加依然没有知觉，纳温目光呆滞，已经开始精神恍惚。两个孩子都处于极度危险的营养不良状态，痛苦而迷茫。他们当然不会记得我的名字，我只能用最基本的词汇和他们交流，连安慰他们一下都做不到。尼泊尔已经教会我这样一个事实：这里的孩子只要极少的供给就能活下来。但此时此刻，眼看着这两个孩子走在让人不敢想象的死亡边缘，我却伤心地感到自己的无能为力：除了坐在那里双手抚着他们的脚，我什么也做不了。

医生回来给了我一些指示，说如果他们醒着，就每隔十分钟喂他们一点补液盐水；如果能吃东西，就吃点饼干。想把迪尔加叫醒是很困难的，我只能做到每隔几小时让他醒过来一次，每次也只能清醒几分钟。他拒绝喝水，即便我强迫他，也就只喝一小口，便再一次陷入昏迷。他的呼吸很微弱。

❈❈ 我亲爱的小王子们 ❈❈

纳温倒是在一夜之间慢慢恢复了一点力气。半夜里，他醒来要东西吃，我给了他一块饼干。没一会儿，他就稀里哗啦地吐到了床边的桶里。倒脏桶时，我发现他吐出的秽物里有一条一英尺多长的绦虫。我把秽物倒进厕所（其实就是地上挖的一个洞），然后到处找，看有没有能用的洗涤槽。至少可以给他洗洗脸。没有毛巾，我就用自己带来的一件T恤小心地帮他把脸擦干。他不抗拒，只是盯着我看，似乎永远也不准备再开口说话了。纳温终于睡着以后，我坐在一把矮脚木凳上，靠着床角打了个盹。

就这样又过了一天一夜。下午三四点钟的时候我稍作休息，到外面找点吃的。邻床的一个孩子的妈妈从昨天开始一直好奇地盯着我们。看我要出去，她好心地比划着说她会帮我照看两个孩子。我到街上买了点油炸食品包在报纸里权且充当晚饭果腹，一边往回走一边想，不知道这么待下去，前面的路会怎样。我说的不仅是在尼泊尔，更是在这家医院里，和两个孩子一起的未来。尼泊尔应该只是环球之旅中的短暂停留。或者，我问自己，是这样吗？我想不出过去的一年，甚至几年里，在哪件事情上我本可以作出不同的选择。事情一桩桩一件件累加起来，引领我走到现在，走在回医院的路上。倘若可以选择另一种人生，我一定像远离火灾一样远离这一切。病房里连块肥皂都没有。我准备先把买来的不干不净的东西吞下去充饥，然后和两个语言不通的孩子一起再熬一夜。这就是我的生活。想到这里，我感到无限安慰。

第二天一大早，迪尔加醒了。他醒时我还坐在木凳上趴在床角睡着，直到阳光透过薄薄的窗帘照在脸上才醒。先是暖暖的，而后眼前一片模模糊糊的红色，我小心地眯着眼睁开一条缝。迪尔加靠着床头板直直地坐在那里，胳膊瘦得没有一点肉，只剩了皮包着骨头，无力地垂在两边。他看着我，表情木然，但神志清醒。

最糟糕的时刻已经过去，两个孩子从死亡的边缘被拉了回来。我叫了出租车送他们到雨伞基金会。维娃在电话里告诉我，他们的工作人员和儿童之家里的几个大点儿的孩子已经准备好了照顾他们。果然，车子停靠在雨伞基金会下属的其中一家儿童之家门口时，已经有人等在那里。他们把这栋房子里的其中一个小房间开辟成护理站，里面摆了两张床和一个医药柜。来门口迎接我们的不是基金会的工作人员，而是一个十四岁的男孩，名字叫扎格瑞特。

扎格瑞特是雨伞基金会接收的一百七十多个儿童中的一员。这段时间以来，我慢慢认识了他们当中的几十个，包括扎格瑞特。虽然我已经努力想做到没有偏向，但还是不行，我就是喜欢这个孩子。他太聪明了，英语也出奇的好，最主要的是他自作聪明，而我呢，偏偏就喜欢这样的人。

第一次来雨伞基金会登门拜访的时候，我在其中一所儿童之家里转了转，想看看那里的孩子，碰巧是扎格瑞特住的那所。院子里很多孩子跑来跑去，我站在一边看着，这时，扎格瑞特走过来对我说："我猜您一定是维娃和杰姬先生的朋友吧？如果您愿意，我可以带您四处转转，先生！"他的声音洪亮，"怎么称呼您呢？"

"这个主意不错。不过，你不用叫我'先生'，我叫康纳。"我告诉他。

"好的，康纳！我叫扎格瑞特。我不收费的，先生。不过，就是不收钱您也不必担心，包您逛得开心。我就是个开心果。"他很郑重其事地向我介绍。

事实证明，扎格瑞特的确是个聪明有趣的年轻人，而且在小孩子中有很高的威信。一路上他问了我很多关于美国以及我的家庭的问题，我则问他，家乡在哪。

"我是洪拉人，先生。你肯定不知道洪拉这个地方，那不像萨加玛塔一样是旅游区。雨伞基金会的孩子中只有很少是从洪拉来的。但洪拉很漂亮的。"

我告诉他，其实我是知道洪拉的。小王子的孩子都是从洪拉来的，他们给我讲了很多有关洪拉的故事。

"你开玩笑吧，先生！祝贺你，这个玩笑开得不错啊。"

"我可没开玩笑，扎格瑞特。我真知道洪拉这个地方，"我说，"它不就在尼泊尔西北部嘛。其中最大的村子，也是区中心所在地，叫锡米科特。"

扎格瑞特半天无语。"好吧，你说得没错。那我现在更不能收你的钱了。我本来想最后收你几千卢比的，现在不收了。"

这就是典型的扎格瑞特式等价交换。随着我来雨伞基金会的次数增多，我们两个越来越熟悉，经常在一起互相取笑。

"今天你可够胖的啊，先生。"有时隔了几天没去，再次见到我时扎格瑞特如是说。吃了好几个月的手抓饭，我的体重已经明显偏低。

"胖吗？你的眼镜哪去了，扎格瑞特？我猜啊，你肯定是想要漂亮才不肯戴眼镜的吧？给谁看？给姑娘们看吗？"

"我戴眼镜是为了看书！看你，我才不用戴眼镜放大呢！你人还没来声音就已经先到了。十分钟之前我就听见你从街那头像一头大象似的咚咚咚走过来。"

那天，我抱着迪尔加，领着纳温来到雨伞基金会门口，扎格瑞特已经在那里等了我们两小时之久。从维娃那里，他已经对情况有所了解，所以看到我们，他什么也没问，只是牵过纳温的手，领着他走进护理站那个小房间，走到其中的一张小床边。

我抱着迪尔加跟着走进来，把迪尔加放在另外一张床上。扎格瑞特出去取水，回来时又带了两个和他一般大小的男孩，还有两个稍小点儿的女孩。

"他们来照看他俩，先生。帮着喂水喂饼干都行，放心吧。"他说。

"好，太好了，"我说着，转过身去对那四个准备做看护的孩子说："谢谢你们，非常感谢。"几个孩子笑了。能帮大人做事，他们很兴奋。

"康纳先生，你看上去很累。到我床上去睡一会儿吧，就是楼上房间里的那个上铺，"扎格瑞特对我说，"我的床很舒服的，你待会儿就知道了。"

"没关系，扎格瑞特。我在隔壁房间有张床。"

"他们俩叫什么名字？"他又问。我告诉了他两个孩子的名字，他转过身把信息传达给那四个孩子。

"好了，没问题了，先生。你去吧，我们来照顾他们。"扎格瑞特说着，友善地把我往门口推。

我对他的话深信不疑。隔壁房间是专门为志愿者准备的住处，位置在儿童之家的顶层，房间很小，里边放了一张上下铺。没几分钟，我就沉沉睡去。两小时后，我再下楼看时，发现扎格瑞特仍然在那，做看护的四个孩子已经换了新面孔。雨伞基金会的孩子们自制的几十张"祝愿康复卡"堆了一堆。我永远忘不了眼前的这幅情景：一个漂亮的六岁小女孩正把一张卡片递给迪尔加。卡片上稚嫩地画着一朵蓝色的小花儿，小花儿下面写着：祝早日康复。显然，这都是扎格瑞特教的。这就是尼泊尔。这里的孩子很小就已经学会互相照顾。

✖✖

　　至此，七个孩子中已经有五个安全转移到加德满都的雨伞基金会，还有两个没找到，一个是九岁的库马尔，另一个是年龄最小的比什努。我们成功解救这四个男孩之后不到一个星期，又有新的消息传来，吉安已经找到了库马尔。我们的运气简直太好了。我迫不及待想把库马尔接过来。

　　得到消息时天色已晚，已经没有公共汽车了，所以我第二天一大早乘车直接赶到位于首都加德满都市的吉安办公室。我希望在他救出库马尔时我也在场。我站在吉安的办公室外，一直等着他和围在他办公桌旁的一对父母结束了谈话才从外面等待的人群中挤过去，站在他的视线内。吉安看到我，转过去和助手交代了几句，然后走过来，抓着我的胳膊把我拉到潮湿的走廊里。

　　"情况有点复杂，康纳先生，"他对我说，"库马尔的确在加德满都，我们在卡兰基找到了他。但他被卖掉了，现在给人做仆人。"

　　"仆人？他才九岁啊，给谁做仆人？"

　　"很复杂。"

　　我已经习惯了尼泊尔人这种拐弯抹角的说话方式，总是得不断地追问才能谈到问题的核心，遇到敏感的问题时尤其如此。但吉安说话一般不绕圈子，所以当他绕来绕去想把情况给我解释清楚时，我忍不住打断了他。

　　"到底是谁关着他不肯放，吉安？"

　　他犹豫了一下，说："听说是一个政府官员，我正在调查情况是否属实。如果真是这样，我们只能劝说这个人主动交出孩子，否则……可能会比较麻烦。"

"那你知道他在哪，对吗？"

"是，我们知道。"

"那我们就去找他吧。他们这么做是违法的，不是吗？让一个九岁的孩子当家庭奴隶？你的工作不就是要执行法律的规定吗，吉安？这不正是你的工作吗？还有什么我没说？"

吉安叹了口气。"康纳先生，我保证把这个孩子带回来。你相信我吗？"

"我当然相信你，但这不是问题的关键。现在的问题是，我们必须马上就去，吉安。我们不能让他留在那儿。你已经看到那两个孩子被他们折磨成什么样了。老天，是你找到他们的，不是吗？"

"如果你信任我，康纳，那就听我的。情况真的很复杂。"他示意他必须回去办公了，还有很多人等在外面。"我知道，发生在尼泊尔的这些事对你来说是很难理解，但我保证会把库马尔带回来。"

我站在他的办公室外急得冒火，却也无计可施，只好满怀着不理解搭公车又回到苟达哇力。

回到"小王子"，瑞蒂克抓着我想顺着后背爬到我的肩上，我没理他；拉贾拿着他用瓶子盖自制的玩具跑过来给我看，我也没理。只有几个大孩子看出我有点不对劲，都躲得远远的。我拖着沉重的步子走进办公室，坐在电脑旁给法理德写邮件。我和法理德一直保持密切联系，只要有新情况都会及时通知他。他正度日如年地等着尼泊尔的签证通过。得知我已经找到五个孩子的消息，他也非常高兴，但这次我带给他的是个坏消息。我只能告诉他，我们已经有了库马尔的消息；他现在给别人做仆人；吉安知道他在哪；可我却什么也做不了。他还会接着问，而且肯定会问，为什么我不能马上把他接出来，为什么孩子危在旦夕而我还坐在电脑旁写邮件。我不知道如何作答。

坐在那里思忖着怎么写这封邮件，越琢磨感觉越糟糕，因为我发现我的恶劣心情不仅仅是出于对库马尔的担心，更是一种负疚感使然。我必须向法理德坦承，我没有在吉安面前坚持我的观点，在目睹孩子们的危险境地后我竟然没有马上把库马尔救出来！强烈的负疚感让我痛苦得只想撞墙，真恨不得马上再坐两小时的公车回到吉安的办公室，要求他马上去把库马尔接回来。

我几乎一字不差地记录下了当时的心情，不过邮件没有发给法理德，而是丽兹。我给她讲了今天发生的事情，我说我觉得自己毫无道理地抛弃了这个孩子；就因为对吉安的信任，我没有进一步坚持。可要是我错了怎么办？万一吉安在暗中保护某个人而导致库马尔再次失踪怎么办？如果那样，这个孩子的童年就要在被奴役中度过，而且这都是我的错。

当时正是华盛顿的凌晨。在等待了漫长的一小时后，我收到了丽兹的回复。"首先，我很遗憾，你一定非常难过。不过，你真的认为吉安有腐败行为吗？还是你怕他有？他做过什么事让你产生怀疑了吗？似乎他一直信守对你和对孩子们的承诺。"

我斟酌了一下，回答丽兹说："我想我是怕他腐败。他的确没有做过任何值得我怀疑的事情。"

"我认为你正在完成一件了不起的事业，康纳，"丽兹在回复中写道，"在这件事情上，你需要信任，相信其他人能够完成这项工作。我知道这个建议不是特别有用，根据你以往所说，你的周围似乎没有很多可以信任的朋友。但吉安应该是个诚实的人，而且他是唯一能帮助到库马尔的人。你做得对。"

读到这里，我知道，这正是我目前最需要的：有人肯定我的行为，虽然我当时并没有其他的选择。独自一人完成这件事真的太艰难了。我总是扪心自问，自己做得到底对不对。在库马尔这件事上，我真不知道这样做会不会保证他安全无事，或者换个有经验的人会不会做出与我不同的选择。丽兹是对的，吉安从未让我失望过。于是我发邮件给法理德，告诉他有关库马尔的事情，还有我的担忧，我说之所以这么做是因为吉安一直都旗帜鲜明地站在我们一边。

法理德很快回信，表示出极大的忧虑。我非常明白他目前的感受，但我的选择没有错。还好他没有与我共处一室，看不到我满脸的疑惑。最后，法理德说，如果我确信自己的选择，那么好吧，他对我的决定有信心。他信任我，希望有任何新消息都及时通知他。

我忧心忡忡地过了一个星期。每天我都给吉安打电话询问，每天都得到同样的答复。吉安让我相信他，除此之外什么消息也没有。我急得发疯，每天与丽兹通邮件，依赖于她的宽慰，一遍遍告诉我说我做得对。其实她完全可以回复我说："我知道的，康纳。你在那里，而我不在，我也不知道你应该怎么做。"

丽兹从不对我说这些。她总是鼓励我，每天询问有没有新的进展，然后告诉我一切都会好起来的。整整一周里，是丽兹的句句安慰和鼓励照亮了我黑暗的天空。

又过去了八天。因为还没有库马尔的消息，我写给法理德的邮件日渐减少，而且已经四天没给吉安打电话了。

儿童之家里几乎找不到可以独处的空间。一个星期六的早晨，我单独坐在屋顶平台上。只能说单独，不是独自一人，因为拉贾就坐在几英尺远的地方，假装没看见我的样子，却时不时地瞟我一眼，无声地示意我过去和他玩儿。楼梯上传来重重的脚步声，打破了我们之间略显尴尬的沉默。来的人是哈利。看到我坐在远远的角落里，他快步走过来，掩饰不住脸上的慌张。

"维娃打电话找你，兄长。"他的声音很紧张。哈利知道这意味着什么。维娃的电话带来的几乎都是坏消息。我谢过哈利，匆匆赶去接电话，心里忐忑着，不知道我还能不能承受得住。

"康纳，我是维娃，你好吗？"电话里信号干扰很强。

"我很好。发生什么事了，维娃？"我几乎什么也听不清，把耳朵紧紧地贴到听筒上。

"听我说，康纳，吉安刚刚带来一个非常可爱的男孩，他说是你在找的孩子中的一个。现在他就站在我身边。他叫库马尔。你认识他吗？"

我跌坐到椅子上，肺里的空气好像被抽空了一样。"是的，我认识他，我马上赶过去。"

看看手表，时间还来得及，我抓紧时间给法理德和丽兹发了邮件，然后冲上楼找拉贾。拉贾还在刚才那个地方，下巴支在栏杆上盯着外面的空地发呆。我蹑手蹑脚走到他身后，把他拦腰抱起来，扛在肩上下楼，大笑着把他扔到会客室的沙发上，然后故意转过身背对着他，装作要走的样子。我知道，他这会儿肯定正往沙发靠背上爬呢。等爬上去，他会大声叫着某个职业摔跤运动员的名字（应该是他最近迷恋的那个"送葬者"），算好了我刚好能接住他的时间，然后猛地跳下来——

"松庄——者——"我原地转身，恰好把他接住。拉贾的肚子砰地撞到我的脸上。

生活重新归于美好。

一份没拆包装的完美礼物

2006年11月中旬以前，我大部分时间是在加德满都度过的。七个孩子中有六个住在雨伞基金会下属的儿童之家，我想帮助他们尽快适应新生活。还有一个原因就是，我正在找房子作为"下一代尼泊尔"的儿童之家院址。美国那边的筹款活动一直在继续，目前我们的银行账户里已经有了六千美元的存款。我确信这笔钱在支付前四个月的房子定金后，依然足够我们付房租、买家具和承担最初的六个孩子以及以后所有孩子的花销。法理德目前随时都会来尼泊尔，我的目标是在他来之前找到房子。一天，我照例和杰姬、维娃喝下午茶。其间我和他们讨论了我的计划。

"杰姬，你和康纳说过房子的事了吗？"维娃问杰姬。他们的客厅是全尼泊尔最温暖的客厅，煤油炉开到最大功率，一张厚厚的地毯把客厅的地面整个盖住。估计他们位于北爱尔兰的家也不过如此。

我转过头看着杰姬。"什么房子？"

"没错，是有栋房子，康纳。我们帮你找到一栋极为理想的房子。真的，再合适不过了。就是挨着我们儿童之家的那栋黄色的房

155

子，你知道吧？住二十五个孩子一点问题都没有，而且院子里还有一眼水井，很深的一眼井！这样你们就不必花钱让那辆该死的卡车送水，可以免费喝到水了，"他说着，深吸了一口烟，冲维娃张开双臂大呼，"加德满都！太疯狂了！连水都没有！为什么没有水？"

"他们扩建过度，超过了容纳能力，杰姬。这么多年来我一直在尽力解决这个问题。你最好习惯这种生活，我现在就告诉你为什么，这种状况在我们的有生之年不会有任何改变。好了，亲爱的，和康纳说说房子的事吧，行吗？"

"啊，好吧，那栋房子。太完美了，康纳。而且现在正在待租。我和房子的主人谈过了，他出的价非常公道。一个月只要一万二千卢比，大概合一百六十美元。你信我的，这价钱非常便宜了。"

我没见过他说的那栋房子，所以告别杰姬和维娃后我去找了扎格瑞特，他对附近的情况了如指掌。他正和几个大孩子坐在孤儿院门口。

"扎格瑞特，"我走过去叫他，"请过来一下，拜。我需要你的帮助。"（"拜"的意思是"弟弟"，我们称呼小孩子的时候常用这个词。）

"好的，康纳先生！乐意效劳！"他答应道，然后回过身去模仿着舞台表演的腔调对坐在他身边的几个孩子说，"抱歉，我得走了。我有重要的事要做。这位先生需要我帮忙。没有我帮他，他说他会死的——"他这几句话是用英语说的，显然是为了让我听懂。

"好了，别闹了，扎格瑞特……"

"你们听到了吗？他的声音在颤抖！我猜他很害怕。我必须去了。"

他走过来，脸上挂着灿烂的笑容，我伸手想抓住他的头给他来个锁头功，被他一闪躲过去了。我们俩走出大门。

三 草堆里的七根针

扎格瑞特知道杰姬说的那栋房子，我跟着他沿小径找过去，离这只隔了四栋房子。只看了一眼我就认定，这就是我们的儿童之家。房子外面有一个庭院和一个小天井，还有带锁的大门。最棒的是，它刚好和雨伞基金会的那几个儿童之家同处一区，互相毗邻，到附近的小学校和杰姬、维娃的住处都只有几分钟的路程。当天下午我在扎格瑞特的帮助下和房主进行了沟通，几经讨价还价，终于成交。至此，"下一代尼泊尔"真正有了自己的儿童之家。

我把房子的照片发给法理德，他很喜欢。丽兹也想看，所以我也给她发了一份，同时附上了另外几张照片，一张是"小王子"的，一张是六个孩子一起玩儿的，还有一张是吉安把库马尔送到"雨伞"的那天，库马尔第一次露出笑容的照片。回复中，丽兹第一次把她的照片发给我。是她正在拥抱一个小女孩的照片。小女孩名叫巴斯纳提，十岁左右，是赞比亚的一个孤儿。丽兹非常喜欢她，曾经在邮件中详细描述过她的故事。照片上的巴斯纳提身穿朴素的黄色小衫，脸上洋溢着灿烂的微笑。

我简直不敢相信照片中的女孩是丽兹本人。她太漂亮了。

我抑制不住自己的惊讶，尽量装作很随意地问她："哦，照片上的人是你吗？"

"是啊，康纳，是我。就是那个穿黄衣服的小个子，我也不知道抱着我的那个怪怪的金发女孩是谁。"她回答我。

好吧，我活该！但我实在无法把眼睛从照片上挪开。这个绝色女子就是我的红颜知己，是那个一直支撑着我走过种种艰难困苦的女人，一个我日渐与之亲密的女人。我把照片设为电脑桌面。如果附近有教堂，我一定要去点上四百根蜡烛，求上帝实现我的愿望。

❈

法理德于10月21日飞抵尼泊尔，前所未有的光鲜整洁。我看着自己满是尘土的羊毛衫和已经穿破了的徒步休闲裤心里想，没几天他也该变样了。法理德回到"小王子"，好似一个大家庭成员聚会重逢一样热闹。孩子们都喜气洋洋的，我心中的喜悦也不在他们之下。没有法理德，我绝不会如此顺利地克服一切困难走到现在。

我等着他来以后才向孩子们宣布这个消息：我们就要搬出苟达哇力，离开"小王子"了。如果我们要在加德满都建立一个收容被拐卖儿童的新家，那我就得住在加德满都。

我的决定遭到了孩子们的反对。我和法理德给他们讲了那七个孩子的遭遇，以及建立一个新的儿童之家的理由。他们很幸运，住在"小王子"这样安全的环境里，有人保护，有一个很好的家，还有上学的机会。可是有很多其他的孩子，像他们一样的孩子，就没这么幸运了。他们需要帮助，而我们将努力去帮助他们。而且，我们说，他们已经长大了，几乎不再需要我们。大孩子们已经可以非常好地照顾小不点儿们，如果他们回到家乡也是要这么做的。几个大孩子听了这话，笑眯眯地互相看了看，很自豪的样子。

法理德把好消息留到了最后才宣布：他会在苟达哇力待上至少一个星期。孩子们为此欢呼雀跃。他们非常喜欢法理德。法理德还在法国的时候，他们就经常问到他。对孩子们来说，法理德既像一个慈爱的父亲又像一个宽容的兄长。

那天下午阳光很温暖，又恰逢学校放假，我们把孩子们打发到外面去玩儿，有的踢足球，有的扔飞盘。足球是半瘪的，飞盘一扔出去，要么就一头扎进土里，要么就乱飞一气，常常落在距离预想目标好几百尺远的地方。我和法理德坐在一旁喝着茶，一边饶有兴趣地看着他们。这时，一个叫洛汗的小不点儿跑过来。

"兄长，我去拿加布罗，行吗？"

我看看法理德，又回头看看洛汗。

"你去拿什么？"

"加布罗，兄长！加布罗啊！"

"我怎么觉得你说的不是一个词啊，洛汗？"

他从我们面前冲过去，跑进房子，进了办公室。我看见他在装旧玩具的箱子里起劲地掏着，然后又跑出来，手里举着用细绳子系在一起的两根棍子和一个黄颜色的塑料制品，看上去有点像个两头一样的高脚杯，或者一个超大的沙漏。

"加布罗，兄长！"洛汗举着手里的东西对我说，"我拿来了，行吗？"

我见过一次这种东西，不过那还是上大学的时候去看"鱼"的演唱会，只记得当时一群头发乱糟糟的年轻人围在一起，烟雾缭绕地吸大麻。我当然是对这东西怎么用没有一点儿概念，不过好像洛汗也不会，只知道这两根小棍儿是用来把高脚杯状的东西抛到空中的，于是他拿着小棍儿拨弄着高脚杯，如同剪刀手爱德华想举起茶杯一样精心。运气不佳。那边尼施尔刚刚把飞盘扔到了树上，看到洛汗手里的东西，跑过来，一把从洛汗手里抢过小棍儿，站在我和法理德正前方。

"我会，兄长！看我玩儿！"

显然尼施尔知道怎么让这东西转起来。他把黄色高脚杯状的东西前后转来转去，直到它挂在两个小棍儿中间的绳子上，然后双臂移动小棍儿，让高脚杯在平衡点上前后滑动，最后猛地把它抛起来。高脚杯飞到空中，刚好把像猫那么大的一只翠绿色蜘蛛织的网撕成碎片，那只八条腿的猛兽歪歪斜斜地朝我们飞下来。这一幕只有我和法理德看见了，我们俩尖叫着倒在对方身上，然后连滚带爬地狼狈逃窜。所有人都停了下来望着我们。尼施尔默默地把加布罗放回玩具箱，让它在里面躺了好几个月。

后来我才知道，孩子们是因为我们才不再玩儿加布罗的。他们断定，出于某种他们永远无法完全理解的原因，外国人害怕加布罗。

❊

筹建"下一代尼泊尔"的儿童之家颇费时间。加德满都没有宜家家居那种"一站式"的商店，可以订购所有你需要的商品，所以我和法理德，还有一个尼泊尔朋友开着车在加德满都串大街走小巷地采买所需物品。那张能铺满整个地面的地毯是我们买到的唯一一件非手工制品。三十张上下铺？是我们拜访了一家铁匠铺，和老板讨价还价后做出来的。床垫？我们可以选择不同的填充物，合成纤维是比较高端的，草垫子是低端产品，和我们在"小王子"用的一样。我们取中间路线：一种用椰子树上的茸毛做填充物的床垫。这种床垫睡上去也不是非常舒服，但比起我们在苟达哇力睡的那种草垫子可就要舒服多了。至于那些人从哪搞到的椰子树茸毛一直是个谜，我不记得在这个国家看到过椰子树，一棵也没见过。独立式的书架是竹匠做的；木头排架是当地的一个木匠做的。根据尼泊尔的传统，那个木匠把头发剃光，要穿整整一年的白衣服来为他故去的父亲守孝。买床单时要一米一米地和老板据理力争，买被子时要在被子里用的棉花重量和质量上讨价还价。

我愚蠢地认为被子送货上门的时候应该是正常的被子样，但真实情况是，第二天一个男人出现在我们门口，但送来的不是被子，而是一些化纤制品和一包棉花。我回忆了一下和店老板的对话，不知道要把被子拼装起来是否还要收额外的费用。后来才明白，这里的习惯就是在买家门口铺开了现场给你做被子。那个做地毯的人把棉花倒出来，堆成单人沙发那么大一堆，然后手拿一个又细又长的小木棍敲打棉花，直到棉花……不知道怎么说，蓬松度合适？大概吧。然后他把棉花全部塞进他事先缝好的两个布单中间。行了，一个新的被子就这样诞生了。

更有意思的是大概一年以后发生的事。如果你发现被子不那么蓬松了，只要等另外一个人上门就好了。这个人每隔几天就在附近转一圈。他来的时候你通常不是看到，而是听到的——他肩上挂着一个像独弦竖琴一样的东西，边走边弹，离很远就能听见。招手让他停下来，给他一点钱，他就会帮你把被子拆开，倒出棉花，然后就用这个长得像竖琴的东西砰砰地弹棉花，直到棉花又恢复松软的状态。我和丽兹就这种工具的工作原理展开了邮件辩论。

"他就那么弹一弹棉花，棉花就又蓬又软了？"丽兹问我，"这背后到底是什么物理原理？"

"我不知道。莫非和金属振动的恢复性有关？"

"嗯……我不懂物理什么的，但我觉得你说得不对。"

"是，我也觉得没道理。不过听着好像挺聪明的，对吧？"

"一点点吧，"她说，"你应该说你是从某篇文章里引用的，比如像《科学美国人》什么的。那样就听着挺聪明了。"

"好主意。下次吧。"

道拉吉里儿童之家（我们根据喜马拉雅山脉的最高峰之一取的名字）终于准备就绪。所有的床铺都是我和法理德自己铺的，这么做引起了来帮忙的尼泊尔妇女在一旁的窃笑。铺好最后一块床单，我和法理德走到外面重新走进来，好看看整体效果。一个一个房间慢慢看过去，真漂亮。法理德为此做了大量的工作，我们所需要的大部分物品都是他先做好统计，再买回来的。整件事如同变魔术，好像我们闭上眼睛，虔诚地许下心愿，希望二十五个孩子能有一个家，然后它"嗖"的一声出现在我们脚下，我们就已经身在其中了，崭新的，地上没有一个脚印，墙上没有一点污渍。虽然它也保持不了几天的干净整洁，不过至少现在还是新的，好像没拆包装的一份完美礼物，而且是我们一手创造的。

我和法理德走出门，法理德咧开嘴笑了。

"康纳，我现在就去把他们接来吧，你介意吗？"他说。这一刻他已经盼了好几个月，现在终于盼到了。我觉得这一刻属于法理德。

"去吧。"我说。

法理德到就在附近的儿童之家找齐了库马尔、阿弥达、迪尔加、纳温、马丹和萨米尔，把他们带了回来。我站在大门口迎接他们。孩子们呈"一"字肩靠肩排好，我和法理德站在他们面前。

"你们到过这栋房子里面吗？"法理德问他们。

孩子们使劲儿地摇摇头。"没去过，兄长。我们保证没去过，兄长！"我意识到，是法理德脸上的表情让他们以为自己做了什么错事。在他们目前还简短的生活经历里，做错事意味着要挨打。

法理德走到精雕细琢、刻着佛教故事的木门前，推开大门，然后转过身面对着孩子们。

"它是你们的。这就是你们的新家。"他说。

孩子们一动不动，他们肯定以为在玩游戏，或者我们在考验，或者是别的什么他们想不到的事。纳温出了院后又成了孩子头儿。最后还是他推开人群，第一个走进去，其他五个孩子小心地跟在后面，哪儿都不敢碰。他们探头看了看客厅，然后重新在大门口附近聚齐，有几个脸上出现了紧张的笑容。六岁的萨米尔扯扯我的裤脚用尼泊尔语问我："这是谁的房子？"其他的孩子瞪着眼睛，满脸带笑地盯着我。他们在等待此次冒险最后的点睛之笔。

"兄长，法理德已经告诉你们了，这是你们的房子。"

"我们的房子？"

"你们的房子。"

沉默片刻。

"我们的房子？"

"对，你们的房子。"

"我们在这里睡觉吗？"

"你们的床在楼上。"

又是一阵沉默。

"我们能去看看吗？"库马尔迟疑着问，担心自己看着有点蠢。

"当然，你们看看去吧。"我说。

还是没有人肯第一个动作，可是当纳温抬脚踩上第一级台阶的一刹那，库马尔噌地一下蹿到他的前面，一步跨了三个台阶，显然胆子大了。然后所有的孩子都开始你推我搡，争着抢着要第一个上楼。就连平时最偏孱的迪尔加也只略微迟疑了几秒钟，便也跟着飞奔上楼了。看到他跑得这么快，真让人高兴，看来他已经战胜营养不良，彻底恢复健康了。

我和法理德向门外踱去，耳边响起孩子们开心的尖叫声，一会儿从窗户伸出头看看，一会儿又出现在阳台上，一会儿又从屋顶传来他们的声音，大喊着问我们这是否真的是他们的房子。我们回头冲他们大喊，是的，这里就是他们的房子。

于是六个孩子从我们身边飞驰而过，还来不及看清楚就已经跑到大门外，向隔壁的雨伞基金会的儿童之家奔去。他们在那里住了几个星期之久。不到五分钟，几个孩子又暴风骤雨般从天而降，每个人夹着几件衣服，也是他们唯一的私有财产飞奔回来，再全速飞奔上楼。

我们跟着他们上了楼，发现他们已经在前面的一间卧室里整理自己的东西了。卧室里的床已经铺好了。"你睡在这，这张床，对吗，兄长？"萨米尔问我，手指着第七张床。那张床还空着。

库马尔回答他说："不对，那张是比什努的，是吧，兄长？"

我很惊讶。我从未在他们面前提到过比什努，甚至不确定他们是不是还记得比什努。他九个月以前就失踪了，对他们这个年龄的孩子来说，九个月意味着永远。

"没错，这张床是比什努的。"我告诉他们。法理德走过来说，睡觉时间到了。孩子们分别爬到自己选好的那张床上躺好，我们关了灯下楼。

❖

我去看的那套公寓一共有三个卧室，房间里一股刚装修完的味道，像一辆新车一样闪亮夺目。走廊很长，脚踩在长条的大理石地砖上发出回声。感觉很奇怪。倒不是因为房租的问题——这个价钱我付得起——主要是觉得这套房子太大，要是尼泊尔家庭住的话，九代人也挤下了。其他的都是常见问题：没有取暖系统，非常有限的热水供给，没有冰箱、炉子、微波炉，所谓的淋浴也只是浴室中间伸出来一个莲蓬头，水由地面排出。

房主跟着我走过门厅，我竟然戏剧般地中途停下来，站在走廊里直喘粗气。房东大笑。

"的确，这地方够大，先生，很适合您一家人住。而且我装了很多大理石。"他自豪地指着说。

"实际上，是有点太大了，我又没结婚。不过，谢谢你陪我这一趟。"我对他说。

他停下脚步。"没老婆吗？"

"没，没有。"

"有女朋友吗？"

"没有，女朋友也没有。"

"那你是同性恋吗？"

我估计这是尼泊尔人很自然的结论。

"同性恋？不是，我不是同性恋，只是目前对恋爱不感兴趣。之前和你说过，我现在非常忙，忙着照顾那些孩子，恐怕没什么自由时间来交女朋友。"

"你最近有过女朋友吗？"

他真的问我这种隐私问题？"没有，算不上有，自从……呃……"我仔细想了想，发现自己已经不能按周数，按月数，而是得按年来数了。"不敢肯定，我估计从2003？要么就是2004开始？"

"2003？你是说2003年吗？"他问我，一副难以置信的表情。

我想起，尼泊尔的历法与我们用的不同。2003年差不多相当于这里的2066年。"哦，不是，是美国的2003年。大概三年前吧。"

他点点头，歪过头来看看我。"你该尽快找个老婆生孩子了。你可以住在这儿，我给你个便宜价，"他说，"你需要这套公寓。"

我大笑，继续往前走到后面的一间卧室。这是一间非常明亮的房间，两面墙上都有窗子。我打开其中一扇窗探出身，外面的田野尽收眼底。在加德满都市中心还能看到这么大一块地倒真是不常见，估计很快就被占用了。到了我和孩子们约定在"道拉吉里"见面的时间，于是我准备开口对房主再说一声"不用了，谢谢"。

正在这时，越过窗下的这片地不到一百码的地方，我看到了一栋高高的黄色房子的背面。是"道拉吉里"。之前我一直没发觉两个地方距离这么近，因为从"道拉吉里"没有直接的路通过来，必须沿着两边立着高墙的路绕一圈才能到这儿。可从这里看实在是太近了，我甚至能看到两个孩子，应该是萨米尔和迪尔加，好像正在屋顶平台上玩儿。

我转过身对房主说："你说得对，我的确需要这套房子。"

五天后，我第一次在公寓里过夜，房间里冷得要命。虽然宽敞的大理石地面感觉很舒服，但温度低到看得见自己的哈气。我已经习惯了住在窄巴巴的狭小空间里，而且那样感觉更舒服些。我在房间里支起帐篷，摆了一张小书桌，网线的另一端直接接在窗外的电话线上，地上的床垫上放着他们能做出来的最厚的被子。有一点很好，而且是真正令人高兴的事：公寓里有上下水系统了！

最棒的是，站在阳台上俯瞰，下面就是全尼泊尔最大也是最重要的一座舍利塔：斯瓦扬布寺。可以看到五颜六色的经幡随风飘扬。舍利塔，也叫佛堂，外观有点像一个倒着放的漏斗，大部分的旅游指南上都把它称做猴庙。60年代一些嬉皮士来这里旅游时发现附近有上百只猴子跑来跑去，猴庙因此得名。我经常站在窗前看着猴子在各个屋顶上跳上蹿下，要是发现有猴子挂在我的网线上，就赶紧轰走。它们经常扯着网线跳下去，切断我与外界的联系。

三　草堆里的七根针

　　像很多常规游客一样，我第一次来尼泊尔的时候就拜过猴庙。我从没见过那么多猴子。这里的猴子体形很小，毛色淡褐，小一点儿的只有个头稍大的猫那么大，动作灵敏；大的就像蹒跚学步的婴儿，只不过这些小家伙儿能沿着墙爬到房顶啃电线，太可爱了。

　　和这群小家伙儿做邻居可就完全是另外一回事了。我很快与猴子建立起爱—恨—痛恨的关系。我喜欢观察猴子，它们很有人性，动作不可思议的优雅而敏捷。可是转过天来，我可能会离开电脑，想到阳台上安安静静吃顿午饭，有时候我会离开片刻回房间取饮料，等再回来的时候就会发现某只同样动作敏捷、优雅的猴子像钢丝表演一样正沿着电话线走过去，一手举着我的鸡蛋色拉三明治，另一只手抓着一把炸薯条。维娃和猴子打了十五年交道，我告诉她关于偷三明治的猴子的故事，说我差不多和猴子展开了肉搏战。"听我说，康纳，不开玩笑。你真和猴子打架了？"然后给我讲了一个发人深省的故事。任何人听了这个故事，下次和猴子打架之前都会三思而后行的。

　　不过，除了猴子们中午时抢午饭，或者和猴子肉搏的时候，我的住处附近倒是一派和平景象。那些流落在尼泊尔的喇嘛都愿意住得离佛堂越近越好，所以差不多周围的邻居都是僧人。每天天一亮，庙里就响起了浑厚的钟声，要是在美国，这么早敲钟肯定会把我逼疯的，可是在这里，我就靠这钟声叫我起床呢。

　　兴致高的时候，我也会加入身披袈裟低吟经书的僧侣们的行列。他们每天日出时分就会排成一队，按顺时针方向绕着高大宏伟的寺庙边走边念经，同时转动那些竖在寺庙的外墙上、状如苏打水罐的几百个转经轮。这些转经轮最初可能是红色的，但经过僧人们千百次的触摸，刻着梵文的金属表面已经颜色斑驳。绕寺一周大约要走二十五分钟。从佛堂出来没有什么宽马路，只有几条小道在附近的房屋群中绕来绕去，路上间或走过几只猴子，或者流浪狗，有时候也有人骑着破自行车，上面挂着锈迹斑斑的一杆秤，吆喝着用同等重量的土豆换废金属。这里离背包客云集的泰米尔区并不远，它们却是天上地下两重世界。

我把这一切都详细地描述给丽兹，希望她能借此想象出我目前到底生活在怎样一个地方。

"你能找到离孩子们这么近的地方住，真好！"丽兹写道。

"我知道，正因为如此我才租下这套房子。"

"不过从你说的看，那里更像是一座陵墓，"她一语中的，"感觉你和某个死去的独裁者之类的人住在一起。"

"我还有两间卧室空着呢，可以把他扔到其中的一间去。然后每天拜一拜，收他几卢布。"我建议。

"要是你敢那么做，我来付钱好了。"

我发现自己很希望丽兹能够注意到我们两人都很有幽默感，每次我讲笑话都能让她在九千英里之外哈哈大笑。

一个月以前我曾经问过她为什么选择去印度。私下里我希望她的回答是："没什么原因！难道印度附近还有更好的国家可以选吗？因为对我来说这些国家都一样。"但丽兹的回答却是，她如何被特雷莎修女所感动，被她的怜悯之心、她的虔诚信仰以及她的无私忘我所感动。她希望我也去看看她生活工作过的地方。话说得无懈可击。真可惜。

丽兹和我已经通过电子邮件来往了七个星期，一个月之后她将飞抵印度。如果我现在不说点什么，就再也没有机会见到她了。可是我又不想直接邀请她来尼泊尔，那样感觉我们交往的节奏有点太快了。想想当初在酒吧里见那些几乎不说英语的女人是多容易的一件事，可是现在呢？遇到了我真正想见的女孩，却因为害羞而不敢向她发出邀请！于是我开始一点一点地暗示她应该来尼泊尔看看。

"知道吗，我记得我第一次从印度来尼泊尔的时候，"我在给她的邮件里写道，"从德里就飞了很短一段时间，而且机票很便宜！"还有一次，我给她描述附近的景色，最后的结论是："但是我很难在邮件中解释清楚，你真应该亲眼来看看这里的美景。"她宽慰我说，看了我的描述，她已经有了身临其境的感觉。唉，看来这个办法也不管用。

我住的公寓，丽兹所说的陵墓，给了我灵感，帮我找到再次给她写信的理由。我一再重申，这套公寓里有三间单独的卧室，每间都有门和锁，有客人来住是再合适不过了。我还提到我大学时的两个朋友，与我们俩一样同是弗吉尼亚大学毕业生的凯利·凯勒和他的妻子贝丝会在圣诞节期间到访。我说："要是——当然只是理论上说，哈哈哈——我们能在这相聚，该是多开心的事啊！"丽兹说："听上去是不错。"然后就岔开了话题。

可是当我们的儿童之家成立以后，我感觉到丽兹的态度发生了转变，她开始认真考虑来尼泊尔的建议。每天我都会把六个孩子在那栋大房子里的故事在邮件里讲给她听。儿童之家成立一周后，我鼓足勇气在邮件里很委婉地建议她说，如果她有时间，只是说如果她有那么两三天空闲时间，没有其他安排的话，如果她愿意，我们将非常欢迎她来加德满都看看这群孩子。如果她在印度待烦了的话，诸如此类。

"嗯，我非常愿意。我非常想去看看这些小不点儿们，他们太棒了，"她回复我说，"而且我打赌，肯定能让他们爬到你的身上叠罗汉，让你动弹不得。那样看着多有意思啊……"

我硬是坚持了十五分钟后才坐下来回信，写了几句类似于"没错，他们非常棒！他们爱极了叠罗汉！来吧"这样的话，不过在发送之前又把它们删除了，主要是感觉口气过于热切。我把它们换成了："太好了。你会非常喜欢他们的。盼望着你的到来！"就这两句话我也斟酌了差不多二十分钟才写好，努力表现得语气恰当些。

丽兹要来了！整个下午我都抑制不住脸上的笑意，直到某一刻，我突然间痛苦地意识到，必须马上去找木匠做床架，再找人做床单、被子、枕头。这套房子里的另外两间卧室里现在空空如也，其实除了床和电脑我几乎一无所有，但是没关系，我会安排好一切的。我期待着客人的到来。

四

走 进 大 山

2006年11月—2006年12月

坎坷的寻亲之路

我和法理德都搬到了加德满都。我住在租的公寓里，法理德则占用了"道拉吉里"一层的一个小房间，从大小上看应该是原来的食品储藏室。这样他既可以照顾孩子们，又兼管房子。他说他想日夜守护着孩子们，所以在儿童之家至少会住上几个月。我在公寓里也给他留了一间卧室。其实一个人住挺孤单的，除了夜里刺骨的寒气，其他的都和我以前住在"小王子"时感受到的尼泊尔不大一样。法理德对我的建议嗤之以鼻。

"我这辈子也不会住到你那里去的，康纳，"他说，"那套房子太大了！像个教堂，一点也没有家的感觉！"

关于这一点我不否认。这套公寓有一点好处，就是距离"道拉吉里"非常近，但永远不是个舒适的所在。我一直都很喜欢住在小王子儿童之家时的那种感觉。现在"道拉吉里"只有六个孩子，还可以接收二十个甚至更多的孩子，一旦住满了，我和法理德就没办法住在这。所以目前他住"道拉吉里"，我住附近，每天的大部分时间都在儿童之家度过。

四 走 进 大 山

我们也经常回苟达哇力看望"小王子"的孩子们，每次去都会给他们讲很多关于"下一代尼泊尔"的事，讲我们的目标，讲我们正在努力营救像他们一样遭遇的孩子，给他们一个家。

只有一件事我们没讲。在过去的六周里，我一直在秘密筹备到洪拉山区的行动，去寻找他们还有"道拉吉里"那六个孩子的父母。

法理德协助我完成了行动计划的最后几个步骤。出于安全考虑，关于这次行动我只告诉了极少几个人。高卡在洪拉有很大的影响力，据我们所知，像安娜·豪和其他几位使他在加德满都的行为处于险境的人都曾经受到过他的威胁。洪拉位于尼泊尔的西北部，那里基本上没有法律可循，也没有国际组织保护我。高卡知道我是何许人，如果我去洪拉的事传到他的耳朵里，他轻易就可以阻挠我的行动计划，甚至公开对我进行打击。毕竟我的成功意味着他的惨重损失。

出发之前，我需要把所有从"小王子"收集到的信息汇编在一起。我手头上已经有很多给他们拍的照片，还有一些关键的生平信息，比如他们住的村子的名字（能记住多少就提供多少），还有他们父母亲的姓名。很遗憾，许多孩子被带走时都太小了，除了"爸爸"、"妈妈"，他们根本不知道父母还有别的名字。每次和他们谈话，我都试着让他们尽可能详细地回忆有关家乡和亲人的情况，以及任何可以帮助我在那个广阔而偏远的地方找到他们家人的信息。针对救回来的那六个孩子，我也做了同样的工作。

除了法理德和安娜，我没有向别人透露出发的消息，只有在一个孩子面前我没能保守住秘密：扎格瑞特。我信任这个孩子。更重要的是，如果我向他刺探有关洪拉和他家人的情况，他很可能猜得到我的计划。

我把计划告诉他时，扎格瑞特口气轻佻地说：

"那你能从洪拉给我带点苹果回来吗，先生？"

这么久了，他仍然叫我"先生"，叫得我快疯掉了。他知道这点，也一直努力想改，像其他孩子一样叫我"兄长"。现在我纠正他的时候他已经记得说"对不起，兄长"，但没几分钟就又变成了"先生"。我在想是不是也应该叫他"先生"。

两个月里，我对扎格瑞特的情况已经非常了解。五岁的时候他就被带走，离开了家人。和其他孩子不同的是，扎格瑞特是个真正的孤儿，很小的时候父母亲就在一年内相继去世。所有孩子的档案中只有他的装着父母的死亡证明。维娃在一个难以维持的非法孤儿院里找到他和另外二十几个孩子。那个孤儿院位于流经加德满都的一条漂满垃圾的河边。目前他住在我们"道拉吉里"隔壁的雨伞基金会的儿童之家。

"不，扎格瑞特，我才不给你带苹果呢。"

"为什么不带？"他基本上说什么都是喊着说的。

"太重了——那我就给你带一个吧。可能带，也可能不带。"

他考虑了一下，问道："你会去我们村吗？"

我只告诉他我要去洪拉，并没有具体说明去的目的，他也没问。我要去为那些在我们照顾下的孩子寻找亲人，但他不在此列。

"哪个是你们村？"我问他。

"扎拉，先生，我们村子叫扎拉。"他大声说。

我知道扎格瑞特来自扎拉，但他就喜欢一遍遍告诉我。每次说起的时候都充满了自豪，好像头脑中的记忆越淡漠，他就越强烈地守护着这个名字。

后来，在研究洪拉地图计划搜寻路线的时候，扎拉被列为我寻找的第一站。我真的非常想替这个孩子找到一个什么人，家人，或者认

识他的人，或者知道他的人，哪怕是知道他父母的人也好——只要能把
他带回那里，让他知道自己不是孤单一个人活在这世界上。

"是的，我也准备去你们村，扎格瑞特。"

"那你从我们村给我带点苹果回来吧，先生。我们村的苹果特别
特别好吃。"

"别做梦了。"

"你是个懒家伙！"

"一个苹果，"我告诉他，"如果你运气好的话。"

❖

我深知这是一次危险的旅程，只是不知道会危险到何种程度，没
人能知道，安娜，甚至将和我一起去的洪拉本地人D.B.都无法预知。
我们本来计划在当月的早些时候出发，但那时候政府和反政府军之间
的正式和平协议还没有签订。没有这个官方休战协定我就去不了。我
不能冒这个险。但同时，冬天马上就来了。一旦开始降雪，所有进出
洪拉的交通都将戛然而止，直到明年春天才会恢复。整个11月份我都
在关注着新闻和天气状况，心情渐渐跌到了谷底。

2006年11月22日这天，我几乎不需要翻开报纸就知道发生了什么。
头版头条用又粗又大的字体标显其在历史上的重要地位："和平协议
已经签署。"我查了一下天气，洪拉还没有降雪。希望之窗终于向我敞
开。报纸上并没说休战会维持多久。没一会儿，D.B.的电话就打过来了。

"你准备好了吗，康纳？"他问我。无须解释，我明白他的意
思。是的，我准备好了。我们把出发的日期定在了几天以后。

那天晚上，我和法理德盯着洪拉的地图看了半天。我从未见过这
样一幅地图。平时用的地图上面都是公路纵横交错，标满了城市名、

镇名和村名，并且通过铅字的大小能够知道当地的人口多少。可这幅地图上几乎什么都没有，连一条公路都没有，必须全程徒步。偶尔看到河流旁边出现一些作为村庄标志的小圆点，也是互相之间隔着宽宽的一大片空白，而且地形线画得九曲回肠，一条挨着一条，可见整个洪拉区基本上没什么平地。

我们两人尽力想估算一下越过安娜提到过的关卡完成这段旅程大概需要多久，但是在亲眼看到当地的地形地貌之前，谁也没办法预测到底会有多么艰难。在我已有的经验中与此最相近的估测来自于去珠峰大本营和安纳普尔纳大环线的两次徒步旅行。那两次也很惊险，但沿途上都有游客服务区可以休息。洪拉没有这类设施，而且，我们还有一层忧虑：万一我在洪拉腹地的时候突然降雪，洪拉机场就要关闭，因为清理跑道只能手工完成，而连续降雪将使除雪任务成为不可能。

洪拉的机场位于区中心所在地锡米科特，而全区只有锡米科特通电话，所以一旦我到达洪拉就将无法与外界联络。如果发生不测也无法通知法理德。我们没有特别说明所谓的"不测"意味着什么，没有必要。可能是受伤，也可能是被绑架，或者更糟糕的。于是我们决定约好一个"恐慌日"——没找到更好的词来表达。保守地估测了一下完成这次洪拉之行所需的时间，我和法理德计算出12月18日是我应该回来的日期，前后允许一天的误差。我将尽一切努力在此之前赶回来，因为那一天也刚好是我的朋友凯利和贝丝来访的日子。"恐慌日"被设定在12月22日。如果到那时我还没有回来，法理德可以认定我发生了不测，将派救援小组去找我。

我在出发前夜给我在弗吉尼亚大学时的室友查理·奥格拉发了封邮件，告诉他我对这次洪拉之行会怎样也没有把握。即便不很成功，也很可能是安全的。最重要的是告之关于"恐慌日"的事情。我说，如果到那时我还没有和他取得联系，他就打电话通知我的家人，让他们知道我的情况。查理和我的家人互相认识多年了。

查理很快回复："可能会是什么情况，能说得具体些吗？"

我知道我让他为难了。"让我的家人和法理德联系就行。"我告诉他。

那天晚上我做的最后一件事是给丽兹写信。我们已经计划好了，她将于12月23日到达加德满都，停留两整天，然后于圣诞节早晨飞回印度。我说，那两天中我们将与我的大学校友兼已婚朋友共度美好时光。有他们俩作陪，她不必有任何担心。但同时我不得不提醒她——虽然发生这种事的概率很小——我将有可能会被耽搁，比如误了飞机什么的。所以，她到的那天也许我不在加德满都。如果真的出现这种情况也别担心，法理德那有我的手机，会把她介绍给我的朋友们，我最迟第二天一定到。我尽量把这种可能说得像是计划D，即备选计划的备选计划的备选计划。

那时候我和丽兹每天都会有多次邮件往来，感觉好像两个人相距只有城东到城西那么远。无论我认为我的话会不会让她感兴趣，都会和她讲，包括我最初来尼泊尔的原因：哗众取宠。谈到以往的恋爱史，我告诉她，在布拉格，在我结束和当时的女朋友关系前几个月，我对她非常糟糕，我深深地伤害了她，导致她最后与我决裂，因为这是最好的解决办法，却让我一直难以释怀，直到三年后的今天。

丽兹向我坦白，她二十岁刚出头的时候就结了婚，几年后离婚了。从那时起，她便不再去教堂，她说她很难想象，什么样的教堂会接受她这样的人呢？有哪个人刚刚二十四五岁就离了婚？她很害怕，羞于见人。回想当时的感觉，她说她觉得自己这样一个家庭破裂的人坐在那儿祷告简直是太虚伪了。"但上帝通过那次巨大的痛苦感召我，拯救我，"她说，"原来破碎的心也可以复原。"

我拐弯抹角地向她解释我去洪拉的计划，用词也很模棱两可。平时我们总是会逗得对方开怀大笑，但这次，我无论如何也没办法开玩笑了。我决定不让她担心。在离开洪拉前收到的最后一封邮件里，她说："我知道你现在要去做的事不是很安全。我会尽力不去担心，不去多想。盼望着23日那天见到你。"

"会的，"我说，"你以为我会放过这次见你的机会吗？"然后，伴着"怦怦"的心跳声，我第一次署上了"爱你的，康纳"，并在自己后悔之前飞快地点击了"发送"键。

❖❖

第二天天刚亮，我就搭了一辆破旧的出租车到加德满都机场，在那里与D.B.会合。在此之前我和D.B.的接触并不多，只知道他致力于帮助自己的祖国，尤其是他的家乡洪拉，而且他是个佛教徒。D.B.手中也有一个名单，上面写着他这次要代表ISIS基金会帮助寻找家人的孩子的名字。结伴去洪拉可以达到一个目的：两个搜寻小组合二为一的话，我们就组成了一个八人团队。人数越多我们就会越安全，可以对抗反对政府的威胁，还有来自于高卡的潜在危险。很可能在洪拉有他的同伙在活动，他们不会希望我们顺利完成任务。

我和D.B.取了机票，行李打好了包。机场没有电子显示屏显示离港信息，但有个手写的标牌上说，我们的航班会准时起飞。我给法理德打了最后一通电话，提醒他去看看六个孩子——法理德总是起得很早。他让我放心，说孩子们都很好。我听得出他的醋意，其实他很想参加这次行动的。两年来，"小王子"的孩子们一直在我们面前提起洪拉，同样的故事讲了一遍又一遍，到后来我们自己都会讲了。这些故事都很简单，可见孩子们对洪拉的记忆也因为时间的流逝而日渐模糊了。

但是，比卡什讲的一个故事我牢牢记在心里。他和其他几个孩子由人贩子带着，被迫走了很多天的路，途经很多他从未听说过的山谷和不知名的村庄。有一天他注意到路边的几栋房屋与众不同，很大，由更坚硬更光滑的材质建造而成，而不是他常见的干泥巴。

一行人来到一个山口，比卡什发现自己站在一条有生以来见过的最宽最平坦的路上。突然，他听到一个很大的轰隆隆的声音。顺着这条坚硬平坦的路望过去，远处跑来一个人，不只是跑——这是比卡什见过的移动得最快的人类，以不可思议的速度向他们飞驰而来。比卡什惊呆在那里，被这个世界搞糊涂了。他当时想，人怎么能比狼跑得还快呢？那人坐在一部他叫不出名的机器上从他们身边呼啸而过。事实上，那人骑的是摩托车。

法理德在电话里的声音把我唤回到加德满都机场。他又问了一遍。

"航班会准时起飞吧？"

"应该是。我拿到机票了。他们说可以正点起飞，我也刚看到机长。"

"那就好。如果飞机今天不能走，中午我们就在那家藏族小馆子里吃水牛馍馍。我今天特别想吃那个，康纳。"

法理德对尼泊尔很熟悉。他知道，在这里什么事都不能确定，就算你手里拿着机票，就算飞机已经停在停机坪上等待起飞也还是有变数的。事实上我已经不再用"肯定"这个词了，除非这个词前后连接的两个句子是"如果你喝生水"和"你醒来时将躺在手术台上"。只有当飞机真正离开地面，持续向上攀升，飞离加德满都上空的那个时刻，我们才能肯定飞机起飞了，否则，少一样都不行。

世界上极少有国家能像尼泊尔这样培养人的忍耐力。这么说吧，假如我请某人替我到附近商店买点香蕉，实际上，我一星期前请他帮我买香蕉，然后每天我差不多隔一小时就要提醒他一次。当我第一千万次提醒他时，他很可能给我这样的答复："今天肯定买，我的朋友。我以我儿子的性命担保，今天一准儿把香蕉给你买回来，一会儿就买。你把所有的担心都抛掉好了。实际上，任务已经完成了，就在我们谈起这件事的时候，就已经做完了。就像今天太阳会从东边升起一样，香蕉已经买到了。它们是你的了，店主人没有权利继续占有它们。你现在就可以张开嘴巴准备吃香蕉了，马上就来。我正拿着香蕉赶着送到你嘴里呢，希望你做好准备享用这美味的香蕉。现在，香蕉放进嘴里，你的牙可以咬咬看。味道怎么样？好吃吧？"

而这人真正想说的是："什么香蕉？"

那天飞机的确起飞了，只不过耽搁了一段时间。因为我和D.B.是这次航班唯一的乘客，他们把飞机内部改造成货仓，把座位放倒，在机舱里装满了一袋一袋的大米。洪拉已经连续三年遭受旱灾，对任何食品都有需求。

坐在客舱里哗啦哗啦直响的塑料坐椅上，我很庆幸除了扎格瑞特，所有的孩子都不知道我此次的目的地。至此，这次行动慢慢开始露出真实的面目，即便没有二十四个孩子在加德满都翘首以盼我带着他们亲人的消息归来，压力也已经足够大了。

❖

飞机在山里迂回盘旋，即便飞得很低的情况下你也永远无法看出这片区域是有人居住的。放眼望去，看不到一栋房屋。因为现在是旱季，整个区域被自北向南流淌的卡尔纳里河从中间一分为二，分别呈铁锈红色和金黄色，没有一寸土地是平坦的，至少从飞机狭窄的舷窗里看不到。到处都是连绵起伏的山丘和白雪皑皑的山峦，一直延伸到天际，从那再往北几英里就进入中国地界了。

D.B.把他们家所在的村子指给我看，一边滔滔不绝地给我讲，他们村子是一片房顶铺着茅草的泥屋，那个是他叔叔家的房子，只有一间房的小学校，然后……我什么也看不到，只好顺着他的手指指着已经和周围融为一体的村庄的方向。他注意到了我茫然的眼神，说没关系的，很快我就能近距离看到它了。不过首先我们要降落在锡米科特——海拔一万英尺的区政府所在地，但愿是个平坦点的地方。

更过分的是，这里根本就没有机场可言，我们乘坐的老式螺旋桨飞机舱门打开的时候，我发现飞机降落在跑道上，当地的人已经开始往下搬大米了。我伸着脖子看看后面的天空，感觉飞机停在这个地方真的很危险，可是没有人理会，我只好和D.B.拿着自己的背包爬下飞机。我们为同行的伙伴带来些装备，有羽绒服和长筒靴，这样他们就不必穿着人字拖走路了。可悲的是，人字拖是尼泊尔背夫典型的装束，即便在海拔很高的位置也是如此。

其中一个人看到我们往下爬，停下卸米的活儿帮了我们一把。他试探性地拿过我的背包，显然在这个地方背包是个很时髦的物件。考虑片刻，他把背包大头朝下倒着背在身上，然后把包上的搭钩毫无章法、乱七八糟地紧紧扣住，最后我的背包像只受了惊吓的章鱼一样趴在他的背上。他背着包，穿过跑道，来到锡米科特唯一的一家旅馆。旅馆是由一家当地的公益组织开办的，其中一个项目的负责人仁金年龄也不比我大多少。他拥抱了D.B.。后来知道，原来他们是姻亲。

D.B.和我开始着手把两支队伍合并在一起。算上我们两个人，我们应该有八个人，他带领一个四人小分队，我带领另外一组。必要时我们可以分头寻找孩子的家人，两个小分队都有比较齐整的装备。这就意味着我必须马上找一位向导。D.B.在飞机上就向我建议，仁金是个不错的人选。从见到仁金的那一刻起，我便认同了D.B.的看法。仁金是个再合适不过的向导了。他的英语非常流利，曾经参与当地的水电工程，使洪拉南部乡村第一次用上了电，从而深受当地村民的信赖。我正需要他这样的人，但问题是，他忙于自己的全职工作，而给我做向导则需要三周时间。

吃过晚饭，我和仁金坐在火堆旁一边喝茶一边取暖，畅谈到深夜。仁金非常理解我们正在从事的事业的重要性，他以各种方式不停地问我，为什么我要为尼泊尔的儿童做这些，为什么不去别的地方，为什么不在我自己的国家。我没有更好的回答，只好简单地说，在尼泊尔没有别人照顾这些孩子。还有其他什么原因吗？

互道晚安后，仁金抓着我的手说，如果我一个美国人都甘愿为洪拉的孩子冒险，那么他有责任也很荣幸与我一同赴险。我对他表示感谢，私下里对他说的话非常欣赏。我想象不出在美国除了服役的海军还有谁会说出"有责任也很荣幸"服务祖国的话来。

这样，我已经有了自己的向导兼翻译，仁金还给我推了一位非常优秀的背夫，并且说这个人由他来安排。但我的四人小分队里还缺少一个人。仁金说，做这件事最好的人选是一个叫敏·巴哈杜尔的年轻人，联合国儿童基金会UNICEF设在锡米科特工作站的一个助理。刚好我第二天计划去拜会UNICEF，于是决定到时候和他沟通一下。

四 走进大山

UNICEF驻锡米科特办公室只有三名工作人员，负责人普斯皮卡也知道高卡其人。两年来他们一直致力于阻止高卡的罪恶行径。她警告我，队伍越大越好，而且希望我没有向很多人透露我的去向，即便在加德满都也应该如此，高卡有他自己的渠道打探这些消息。她说，高卡的关系网在洪拉南部盘根错节，根深蒂固。如果他们知道我们教化那些孩子的家人，告诉他们，把孩子交给高卡这个人并相信孩子会有更美好的未来是很危险的做法，他们是不会高兴的。

谈话期间，一个不到三十岁、瘦高的年轻人走进来给我们倒茶，脸上挂着快乐的笑容。普斯皮卡谢过他以后，年轻人退了出去。这时我发现普斯皮卡的脸上也洋溢出微笑。看来这个年轻人的微笑是可以传染的。我意识到，这就是仁金提到的那个人。稍后普斯皮卡的话证明我猜得没错。

"刚才进来送茶的人名字叫敏·巴哈杜尔，"她说，"他已经为我们工作了八年。他是我最信任的人，也是最了解这个地区的人。如果你能等上三天，我们办公室因为节日暂停办公，那样他就可以加入你的团队了。"

我对普斯皮卡表示了感谢，但解释说我们第二天必须出发，因为马上要下雪了。她点点头表示理解。

"那我稍后替你问问他，我们让他自己来作决定好了。"她说着站起身。我感谢了她的宝贵时间以及她的周到体贴，然后告辞去找D.B.。D.B.正在当地的市集上买东西。所谓市场，只是一个木头大棚，里面只卖大米和豆子，除了土豆没有任何蔬菜。洪拉南部非常贫困，我们必须自带粮食，因为当地的村民很难有多余的粮食提供给我们。我们的背夫将负重前进。

　　我自己的背包从不离身，里面装着同样重要的东西：一个蓝色防水文件夹，里面放着照片和二十四个孩子的简短履历。这是我继续完成洪拉之行的唯一信息。我读了很多遍，实际上早已烂熟于心。

　　第二天早上我们已经做好了南下的准备。正坐在外面捧着金属大茶缸喝茶暖手的时候，我看到仁金的脸上绽放出笑意。我转过身，顺着他的目光看过去。沿着小路走来的正是敏·巴哈杜尔，身穿一件厚外套，脸上仍然是他富有感染力的灿烂笑容。他和我们一起去。

　　喝完茶，D.B.和仁金用尼泊尔语聊了几分钟，然后转过来对我说："我们还有一关，你记得吗？"

　　"我记得。

　　想不记得也难。转向洪拉南部之前，甚至离开锡米科特边界之前，我们要得到反政府军领导人的同意。

　　我们到达洪拉前一周，尼泊尔的和平协议刚刚签署，但反政府军已经进驻锡米科特，紧挨着政府军的总部盖起了一个小木屋。相比之下，政府军的房子要稍微好些。这是一幅很荒诞的画面：反政府军的旗帜在尼泊尔旗帜几米远的地方飘扬着。也就是说，这些反政府武装目前的工作地点就在他们多年来趁着夜幕进行轰炸的那些建筑旁边。

　　我走进他们的小木屋，这事说起来有点让人懊恼。在内战中美国政府是站在国王领导下的政府军一边的，也就是说，美国的政府向他们提供了军事援助，帮助他们打击反政府军。所以反政府军的人不喜欢美国人。

　　但我没办法不去见他们：这扇门后的那条路通向孩子们的家人。十年来，南尼泊尔一直是反政府军的势力范围。我们不确定是不是大部分反政府军——前反政府军，至少几天前还是——都支持新的和平协议。或者说，他们是否知道和平协议已经签署这回事。

四　走进大山

像每一个来自高海拔村子里的人一样，反政府军的指挥官们坐在屋子外面晒太阳。他们一共四个人，坐在破塑料椅子里一字排开，等着我们走近。即便是摇摇欲坠的塑料椅子在这里也会是奢侈品，洪拉人都是铺着自己编的垫子席地而坐的。椅子通常留给达官显贵们专用。反政府军人员的做派俨然是皇家政权的合法继承人一般。

反政府军的地区负责人坐在那好像很自信，认为我们前来拜访就是对他的尊重。他头戴一顶简单的灰色羊毛帽，帽尖足足伸出去六英寸高，使他本来就瘦削的脸显得更长了。坐在他身边的三个官员并没有显出残酷斗争所带来的疲惫，也没有佩枪。

我们毕恭毕敬地向他们问候，然后坐在旁边的两张椅子上。

没有人给我翻译，不过我还能听懂只言片语，再加上D.B.的肢体语言也帮我明白了不少。D.B.态度很谦卑恭敬，介绍我的身份时适时地没有提到我的国籍。对方挑出他的疏漏，直接问他我是从哪来的，D.B.说我是爱尔兰人。严格来讲这么说没错，而且我随身带了爱尔兰护照，把我的美国护照留在了加德满都。

D.B.讲述了洪拉儿童的故事，他们如何从村子里被带走，又如何被抛弃在加德满都的大街上。反政府军的领导人对我几乎不理不睬，这倒是件好事。D.B.得到允许进入洪拉几乎是没有问题的，毕竟他是当地人。至于我能不能得到许可还是个问题。

听别人用自己不懂的语言交谈不能太久，久了就会觉得极其无聊，即便待在那里的唯一目的完全依赖于谈话的结果也一样，尤其当你还要坐在正午的大太阳下面的时候。两小时以后，我的眼睑已经差不多合上了。就在这时候，这几个人突然跳起来用力地和我握手。睁开眼看到一群反政府军人员冲我扑过来，我吓得魂飞魄散，但还好我及时反应过来，没有本能地自卫，这么做很可能让D.B.两小时的外交努力成果付之东流。我忙着和这群人握手，D.B.从地上捡起自己的包。我迎上他的目光。

"看上去不错？"我低声问他。

"比不错还要好，"D.B.轻轻地回答，随手拉上了背包的拉链，"以后你就明白了。"

他说得没错。那天晚上，一个当地孩子送来一个信封。D.B.把信封接过来，等到那孩子离开了才从里面小心翼翼地抽出一张纸。我借着他的手电筒光亮看，原来是一份红头文件，抬头竟然是英文的，其余的文字是尼泊尔文，D.B.翻译给我听。太意外了，上面很详细地写着我们此次去洪拉的目的：找到失踪的洪拉儿童的家人。最重要的是命令其全区所有的干部尽其所能协助我们。

"反正肯定没坏处。"我诧异地说。

"没错，"D.B.微笑着说，"肯定没坏处。"

❖

第二天我们出发了。那条小路好像是直上直下的，让我想起了滑雪时那些令人呼吸窘迫的瞬间，刚出滑道，就隐约看到了陡然下降的大下坡。我看不出别人是怎么下去的，敏·巴哈杜尔第一个过去了，我看到他跳到一个大转弯上。这条路清晰有力地将山体做十字形分割。卡尔纳里河在下面两千英尺的地方蜿蜒流过。

这种山洪拉人称之为"丘陵"，而我管它叫"山脉"。对洪拉人来说，喜马拉雅才是山脉，要带冰镐和冰爪，外国登山者还必须带氧气罐才行。洪拉南部到处环绕着这种冰雪覆盖的庞然大物，但它们只是喜马拉雅山脉的山麓小丘而已。向南的路一直沿着卡尔纳里河的走向。我们走的这条小路是这个地区唯一的一条路，只有一人宽，因为到处是稀泥和松动的页岩，所以很滑。有的地方山路突然向上走，得抓住旁边的砾石把自己拉上去才行。第一次下坡时我就失足摔了好几跤，每一次都是仁金抓住我的背包带把我拉起来。

下坡时膝盖和大腿紧张得抖个不停，所以走在平路上就感觉太放松了，好像坐着移动走道似的，不费吹灰之力。回头看看上面的高山，我心里想，下来不容易，再想上去恐怕更难。好在三周后我才需要去担心这个问题，如果按照这个速度走的话，时间更短。

几分钟后，我们到了卡尔纳里河边。要想继续向南，我们必须先过河，因为唯一的那条路在河的西岸。但有一个问题，反政府军人员已经把桥炸掉了。

反政府军为了把政府军阻挡在洪拉以外，几乎摧毁了洪拉所有的桥梁。一旦有村民或者运载炸弹的反政府军人员要去锡米科特，需要过河，他们就改用铁索把人送过去，就是站在河两岸的人分别拉着铁索的两头，把人拉过河，他们向每位过河的人收取几卢比的辛苦费。我们有八个人，背包也是满满的，估计他们今天可以有一笔可观的收入。我们每次一个人，爬进那个悬挂在距离水面二十英尺高的金属笼子里。据说那铁笼子已经是内战中的升级产品，可以横穿卡尔纳里河。

背夫领着我们走的是一条狭窄的单向车道，但这条路上从没有走过任何带轮子的交通工具。村民们，放牧的羊群，还有追寻走失的水牛的孩子们走得多了，慢慢就成了路。几小时过去了，依然没有见到一个村庄。我们的行进速度快得惊人，连平时背着最重的装备还能开心地和别人谈天说地的敏·巴哈杜尔现在也不说话了。我几乎跟不上他们的步伐，不光是因为我不具备他们那样极好的体力和耐力，两小时的下坡路和连续三小时的快速行进让我的膝盖受伤了。

洪拉的冬天，天黑得很早。六点，我们到达今天的目的地。要是我们不准备露营，那这个地方应该是我们唯一的歇脚点，下一个应该离这还有好几小时的路程。仁金说这个地方叫布克茨·甘达，但我只看见一个单坡披棚，就是小的时候在我家后面的小树林里盖起的那种小棚子，只不过这个要大很多，睡得下二十个人，也不像我自己盖的那个似的，带着漫画书爬进去就感觉要塌下来，这个要牢固得多。我拽下长筒靴，看着那几个人毫不费力就生起了火。以我的经验，生火意味着若干小时的重体力劳动，边干边大声咒骂着，还要差不多四十美元买生火液。要是我一个人住在尼泊尔，估计一天都活不下去。

背夫端上来无比巨大的几盘手抓饭，还有烧开的水，几个人就坐在冰冷的地面上吃了起来。肚子塞得满满的，我很快就睡着了，耳边还能听到那几个人一直喝茶、聊天到深夜，时而拨拨火，让火烧得更旺些。

向洪拉南部刚刚走了几小时，我就明白了为什么父母们与远在加德满都的子女会断绝联络。从这儿不论去哪都要好几天的时间；贫困无处不在；大部分村民要依靠世界粮食计划养活着；没有电，全部住在只有一个房间的泥屋里。这里几乎没有任何药品，卫生站都已经被废弃不用了。如果村民夜里要出门，就用火把照明，一副猎获大怪物弗兰肯斯泰因[1]的架势。我竟然不知道这世上仍然有这样的地方存在。

拂晓，我们拔营起程。虽然从下飞机的锡米科特到这里海拔已经降低了三千英尺，但这里的温度依然很低。周围的山太高了，直到上

---

① 译者注：弗兰肯斯泰因，英国女作家玛丽·雪莱于1818年所著的同名小说中的人物，一个医学研究者，他创造了一个人形怪物，自己却被这个怪物毁灭。后来人们常把危及或毁灭其创造者的事物称为弗兰肯斯泰因怪物。

四 走进大山

午九点以后太阳光才会照到我们身上。出发前我们喝了热茶，吃了点饼干暖暖身子，上午的手抓饭要等几小时后休息时才吃。今天还有一天的路要走。

我坐起身来，身下垫着零星一点点干草，感觉后背酸疼，这是夜里睡在地上，又着了凉的缘故。待爬出睡袋，我又发现一个更严重的问题：膝盖剧痛。我忍痛走了几步，坐在一块大石头上。

实在难以置信，为期三周的徒步旅程刚刚走了半天，当其他人还健步如飞的时候，我就已经疼得一瘸一拐了。虽然疼痛很让我懊恼，但最让我不开心的不是这个，是因为我知道附近缺医少药，如果继续以这样的速度徒步前进，我的膝盖很可能就毁了，到最后可能得被抬着出去。这种情况绝不能让它发生。

翻了翻医药箱，我取出两片强力止疼片就着茶吞了下去，然后用绷带紧紧地把膝盖固定住，拄着登山杖又试着走了几步。感谢上帝，我还有登山杖，这是拖到最后一刻才听从了安娜的建议买的，没想到现在成为辅助我行动的关键。但就算有了登山杖，我还是走得不很利落。

我尴尬地把目前自己的状况通报给D.B.和仁金，他们很大度，关心地走过来询问具体情况，还扶我坐下，然后走开讨论了一番。D.B.回来坐在我的身边。

"我们可以回锡米科特去，康纳。我亲自送你回去，你可以根据自己的需要走多慢都行。上坡应该比下坡容易些，今晚我们就能回到仁金的客栈。"他说。

"我没事，D.B.，我知道我走得慢。我也不想，而且我明白这么走我肯定拖大家的后腿。但如果其他人不介意，我还是想继续走下去。"我痛恨自己说出这样的话，就像可怜巴巴哀求的小弟弟一样。

189

但我只能这么做。

D.B.点点头，回去告诉其他人，我看到他们一边收拾东西准备出发一边朝我看过来。我甚至不敢直视他们的目光。

虽然腿不能弯曲，全身的重量大部分要依赖于登山杖，以至于我很怕会把登山杖压断，我还是先于其他人出发，下决心要证明给他们看，我不会把前进的速度拖累得像蜗牛爬。我紧紧地抓着登山杖，专心致志地走在这条满是砾石的路上，甩掉眼里涌出的痛苦的泪水，庆幸自己走在最前面，没人看得到。我在心里默默祷告，请求上帝让止疼片尽快发挥效力，并发誓说如果我能完成这次行动，那我的第一个孩子就叫"登山杖"。

❈

就这样走了两天，仁金停下来向南面河流拐弯的地方说："到了那儿，我们就离瑞帕很近了。"他拍拍我的胳膊。在D.B.的坚持下，我一直走在队伍的最前头，这是让大家与我的迟缓保持一致的最管用的办法。我们走到一块巨石下，小路沿着巨石的一侧向上延伸，D.B.走过来要确保我没有落在后面。

我沿着石壁上凿出来的小路缓慢前进，左边是一个悬崖，河水在悬崖下一百英尺的地方流淌。我感觉有点了解瑞帕这个地方了。比卡什的家就在瑞帕，还有他的哥哥伊山和其他几个"小王子"的孩子。他们经常提到瑞帕，说起陡峭的大斜坡一直伸到下面白哗哗流淌的卡尔纳里河水里，村里的茅草屋几乎是上下相接，一个踩着另一个的头顶上盖起来的一样，旁边就是孩子们常去采草药和香料好让家人卖了换钱的那个小树林。只是不知道他们的描述和实际情况有多大的差异。

敏·巴哈杜尔大喊一声，把我从遐想中拉回现实。我不懂他喊的词是什么意思，回头一看，其他七个人都猛地靠在了岩石上，好像突然间被磁铁粘在了巨石上。还没等仁金把敏的话翻译成英文冲我喊过来，我也已经紧紧地抱住巨石。大地在颤抖，未见其形先闻其声：一群山羊，大概有上百只，背上挂着似乎装满大米的马鞍袋，咩咩狂叫着从山路的拐角处转过来。真不明白它们怎么能走得那么稳，反正我知道我做不到。我吓得死死抓住巨石，感到羊群洪水般从我身边冲过，卷起漫天尘土，牧羊人跟在羊群后面，完全无视我们的存在。

仁金走到我身边的时候我还在抱着巨石不肯撒手，仁金说，没事了，可以走了。

"要是你看到这么一群羊，一定要记住，站在里侧。"他用力按着我的肩，盯着我的眼睛说。

"我记住了，看到山羊群要站在里侧。非常感谢。"

"否则，你会掉进河里的，"他怕我不明白，指着下面解释说，"这些羊不会掉下去，我们尼泊尔人也不会掉下去，但是你会。"

"嗯，我明白。刚才看到羊群的时候我就明白这点了。"

"你做得很好。没掉下去就是不错了。你刚才爬得很高啊，像只猴子似的。"他说着，抬头看看岩壁。

"哦，那个……我刚才差点没尿了裤子，所以……"

"你想小便？"

"不，我不想小便——不是。没错，我是挺棒的。我们走吧。谢谢。"

�֍

我不知道那几个孩子的家人是否依然住在瑞帕，这正是我要去调查的情况。瑞帕位于突然陡峭起来的一个上坡的顶上，走进村子时天已经灰蒙蒙的要黑了。几处泥屋高高地盖在一个大斜坡上，和比卡什形容的一模一样。大多数的房子都是两两共用一面墙，真正的是一个建在另一个的头顶上。

我度过了痛苦的一天，已经发炎红肿的膝盖连续八小时遭受重创。瑞帕于我已经如香格里拉般的仙境，如四季大酒店一般豪华奢侈。知道要停下休息了，膝盖上的疼痛愈加剧烈，我第一次对自己的蹒跚跛行不加掩饰。终于要停下过夜了，我松了一口气。

现在我已经落到队伍的最后，仁金走在我前面，离我只有几步之遥。正穿行在泥屋间狭窄的空隙里，我被突然间出现的村民们团团围住。不知什么时候，他们已经看到了我们的到来，或者说，看到了我。我裸露的胳膊苍白得老远就能看到，走在几个肤色黝黑的同事旁边，肯定像亮闪闪的军刀一样耀眼。村民们对我敬而远之，都坐在自家的屋顶上呆呆地看着我，偶尔冲领头的D.B.喊着问几个问题，显然，都是关于我的问题。我感觉自己就像被关进笼子的狒狒，被人用车拉着穿过19世纪的小镇送到马戏团里去。

顶着村民们的目光，我也毫无顾忌地盯着他们看。女人们都戴着硕大的镀金鼻环、耳环，还有若干串珠子项链。有几个正抓着船桨一样长的登山杖，站在光滑的大圆石边使劲捣着什么。大圆石的中间被挖空呈碗状，虽然看不到里面是什么，但我估计是要捣成面粉的小麦。其他几个正背着堆满柴禾的柳条筐吃力地走着。这是尼泊尔乡村比较常见的场面，男人好像不怎么做事，都蹲在地上喝茶，看着女人干活。他们当然也不照看孩子，这件事是由家里的女儿来做的。这些女孩子把弟弟妹妹们用手工做的粗布毯子裹起来，背在背上。

D.B.停下来。一个男人正坐在自家门口，D.B.走过去蹲在他身边。那男人一言不发，听着D.B.一个人说了足足几分钟之久，然后他放下茶杯，依旧没有说话，示意我们跟他走。瑞帕村不大，很快我们就到了一个和刚才一模一样的泥屋前，唯一不同的是这栋房子被刷白了。房门很低，门边有一根圆木，被凿成台阶的样子，一直向上伸到屋顶。一个女人正坐在屋顶上编篮子，旁边放了一堆干草。一个男人裹着脏兮兮的白色包头巾蹲在门口，正握着烟斗抽烟。

包头巾泄露了这个人的身份：他是村里的巫师，也是长老。D.B.、仁金和我坐在他旁边，D.B.向他解释了我们此行的目的，并说明我们手头上有关孩子的信息并不多，只有他们父母的姓名。我们相信瑞帕有我们要找的家庭，但不能肯定。从孩子们那里收集来的信息顶多算是勉强能用，也没什么附带文件。有的孩子记得自己村子的名字，有些连这个都不记得。很多都太小了，不知道自己的父母叫什么。

长老向我们要孩子们的照片，对应着我说的名字，仔细地端详照片上的每一张干净的小脸，整齐的头发和西式旧衣服。他们和旁边这几个衣衫褴褛，正徘徊着，伸长了脖子看过来的孩子没有一点相似之处。男人邀请我们去他的家，他会生起火，让他老婆给我们煮饭。这就是典型的洪拉人，即便再穷，即便被生活蹂躏得再苦，他们都会毫不犹疑地为陌生人敞开家门。

我们在男人的家里吃了手抓饭。这栋房子有两个房间，屋子里很暗，唯一的光源是地中间生起的小火堆，日积月累已经把房间四周的墙壁和天花板熏得发黑，空气中烟味很大。火光让我想起了小时候的篝火和鬼故事。角落里，一个上了年纪的人侧身躺在一张低脚床上，眼睛盯着火堆，身上一丝不挂，只盖了一条毯子。虽然我一心一意只想着尽快把饭吞下去，结果还是最后一个吃完。铁盘子里的手抓饭基本上还是滚烫的时候他们就吃完了，真不知道他们是怎么做到的。吃完饭，我们走出门在一个桶里把自己的盘子刷干净。仁金、D.B.和背夫们围坐在火堆旁，还有几个等在外面没走的村民也过来坐在一起。他们一直在等着找机会弄清楚我们到底来干什么。

我被这家的儿子领到窝棚里。所谓窝棚就是和房子连在一起的一个单独的房间，比房子小很多。小伙子先进去，打着手势替我点亮了头顶的火把，清理了一下里面的东西，不外乎是一些简陋的农用木头工具之类的，然后伸手请我进去。我走进门，看到我的背包已经放在了门旁边，睡袋也被人打开了铺在那里。要是我们一行人都睡在这肯定会非常挤，不过我现在已经顾不上了，自顾躺下去，枕着满是烟味的羊毛衫，马上就睡着了。

❈

一阵暴雨声把我惊醒，两个睡在外面的背夫乱成一团。一会儿，他们也挤到窝棚里来。本来窝棚里就很拥挤，现在更是觉得有人心怀不轨，想要冲击世界纪录一样。我们互相靠得更紧些好让他们挤进来。忽然感觉我的睡袋一角好像已经伸到了某个人的嘴里，我很内疚，于是从睡袋里挣脱出来，拉过一件雨衣套在身上走出窝棚。外面的天还没亮，但借着月光我已经能够依稀辨别出附近的山顶，应该离这有五百英尺远。

有点不对劲啊。就算是在月色下，山顶也应该隐藏在夜幕中看不到才对，怎么现在像廉价油画里画的山一样突出呢？我继续盯着群山，好好调整了一下视线。几栋泥屋映入眼帘，然后是卡尔纳里河，然后再回去盯着山顶。片刻，我明白到底哪里出了问题，心一下子沉了下来。下雪了。

四 走进大山

这是个坏消息，意味着锡米科特，特别是机场的跑道也被雪覆盖了。之前大家一直提醒我，但我总是心存侥幸，希望雪天会迟些来。现在看来，除非走出去，否则我可能整个冬天都要被大雪堵在这里。而光是走到公路边就要花上十天左右的光景。

看着白雪皑皑的山顶在夜空的映衬下像一朵朵淡蓝色的云一样飘在那里，我思忖着。希望渐渐离我而去，像蒲公英的种子一样随风飘散。我重又挤进窝棚，钻进睡袋，心里想着，但愿我至少要找到一个孩子的父母，也不枉我走这一趟。

❖

有人在摇晃我的睡袋。我猛地睁开眼，仁金正在上面看着我，背对着门外透过来的昏暗的光，他的身影格外清晰。

"到外面来一下，有人要见你。"他说完便走出门外。

我咬紧牙关忍着膝盖的剧痛慢慢站起身，往身上胡乱套了几件衣物迎着晨曦走出门。大约十英尺远的地方坐着一个男人和一个女人，旁边围着全村差不多一半的人。男人高高瘦瘦，眼窝稍稍有点内陷，也可能是因为他低着头的缘故。而那位母亲，头上缠着花格子围巾，眼睛直勾勾地看着我，双眼含泪，颧骨高高地突出来。仁金走过来给我作介绍。

完全没有介绍的必要，我知道他们是谁。他们是安尼施的父母。

"是长老把他们叫到这来的。他们听说我们这里有他们儿子的消息。"仁金说。他满怀希望地看着我问："是吧？"

我没回答。我回窝棚取来我从不离身的日常小背包，放在外面，抽出我的蓝色文件夹。这个文件夹是我上周在"小王子"根据孩子们的讲述刚刚整理好的，这些孩子里就有安尼施，那个站在办公室门外大喊大叫的孩子。

我快速地翻着文件夹里的照片，所有人的眼睛都集中在我的身上，想看穿这个文件夹，搞清楚这个陌生人到底带来了什么消息。翻到想找的那一页，我轻轻地把那张纸抽出来。和这张纸一道用订书机订在一起的还有一张照片，照片上是这个女人的儿子。我把照片取下来，递给这位母亲。

母亲马上认出了儿子，失声痛哭，周围的人群聚拢过来。她双手捧着照片贴在额头上，就像人们朝拜某种圣物时的动作一样，伤心地啜泣着，大拇指紧紧压在照片上，仿佛想要走进照片，抚摸一下里面那个抹着头油、梳着中分、头发整齐、开心大笑的男孩。孩子的父亲轻轻从她手中取过照片，举到离脸很近的位置。然后，他也哭了。

聚拢在一旁的人群爆发出一阵窃窃私语声。我从背包里翻出笔记本坐在这对父母身旁，仁金也挨着我坐下，开始了我们的第一次访问。我需要知道几年前，他们失去儿子的时候到底发生了什么。谁来把他带走的？家里为此付了多少钱？他们为此作过什么承诺？他们知道儿子现在在哪吗？

每一个问题都引发了仁金和父亲之间的简短对话。开始时我以为仁金在解释我的问题，但不是。我的问题都是很直接的。

"他在问什么，仁金？"

仁金很难过地叹口气说："没什么。我们可以待会儿再说这个，继续吧。"

我继续提问。这些问题我自以为很简单，只是想从安尼施父母那里得到相应的答复，但结果却是整个访问花了一个半小时才完成，而且得到的回答都很模糊，很勉强。那位父亲每回答一个问题，我都要让仁金继续追问才行。终于，我觉得已经得到了所有想要知道的内容，于是请仁金翻译一条信息给这位父亲，是个简单的信息而已，但我告诉我的向导不要粉饰我的话。仁金听懂了我的意思，苦笑了一下。虽然安尼施的母亲一直不肯看着我的眼睛，但这番话我是对他父母两个人说的。我说：他们置自己儿子的生命于危险之中。他们的所作所为，把安尼施送给高卡带走是鲁莽的行为。安尼施能活到现在是个奇迹，更不要说安全地待在儿童之家里。如果他们对另外一个孩子做同样的事，那个孩子很可能永远失踪。

仁金把我的话不加任何修改地翻译过去，安尼施的母亲哭了，父亲眼望着天。我并不喜欢这么做，我也想做英雄，分享他们的快乐，把场面渲染得像电影里一样，音乐声响起，父母眼含热泪地拥抱我。可是我很担忧。从某种程度上说，我的到来验证了高卡当初的所作所为。他曾经说，他们的孩子会很安全，受教育，健康成长。而安尼施目前的确安全，受了教育，并且健康。我必须让他们明白，安尼施很好，却不是因为高卡。最重要的，我们必须杜绝此类事情再次发生，这就需要他们了解冷酷的事实。

他们站起身准备离开，不停地感谢我，感谢仁金，感谢我们的背夫。我双手合十还礼，然后请仁金陪我走走，暂时离开人群几分钟。

"刚才是怎么回事？是他听不懂问题还是他不想回答？"我问仁金。

仁金摇了摇头。"都不是。我按你说的翻译了，他让我重复一遍，我做了，然后他想了一下，再拿同样的问题来问我，每次都是这样。"

"那是什么？"

仁金停下来转身看着我。"他想知道正确的答案是什么。他想知道他应该给你一个什么样的回答你才能继续让他的孩子活着，继续养着他，继续送他上学。"

我们两个半天没有说话，眼望着下面白哗哗的水流转弯的地方，看着河水从远处奔跑的孩子们身边流过，又轻快地跳下正值休耕的梯田，明天春天这里又会重新种上小麦。我感觉很糟糕，不对，是比糟糕还可怕，我觉得陷入某种情绪无法自拔。也许我这辈子不会有自己的孩子，但我突然间明白了，从我走进瑞帕村的那一刻起，这位父亲的眼里看到了什么。他看到的是他儿子的恩人，掌握着他儿子命运的人。他一定以为他是在代表安尼施回答我的问题，而他的回答将决定安尼施的价值。在安尼施消失了四年以后，每一个问题都让他心惊肉跳，唯恐答错一道题，不知道答错的话会有怎么样的后果。

还是我做得不够谨慎，如果我先向他们介绍安尼施的情况，而不是来了就向他们索要信息，结果可能就会好些。为孩子们的安全着想，在访问结束的时候我仍然会坦诚地说出那番心里话，但是孩子的父母已经为拯救自己的孩子作出如此巨大的牺牲，我那么做的确少了些人情味。我发誓同样的错误不会再犯。

我和D.B.一整天都在会见孩子们的家人，中间休息的时候我就和村里的孩子们玩一会儿。他们都站得老远，对我充满敬畏却宁死不肯配合。待我走近，他们手指着我的照相机，一起冲我高声喊着：

"请一张照片拍！"显然这句话是集体智慧的成果，而且我肯定不是来到村里的第一个西方人。我把他们分成几组，先是女孩，然后大点儿的男孩，再后是小点儿的男孩。每到一组他们就会马上停止打闹，笔直地站好，脸上挂着微笑，俨然一副官方王室合影的派头。照完，他们便马上散开，又央求着和这个照一张，要么和那三个照一张，但他们从来不要求看屏幕。也就是说上次来村里的西方人还没有数码相机，不知道那是什么时候的事。很高兴我可以一直照不用停，不用闪光灯还可以节约电池。现在我可以更清楚地看到他们了。他们和我在加德满都认识的那些孩子如此相像，不仅相像，简直就是同样的一群孩子。机遇、年龄、性别，也许还有其他一些我永远无法理解的因素把他们留在这里，而让他们的兄弟姐妹们被带走。

到了晚上，会见结束了，长老的妻子为我们准备了茶水，D.B.、仁金和其他人一道坐在火边取暖，我远远地坐在一边，喝着茶，独自梳理着这一天来的所见所闻。到现在为止，我已经分别和"小王子"的瑞蒂克、比卡什、安尼施的家人以及七个孩子中年龄比较大的纳温和马丹的家人谈过话。到了洪拉我才知道原来纳温和马丹这两个孩子是亲兄弟。但目前我要做的是，尽力把这个村庄以及这里的生活同"小王子"那些我所熟悉的孩子们联系在一起。

安尼施的父亲回来了，我看着他沿着小路走过来。经过早上的谈话，我很惭愧，甚至不敢直视他的眼睛。不错，我说的是实话，但说话的口气太过严厉，而且有失公平，简直就是在教训他和他的妻子，仿佛我就是正义的化身。我没有走到火堆旁，有什么话他可以对仁金说，仁金再转达给我。我假装没有看到他，低头盯着我手中热气袅袅的茶。

但他没有走向仁金，而是径直朝我走过来，在离我几英尺远的地方停下脚步，等着我抬头看他。我抬起头，他俯首向我问候，然后递过来一个小塑料袋，又行了一个礼，望着我，脸上带着笑容，仿佛想说什么却又知道我听不懂他的话一样。良久，一言未发，他转过身，沿着来时的小路回去了。

我一直盯着他的背影走在小路上，回头发现仁金正盯着我看，看到我，又转过去盯着火堆。我打开小塑料袋，里面是裹着蜂蜜的核

桃，上面还带着星星点点的蜂窝。这是他能拿出来的唯一的礼物。我
哽咽了。那晚我就坐在那里，直到最后沉沉睡去。

❊

图木查村，洛汗的母亲坐在我们旁边，仁金正在把桑德拉如何找
到她的儿子，她的儿子又如何落脚在"小王子"的故事讲给她听。仁
金已经对这些非常熟悉，所以我可以借机分分神，四处逛逛。图木查
与瑞帕不同，这里的阳光更充足些，而瑞帕坐落在山脚下。我们在瑞
帕停留了两整天，今早才离开。下午三点钟的时候，图木查已经远远
在望。这是一个建在比较和缓的山坡上的村庄。现在是下午四点，太
阳照在草垛上，反射出强烈的光，刺得眼睛不敢直视。

仁金把她六岁儿子的照片递给她。大多数父母一看到孩子的照
片就崩溃了，洛汗的妈妈不是。她的反应恰恰相反，这让我很惊讶。
看到照片，她的眼睛一亮，哈哈大笑起来。她的笑和洛汗的笑声有着
同样的旋律，是那种几近疯狂的开怀大笑。洛汗还因此得了个"疯子
洛汗"的外号。在"小王子"的时候，每当我觉得无聊，就去找洛汗
给我讲故事。他总是当场就能根据离他最近的人或物编出一个非常有
趣的故事。假如纽拉吉正在旁边玩牌，那故事就是：有一天洛汗和纽
拉吉与正想伤害瑞蒂克的十四个恶人战斗，他们会骑着自己的摩托车
和那些恶人战斗。而瑞蒂克当时正在房间的那一边一个人玩儿接球游
戏。故事里，洛汗总是骑着摩托车。最精彩的地方是，洛汗讲故事的
时候总是一路伴随着他的笑声。还有，无一例外，每个故事里都穿插
着一些舞蹈。我将不遗余力让洛汗和他的母亲团聚。

我很乐意见到"小王子"的孩子们的父母，他们太像了，让我
觉得好像走进了时间机器，看到孩子们二十年后的样子。还有一个原

因：与孩子们的家人谈话意味着我不必走路。从一个村走到另一个村可能会花上十小时，偶尔中间休息一下，吃顿午饭，其余的时间里我一直要忍受膝盖的剧痛。我膝盖的韧带疼得火烧火燎，好像是一年前在斯里兰卡骑车旅行时受伤留下的毛病。那次，我足足九天什么都没干，只能坐在椅子里读书，看着当地人种茶消磨时光。那会儿膝盖就一点儿都不能承重，这次伤得更厉害，反而要一路走不能停。我大概分配了一下每次止疼药的用量，为之后爬陡坡和下陡坡都留下足够的药量。走在路上的时候也尽量缩短与其他人之间的距离，因为有的时候会有岔路，上面有一条上山的路，下面还有一条与之平行的路，我可不想走错了再走回头路。多走一步冤枉路对我来说都是沉重的打击。

一次，又遇到了一个这样的岔路口，我跟着仁金往下走。在洪拉，一切都长在、建在山坡上，所以这里没有"左"和"右"的概念，只有"上"和"下"。突然间，乱石飞下，如雨点般砸在我的身上。抬头看时，头顶二十英尺远的小路上，一个小女孩正在冲着下面喊我，一边心不在焉地用树枝拍打着一头体形硕大的水牛的臀部，赶着它往前走。那头水牛看上去很紧张，仿佛再往前迈一步就会失足，轰然掉下来。如果考虑我个人的既得利益，那这事最好别发生，因为这个庞然大物就在我的正上方。我转过头惊恐地对仁金尖叫：

"仁金，快告诉她别打水牛了！那家伙就要掉到我们头上来了！"

仁金笑了。"那小女孩在喊你呢，她想知道你的名字，"他告诉我，"她真可爱……"

说这话的时候，我已经走开了。我疯了似的用登山杖乱点，一瘸一拐地沿着小路往前走去，听见仁金在后面告诉小女孩我的名字叫康纳，是个很好的人。

❖

背夫们一路上都在背后窃笑，小声地模仿我的尖叫声。令人尴尬的"水牛恐怖事件"几小时后，我们到达了曼迪村附近，在以前反政府军的指挥部搭起帐篷。这是一个标准的洪拉风格建筑：牢固的木质结构，两层楼，三个房间，地处河水上面的高台上。房主告诉我们，一天突然来了反政府军，说这栋房子现在是他们的。面对全副武装的反政府军，他根本就没打算争辩。现在，几面墙的里里外外都是反政府宣传标语，奇怪的是，有些竟然是英文。

每天晚上的这个时候，我们八个人都席地睡在村里的某户人家隔壁，这势必给那家人带来不少麻烦，可是没办法，因为我们照顾了他们的孩子，他们总是迫切地想以某种方式进行回报。这天晚上是我们第一次不用和其他人家住在一起。房子是空的，房主说一周前反政府人员离开后就没回来。房子的位置也很理想，卡尔纳里河上剩下为数不多的几座桥，其中一座就在附近，而且靠近河边便于我们在冰冷的河水里洗漱。我们都打赌说反政府军不会回来了。晚上睡觉时再也不需要像以往那么小心翼翼，大家轮流值班，每次留一个人放哨。但我睡得不好，总是被有影没影的恐惧惊醒。

第二天早晨，敏·巴哈杜尔不见了。我走出帐篷四下寻找，还是不见他的踪影。仁金正从河边往回走，我瘸着腿拦住他。

"敏·巴哈杜尔——他不见了。我怎么也找不到他。"

仁金边走边用一条破毛巾擦着脸，并不急着回答我的问题，而是先把毛巾甩过去搭在肩膀上。

"他从档案里看到有个孩子来自普玛村，"仁金说，"敏·巴哈杜尔觉得他一个人翻过那个地势比较高的山口会快些。他说他会把那个女孩的妈妈带回来。抱歉，我现在想不起来那个女孩的名字了，我把资料给了敏·巴哈杜尔。但他会把女孩的妈妈带回到这里来见你的。"

五小时后，我和一个女人以及一个小女孩（阿弥达的妹妹）坐在一起。毫无疑问，这个女人就是七个孩子中唯一的女孩子——小阿弥达的妈妈。这七个孩子大都不怎么谈论自己的父母，只有阿弥达例外。她经常提起自己的妈妈，讲她和她妈妈一起做过什么，讲她妈妈教她缝衣服、做米饭，讲她们两人永远形影不离，直到为了逃离反政府军的控制，为了接受教育，阿弥达被送走的那一天。女孩子极少能有这样的机会，所以阿弥达的妈妈变卖了牲畜，只为她的女儿能够生活得好些。而高卡却把她留给了克利斯和纽拉吉的妈妈，一年前我和法理德才找到她。从那时起，阿弥达就不停地要回家。

如今，我和她的妈妈面对面坐在一起。我真想拥抱眼前这个女人，她和阿弥达长得那么相像。看到她也让我想起了我自己的妈妈。不是外表，而是她的神情，那种满怀期待又心怀恐惧的神情。每次我在机场见到妈妈的时候她脸上就是这种神情，既兴奋又害怕，担心到了最后一刻我会发生什么变故——或许我没登上飞机，或许我正躺在世界某个角落的某个房间里，受了伤而没办法赶回家。

阿弥达的妈妈现在脸上就挂着这副表情：激动地想知道女儿的消息，却又怕得到坏消息，说她女儿病了，受伤了，失踪了……我希望能给她带来安慰，就像安慰我自己的母亲。我想告诉她，她的女儿是我们生命中的一颗闪耀的星星，我们都爱极了她。我想告诉她，阿弥达非常非常想念妈妈，她现在只想回家，任何人、任何事都不能取代妈妈在她心目中的位置。这一切很快就会变成现实。眼下，像对待所有见过的孩子父母那样，我双手合十同她打招呼，与她保持一定的距离，以示尊重。

　　D.B.为我们做翻译。过去的几天里一路同行，D.B.已经对七个孩子的事情了解了很多，他知道这七个孩子是我回到尼泊尔的原因。我向他坦承，在最后确定"下一代尼泊尔"这个名字之前，我曾经考虑过"七个巴杜"。"巴杜"在尼泊尔语里是对小孩子的昵称。

　　阿弥达的妈妈一手拿着阿弥达的照片，一手揽着刚出生不久的阿弥达的小妹妹。她的脸上闪出欣喜的神色，甚至全身都洋溢着喜气。趁着D.B.开展访问，我抓拍了一张照片。这次出来照的几百张照片里，我最钟情的就是这张了。D.B.问我能否将阿弥达的故事原原本本地告诉她，我说可以。于是我坐在一旁看着D.B.给她解释我们如何找到阿弥达，当时阿弥达衣衫褴褛，打着赤脚，跟着克利斯和纽拉吉的妈妈，还有另外六个洪拉的孩子一起住在加德满都的一间窝棚里，每天做的事情就是盼着下顿饭有东西吃。和其他的孩子一样，我第一次去看他们的时候，阿弥达也不肯从黑暗中走出来，但她比其他的孩子要勇敢，在这个极少有女人做领导的地方，她竟然是孩子头儿。阿弥达不仅从封闭的自我中走出来，而且帮助其他的孩子也走出来。我们费劲心力想为他们找到一个安全的家，而且自以为已经找到了，而就在这时，她和另外六个孩子又失踪了。过了好几个月我才重新找到她，当时她孤零零地站在路中间，没人照顾，手里举着两个空塑料瓶在找水。能再次找到她根本就是个奇迹。

　　阿弥达的妈妈脸上的灿烂笑容渐渐退去，泪水滴到了怀里婴儿的身上。D.B.的声音很平静，充满慈爱，但他讲得太简单。她必须明白，自己的女儿曾身处险境，我们至少要尽力阻止她像洪拉的许多母亲一样，带着非理性而且毫无可能的希望把自己的另一个女儿也送出去。阿弥达现在是安全的，上了学，每天都有手抓饭吃，但她想妈妈。

和阿弥达的妈妈谈了两小时，到了她离开的时候。她必须在天黑前赶回村里，走夜路会很危险。她合起手掌向我行礼道谢，转身要走的时候又想起了什么，把手伸进裹着婴儿的兜兜里，掏出一个小包，里面装着三个煮熟的鸡蛋，然后对D.B.很快地说了句什么。

"她说她应该早点把这个给你，"D.B.对我解释说，"但当时她太兴奋，想听到阿弥达的消息，就把这事给忘了。她请求你的原谅。这几个鸡蛋是给你吃的。"

阿弥达的妈妈笑着指指鸡蛋，把手放在嘴边。我知道这些孩子的父母们都已经一贫如洗，这样的礼物对他们来说是多大的代价，所以每次接受礼物时我都很纠结，但同时我也明白，为了他们我也得收下礼物，因为孩子的父母要让我知道，孩子对他们来说意味着一切。我明白，早在她记起三个煮鸡蛋之前很久我就明白了。

我谢过阿弥达的妈妈，她转身离开。我真想跟着她回家，坐在她的身边和她一起吃顿晚饭。她浑身上下都散发着母性的光芒。在和她短暂的交谈中，我已经大略体会到究竟是什么让阿弥达如此想念。看到她，我想家了。

❖

住在前反政府军指挥部的第二夜，我们被醉汉的一阵大吵大闹声惊醒，不约而同地迅速坐起来。声音越来越大了，是从桥对面传来的。现在我们只有四个人，D.B.带着他的小分队继续向南，到距离这里五小时路程的村子里去查找安娜·豪和ISIS基金会委派他负责寻找的孩子的家人，我率领的这个小分队则由于我的腿伤滞留下来。D.B.他们两天后返回。所以不管有多少人正踩着摇摇欲坠的桥靠近这里，只有我们四个人应付。

听到声音的时候正赶上仁金值班守夜。他迅速抓过我们的背包，从里面把所有的手电筒都翻了出来，每人两个塞到我们手上，又对两个背夫低声命令了几句，然后转过身小声对我说：

"一手拿一个，胳膊尽量展开，对着桥的方向。现在别开。"他走到离我几步远的地方，摆出同样的姿势。

我明白了仁金的意图：我们要做出八个人的样子，而不是四个人。声音越来越近，我第一次从中听出了挑衅的味道。不知是什么激怒了这些人，河这岸除了我们住的这栋房子什么都没有，可他们明明是冲着我们来的，为什么？他们怎么知道我们住在这儿？

突然，我的心揪在一起。那个身穿迷彩服的男人！

阿弥达的妈妈离开时这个男人出现过，他来听我们的访问，想搞清楚我们来做什么。我们当中谁也没想着要赶他走，因为经常有人这么做。但这个男人不大一样，他好像对一个外国人和阿弥达的妈妈谈话感到很恼怒，并因此训斥过我们的一个背夫。那个背夫也不是肯忍让的人，大声喊着让他滚开。他人单势孤，悻悻而去。第二天他又出现在我们的驻地附近，盯着我们看了很久才离开。那他一定已经注意到我们的人数减少了。

一定是这个人，这次他带了朋友过来。我努力回忆自己是不是对他恶语相向，还是带着厌恶的表情看过他，还是别的什么。不过就算是也没关系，那就是我，代表我的想法，并不说明我对他本人做过什么。我是个外国人，外国人的确为尼泊尔政府提供过援助，帮着他们打击反政府军的威胁。那我跑到他们的领土上做什么，干涉内政吗？甚至连反政府军的控制区也敢来？皇家政权被推翻了的今天也敢来？

对这几个喝醉了的前反政府军士兵来说，不用想也知道摆在他们面前的是个大好机会，可以趁着黑夜好好教训我一顿。

几个人一同打开手电筒照过去。我盯着黑暗中桥的方向，再回头打量着自己的伙伴。仁金冲着两个背夫大声训话，两个背夫生气地抢着大声反驳他。这也是仁金计划中的一部分，要让对方知道我们人数很多。我一声不吭，紧张得头都要炸了。

走在木桥上吱吱嘎嘎的声音戛然而止，醉醺醺的叫骂声也变成了窃窃私语。他们一定是看到眼前的情况和穿迷彩的人描述的不同，对手不是四个人，而是八个。就算是喝醉了的反政府军分子也轻易不打没把握的仗。谁知道那个外国人是不是还在这群人里呢？

仁金和两个背夫也安静下来，四双眼睛一齐盯着黑暗中。我的心怦怦直跳。希望仁金知道自己在做什么。

经过几分钟的紧张对峙，脚步声渐渐后退，回到了桥的那一侧。一个背夫彻夜守候到天亮，我们再也没有听到对方返回的声音。但之后很久我都没办法再次入睡。希望这是此次行动中我们最后一次遭遇险情。

❖

D.B.和其他几个人第二天下午回到营地。想到我们将很快撤营离开，而且最近几天可能都不会在河边行走，我顺着山坡下来，想到水边好好搓洗一下，身上实在太脏了。刚走到一半的时候，我发现仁金正以典型的尼泊尔方式蹲在地上，和一个我从未见过的男人交谈。我手里拿着一块肥皂和毛巾站在他们两人的头顶上方的小路上，等了一会儿，又坐在他俩身边的大石头上，可是两个人谁都没表现出看到我的样子，似乎完全沉浸在热烈的交谈中。被人如此忽视，实在让我很懊恼。终于，我忍不住打断了他们的谈话。

"我不清楚，这个男人是谁，仁金。"我的口气很冷淡。这时候我意识到，他们的忽视让我变得不讲道理，脾气暴躁。刚刚下午三点钟，太阳就已经躲到了附近的山后面。我从身上的背包里拽出帽子戴上。

"他是邮差。"仁金慢吞吞地说，他已经感觉到了我的恼怒。仁金的一天比我的还漫长，早早就要起床在火堆上做米饭和扁豆，但他似乎永远不会失去耐心似的。"他是从扎拉村来的邮差，邮局位置在这儿。"

我早就知道我们距离扎拉越来越近，距离扎格瑞特的家越来越近，但一直以为还有相当远的一段路要走。

"那么扎拉是……叫什么……在他的邮政线路上？"不知道尼泊尔语里是不是用同样的词表达这个意思。

"没错，完全正确。"他说。

"我们现在距离扎拉还有多远？"

"对你来说，大概步行九到十小时的路程，对他嘛，短很多。"

那个邮差正在翻看仁金从我背包里拿来的孩子的照片。他一个孩子也没认出来，又读不懂英文写的每个孩子的身世简介。我已经习惯了村民们对我的文件抱有莫大的好奇心，但还是很不情愿让陌生人翻看。仁金对这点也很敏感，没几分钟，他就从邮差手里把照片取了回来递还给我。在过去的几天里，我发现仁金对孩子的保护意识越来越强。我把文件飞快地翻到扎格瑞特那页，扫视了一下那上面扎格瑞特父母亲的名字。现在根本不用管扎格瑞特自己的名字叫什么，一切线索都要追根溯源，从父亲的名字找起。我心里暗暗希望这位邮差能认识扎格瑞特的父亲。

仁金照着档案里死亡证书的复印件把扎格瑞特父亲的名字念给邮差听。邮差的眉毛一跳。从反应上看，他认得这个人，而且很熟悉。

这是个好消息。如果邮差能告诉我们到村里的什么方位，找谁来谈这件事，那么我们的扎拉之行就会效率高很多。我取出笔记本翻到崭新的一页，通过仁金告诉邮差，我们两天后将向扎拉进发，到那里为一些在加德满都处于我们保护下的孩子寻找家人，现在我们正努力寻找有关这个孩子的消息，越多越好。我首先问起，他是否认识这位父亲的某位仍然在世的亲人。刚说到这儿，邮差打断了我的话，问我们为什么不亲自去见见他们。

正低头写笔记的我听到这话抬起头来，呆在那里。

"去见谁？"良久，我问他。

邮差说出了扎格瑞特父母亲的名字。

仁金和我都没有说话。一定是什么地方出了问题。我抽出那两张死亡证明递给仁金，仁金拿过去，又递给邮差。他指着上面的名字问邮差是不是能绝对确定我们说的是同两个人。"当然"，邮差说。他看上去很困惑。他说他从小就认识这两个人。

死亡证明是伪造的。扎格瑞特的父母不仅活着，而且距离我们现在坐的地方只有徒步一天的路程。如果整件事不是那么富有悲剧性，我肯定会嘲笑它的荒谬绝伦。竟然有这样一个男孩，看到盖着政府大印的文件，便从小到大都相信自己的全家人都已经不在人世。而要想反驳这种说法，要想改变男孩的命运，其实只要到他的村里看一看他的家人是否还活着就可以做到。我突然觉得内战实在可恶，把这个国家分裂成如此境地。孩子们就这样被人贩子带走，而回家的大门被砰的一声关得死死的，没人进得来，也没人出得去，哪怕想看看他们的家人是不是还活着都不行。在尼泊尔还有太多的工作要做了，这个想法让我突然间不知所措。不过当下，我还是目标明确的。有一个任务现在就摆在我面前，在加德满都的我那位年轻的朋友非常需要我的帮助，哪怕他自己并不知道这点。如果扎格瑞特的父母还活着，我就一定要去找到他们。

❖

早上醒来时，其他人还在沉睡中。躺在黑暗中，我却再也睡不着了，想起扎格瑞特，不知这天会有怎样的发现，还有那位邮差的反应，再想想这天的路会不会好走，天会不会下雨，我的膝盖又会是什么样的情况。周围除了另外几个人的呼吸声，一片寂静。这些想法像脱缰的野马一样一个一个毫无阻碍地跳到我的脑海中，让我越来越清醒。我索性起身出门，借着拂晓前的光亮沿着山坡走下来，站在桥中央，看着脚下宽宽的河水追逐着向前奔腾而去，如同上帝的脚步一样没有止歇。

一小时后，营地那边重新生起火。我爬上山坡回去帮忙烧茶水。

上路后，我发现膝盖有点不一样的感觉。我计算了一下时间，看上午走多远膝盖才开始火烧火燎地疼起来，疼得好像一根又长又粗的钉子钉进了膝盖骨下面似的。五十五分钟，这是一个新纪录，不过前途漫漫，还有很艰苦的路要走。我一直在喝水，带的水已经喝光了，而这条路是向上走的，距离河水越来越远。仁金把他的水瓶递给我。

"你可以把你的药片放在里面。"他说。他指的是我带的氯片。在尼泊尔我只喝净化过的水，无论卡尔纳里河看上去多干净，我也不准备在距离最近的医院还有一周的路程时开始喝未经净化的水。同时我又根本不可能拒绝仁金的帮助。洪拉人都很健壮，即使不喝水也行。我不行，越缺水，我前进的速度就会越慢，也就越拖累大家。我接过他的水瓶，把氯片放进去，过二十分钟就可以喝了。我举起水壶

四 走 进 大 山

向仁金致意。

"非常感谢。"

"这没什么。"

这太有什么了。我们已经走了六小时，其间包括一小时的午餐休息，在路边架起火堆烧饭。现在我已经筋疲力尽，但更糟糕的还在后面呢：D.B.已经在坡上的路边等我了。我追过去坐在一块大石头上。

"你的膝盖怎么样，康纳？"

"好多了。虽然走路还是慢，但好多了。"我说。

他点点头，低头检查了一下我的膝盖，然后抬起头，盯着我的眼睛。"仁金把邮差的事告诉我了，还有扎格瑞特。是你说的那个男孩吗？雨伞基金会的那个阳光男孩？"

"不错，就是他。"

他顿了一下。"我也很愿意找到这个孩子的家人，但是，还有一种可能，就是这个邮差记得也不是……那么准确。在洪拉，我们经常会把亲戚关系搞混。比如说，我们管堂兄弟也叫兄长。这个邮差也没说谎，但他也有可能把父亲和兄弟搞混了。"D.B.如是说。

"我不这么认为，"我回答，"我们还问到了孩子的母亲，他很肯定地说是这个人。"

D.B.笑了，点点头说："嗯，可能你是对的。不管怎么说，我们离那不远了。"

但是D.B.满腹同情的口气让我觉得他根本不是这么想的。D.B.对扎格瑞特的父母是否还健在心存疑虑，又对这个地区和当地的习俗非常了解。告诉我真相让他很不舒服，但如果没有根据，他是不会说出自己的怀疑的。只几分钟的时间，我的心情急转直下，变得糟透了。

在此之前，我已经允许自己可以为发现扎格瑞特的父母还健在而高兴，为可以带着这个大好消息回加德满都而高兴。可要是他的家人真的都不在了怎么办？要是我连他的叔叔都找不到怎么办？我坐在石头上没动，其他人也没动，都很尊重地站在坡上的路边等我。D.B.走过去和他们站在一起。

我坐在那里，想到了丽兹。那一刻，我记起在我出发到洪拉前两周丽兹写给我的一封简短的邮件，没什么特定目的，只是闲聊：

今天早上我坐在去往纽约拥挤的火车上，坐在前排的一个男人打了个喷嚏。后排的一个女人说了句"上帝保佑你"。我坐在两人中间都差点听不清，车厢里的人又很多，那个男人肯定听不到女人的这句话。但她的确说了，让我感觉到人性中固有的善良。

读到这封邮件时，我想，我愿意接近这样的一个人，听到旁边有人打喷嚏，另外一个人说句"上帝保佑你"就能得出人性本善的结论。我希望这样的乐观情绪一直照耀在我的生活中；希望耳濡目染，我也能学得乐观些；希望整个世界也乐观起来。此时此刻，坐在这块大石头上，我需要丽兹的乐观。

我站起身走过去。

"准备好了？"我说。他们起身背好行囊，我们沿着小路继续向扎拉村前进。

三小时后，D.B.指着扎拉给我看。它的位置比我们目前所在的地方地势稍低。如果沿着山路走大概还要一小时，也许更短的时间就能到。我们让出山路，一群山羊从后面飞奔而来。要不是牧羊人经过我

四　走进大山

身边的时候放慢了脚步，突然间在我面前停下，足足盯了我一秒钟才又追着他的羊群跑远了，我几乎没有注意到他们的出现。牧羊人赶着羊群朝扎拉村的方向奔去。

四十五分钟后，我们到达扎拉。我坐下来，仁金和敏·巴哈杜尔去寻找扎格瑞特的父母。他们和当地人语言相通，可能还认识这里的某些人，找起来要比我效率高很多。我也正好趁机休息一下。如今我已经习惯了被一群人围观，盯着我这个白种人支起一条腿，解开绷带，小心翼翼地揉着膝盖。在洪拉没有独处的时间，反正我没有。根据以往的经验，到仁金带着第一个孩子家人出现之前，我至少还有一小时的时间。我头枕着背包闭上了眼睛。

睁开眼，我看到那个牧羊人就站在我头顶的方向。刚才在路上的时候我记住了他的模样，脖子上戴着一条厚厚的深红色围巾。仁金和D.B.正在不远处说话，看到我动了动，便朝我走过来，边走边谈。

"你好。"我对牧羊人说，一边起身理了理衣服。我习惯了用英语打招呼，部分是出于懒惰，还因为我想打击一下他们试图和我聊天的想法，这个办法有时候甚至能让围观的人减少很多。但是牧羊人一动没动。

仁金走过来说："坐下，康纳。待在这儿就行。"

"我没问题，"我让他放心，"我可以走，就是需要歇一会儿。你们找到有关孩子父亲的消息了吗？"

仁金一时竟然很为难，然后趴到我的耳朵边小声说："这个牧羊人就是扎格瑞特的父亲，康纳。"

�֎

自从见过那位邮差，我就一直梦想着这个时刻。如今真正和他面

213

面相对的时候，我就认定他是那位父亲，仁金的话证实了我的想法，而且父子的容貌出奇的相像。这一刻我等了很久，可突然间却又不知道该问些什么。而对面的这位父亲则不停地看看我，再看看仁金，一脸茫然，搞不清我们是什么人，为什么我要找他谈话。我先从他的身世、他妻子的名字这些信息谈起，以便确定他就是我们要找的人。千真万确，我们要找的就是他。然后我问他是不是有个儿子。

"有，他叫卡根德拉，和我住一起。"他告诉我。

我等待着，但他没再说别的。现在大部分的访谈基本上都由仁金来主持，他对我的问题也已经熟记于心，但这次有意等着我来问下一个问题。

"问他除了卡根德拉是不是还有一个儿子。"我说。仁金翻译了我的问题。

这位父亲一言不发，眼睛紧紧盯着我，好像要从我的眼里看出为什么我会问这么特殊的一个问题。仁金又问了一遍。

牧羊人点点头。

"问他另一个儿子是不是叫扎格瑞特，或者某个发音近似扎格瑞特的名字。等等——扎格瑞特可能不是他的本名。那我们怎么能知道……"

仁金打断我的话，用手按住我的前臂："让我来问好了。"他把我的问题翻译给牧羊人。

牧羊人再次陷入沉默。我看到他紧紧抿着嘴唇，仿佛永远也不准备再开口说话。片刻，他又点点头。

我取出扎格瑞特的照片递给仁金，仁金转交给这位父亲。

这个男人把照片举到眼前，仔仔细细地端详着。感觉时间过了几分钟之久，然后他的手慢慢垂下来，放在大腿上，却依然死死紧抓着那张照片，大滴大滴的眼泪掉下来，渗到满是尘土的裤子里。仁金倾身过来，好像要安慰他的样子，却没有伸手碰他。我觉得自己像个闯入者，冒犯了别人极其隐私的个人空间。我真想给他时间，让他回去见见妻子，让他花几天的时间接受这个事实，让他慢慢相信，慢慢理解，自己的生活将会有怎样大的变化，他儿子的生活将会有怎样大的变化。

　　但我们的时间有限，总是不够用。我还要会见其他孩子的父母，如同迎面一桶冷水泼下去一样，突然间给他们带来失踪已久的孩子的消息，然后再问一些难以回答的问题，把他们的话记录下来。每经历一次这样的访谈都要花上一两小时的时间。当得知孩子目前很安全时，他们眼里闪出喜悦之情；当重温把孩子送到人贩子的手上，就此失去孩子时，他们眼中的火花又熄灭了。这一切我都看在眼里，它是太过隐秘、太过强大的一股情绪，每每触碰都让我深感无力继续承担这份工作。但是，我不做，就没有人来做。

　　扎格瑞特最后一次见到他的父母是他五岁的时候，而照片里的男孩已经十四岁了。

　　我从文件袋里抽出那份文件。我从未想要给他看这个，犹豫片刻，还是递给了他。他从我手中把文件接过去，茫然地看着它。他不识字。仁金轻轻地拿过去，大声把文件上的内容读给他听。我等着仁金读到最后。牧羊人的头深深地垂下来，脖子上好似挂了千斤的重量。一小时前见到的一个人刚刚给他读了他自己的死亡证明。

　　"你的儿子一直认为……"我终于开口说话，眼望着仁金等待他的引导，"你的儿子，扎格瑞特，认为你和他的母亲，还有他所有的家人都已经不在人世了。他一直对此深信不疑。你手里拿的那份文件——你的死亡证明——我们手上还有一份，是你妻子的死亡证明。

这是正式的官方文件，是带走你儿子的那个人伪造的。"

眼前的这个男人沉默着，却抬起头看着我，眼睛微闭，仿佛一时间接收到太多的信息，让他难以消化。

仁金也看着我，说："以前发生的事我会问他。"示意我可以打开笔记本记录。

扎格瑞特的父亲详细给我们讲述了整件事发生的经过，他一直不肯与我们对视，只呆呆地凝望着天空。我听不懂，但看得出，他似乎穿越时空，当时的情景又展现在他的眼前。他说，有一个政府官员说他的儿子，还是小孩子的扎格瑞特很有潜质，答应送他到加德满都最好的学校上学，但要求家里提前支付一大笔钱。作为父亲的他一直在苦等儿子的消息，几星期，几个月，几年，直到最后所有的希望都破灭了。就像他妻子从来没生过这个孩子一样，就像他从来没有手里托起过这个阳光般灿烂的孩子——他的头生儿子一样，扎格瑞特从此无影无踪。

仁金和我都听呆了。我仿佛身临其境，远远地看着这位父亲，牧羊人和他的小儿子，扎格瑞特，起初是在一起的，然后互道珍重告别，完全不明白这是他们的最后一面。听他讲完，我合上笔记本。几个人都坐在那里，谁也不说话。扎格瑞特的父亲盯着地面，头也不抬地和仁金说了句话。

仁金把他的话翻译过来："他在问你是不是会告诉扎格瑞特他们都没死。"

"他可以自己告诉他，"我对仁金说，"他可以给扎格瑞特写封信。"

我们站在五十英尺以外的地方看着他。扎格瑞特的父亲坐在村里唯一识字的一位小学教师身边，在他的帮助下给他的儿子写信。写完后，他走过来把信递给我。一张信纸被他折了几折，成了一个紧紧的小方块，上面用梵文写着扎格瑞特的名字。我没有问他写了什么。仁金问我还想知道什么。

"没有，可以了，他可以走了。"我说。他的家在村外，从这里走回去需要两小时，当时天已经暗下来了。"等等……告诉他，他的儿子，告诉他扎格瑞特是个非常非常好的孩子。大家都很爱他。一定要让他明白这点。"

仁金如实转述。我第一次看到了这位牧羊人，扎格瑞特的父亲脸上绽出笑容。他默默地双手合十向我道谢，转身走上了回家的路。

❖

扎格瑞特的父亲起死回生这一离奇事件给了我一线希望，我想到了另外的两个孩子：拉贾和他的姐姐普瑞娅。我们一直以为他们是真正的孤儿。在"小王子"的时候，我们曾想尽办法帮助孩子们加强他们与亲人之间的联系，其中就包括帮助他们写信给父母，哪怕以后再也见不到了也要写。所有的孩子，就连拉贾都写了，只有普瑞娅不写。这个女孩子比她的七岁的实际年龄要成熟很多，她对她的弟弟解释说，他们不能写信了，因为没有人可以寄，因为他们的爸爸妈妈都不在了。那天大家过得都很艰难。

现在突然出现了一丝希望，也许很微弱，但那是希望。他们的父母可能还活着。我不敢想下去，这个念头太震撼了，让人难以承受。

我派敏·巴哈杜尔过河然后向西北方向到拉贾和普瑞娅的家乡拉里村去调查情况。敏是我们八个人中身体最好，也是对这个地区最了解的人，来去只要两天就够了。我把两个孩子所有的相关信息都交给他，并卸下他所有的重负，这样可以行动更迅速些。

目送他离开，我们又继续向南前进。我尽力不去想敏·巴哈杜尔和他的搜寻行动，但做不到。徒步行走漫长而孤独，我有大把的时间徜徉在自己的思绪中。我仿佛看到一个父亲从地上把拉贾一把抱起，就像我抱起拉贾的动作一样；普瑞娅帮着母亲给全家人煮饭；两个孩子在田间玩耍，夜里躺在父母中间，感受着父母的温暖。

第二天晚些时候，敏·巴哈杜尔在一个叫图娄的村子里追上了我们。他片刻未歇，马上和仁金坐在一起小声交流起来，仁金聚精会神地听着。过了一会儿，他把我叫过去。

"孩子的名字是叫拉贾·阿塔尔和普瑞娅·阿塔尔吗？你确定吗？"他问我。

"是的，我确定。"我屏住呼吸。

"敏·巴哈杜尔在村里找到了认识他们的人，"仁金继续说，"四年前，他们病了，病得很厉害……"仁金停顿片刻，然后摇摇头说，"很抱歉，他们死了。"

❖

我的第一次食物中毒发生在佛罗里达的杰克森维尔的一个旅馆房间里。前一天晚上吃了海鲜自助，结果第二天早上醒来就出现了食物中毒，只好挣扎着冲进洗手间。订好去纽约的航班三小时内就要起飞，而之后的十四小时里，我就没离开过洗手间。当时我全身缩成一团躺在毛巾堆里，脸靠在凉飕飕的浴缸上，张着嘴直接从水龙头接水喝，心里想不知道自己还能不能熬过这一关。打扫房间的女服务员以为我已经退房走了，走进来准备打扫，我拼尽全身的力气喊了声"稍后再来"，话音未落，胃里又开始了新一轮的翻江倒海，结果喊出来的就成了"稍后——待"！呕吐对我来说可谓声势浩大，其分贝值差

四　走进大山

不多相当于新英格兰"爱国者"队在大比分落败的情况下三秒钟之内达阵①，并因此获得"超级碗"杯的那一瞬间从波士顿的体育酒吧里传出的欢呼声。清扫女工动作不够快，还是听到了。

那还是在美国，在一尘不染的万豪国际酒店，现在我身处洪拉，生病不过是时间早晚的问题。果然，两周后，我病倒了。通常在白天累得筋疲力尽后，晚上我都会一觉睡到天亮，但有一天夜里，我突然从沉睡中睁开双眼。我得出去一趟，感觉刚刚才去过一次。屋子里漆黑一片，我身旁还睡着一家人，所以我竭力控制住自己准备像电游里的酷爱人一样穿墙而出的强烈冲动，小心翼翼地拖着脚向门口的方向探索着，结果还是不够小心，一脚踢在一只正在熟睡的小鸡身上，在这个封闭的空间里引起一阵恐慌。我终于摸索着挪到了门外，剩下的问题就是能跑多远了。事实证明，没多远我就坚持不住了。

连日的行走和脱水导致体质虚弱，让食物中毒以为可以置我于死地。那几天我什么东西都吃不下。这很危险，因为我每天还要消耗大量的能量。慢慢地，我的队友们已经能提前看出征兆，知道我马上就要跌跌撞撞跑到一边去，或者马上就要一头扎到地上。即使如此也不能停下来。由于我的膝盖伤，行程已经耽搁了不少，再加上下雪，我们不得不开始考虑采取其他的办法离开洪拉。我尽量不去想，如果再节外生枝的话怎么办，这里既得不到支援，也没有医院，更没有任何捷径可走。

这次生病，我还经历了比排空肾结石更让人感觉不便的尴尬。食物中毒导致体内但凡能排出的物质尽数排出，速度极快，而且极不方便。

---

① 译者注：达阵（touchdown），橄榄球比赛中重要的得分方式，即"触地得分"。

219

但最最糟糕的是，洪拉没有厕所。我所谓的没有厕所，并不是指缺乏舒适的室内下水系统，我是说：没有厕所。第一次在南洪拉问道"厕所在哪"时，我被告知"没有"。我从来没有想过会得到这样的回答。真的，这根本就不应该是一个用"有"或者"没有"来回答的问题。

✤

三天后，我开始好转，可以吃手抓饭了，甚至鼓励大家先往前走，不用管我，但仁金坚持走在我的后面。我爬上一个斜坡。这时，我们已经连续走了两小时。斜坡的那边，D.B.和其他队友正坐在一块大石头上看着下面的山谷。看到我，D.B.笑了，沿着来时的路回来接我。

"看到那边的山了吗？最远的那座，很高的？"他顺着卡尔纳里河的流向，指着远处一座山说。那座山的高度大概和我们第一天从锡米科特出发时下坡的那座山相仿。我点点头。

"山顶就是施瑞恩纳加。"他说。

施瑞恩纳加，那是我们的最后一站，最后两个孩子的家住在那。但两天前，这个名字被赋予了新的含义，它是我们离开洪拉的出路。联合国世界粮食计划署（WFP）在这一地区活动频繁，用直升飞机在山顶空投粮食。我可以搭乘直升飞机离开洪拉，到巴拉珠，到尼泊尔根杰，或者随便他们到哪都行，反正到哪都会有公路或者机场。我已经在洪拉逗留了差不多三个星期，基本完成了预定计划，该回家了。再钻一天深山老林，然后花三小时登上那座陡峭的山，就到直升飞机的停机坪了。

时间充裕，于是我们停下脚步准备吃午饭，甚至派了几个人到卡尔纳里河去钓鱼。一想到吃鱼，我的胃里又开始翻滚起来，但对其他人来说，那不啻为一顿大餐。我们决定等第二天早上太阳照到我们所在的这一侧山坡，行走起来会比较暖和的时候再出发。当我们沿着曲折的山路蜿蜒向上的时候，这些天来我第一次觉得自己浑身有劲儿。

达南伽亚是联合国世界粮食计划署的本地负责人，他看到我们沿着小路上山，便下来迎接。我向他介绍了我们此行的任务，也谈到我的膝盖问题。他证实说，锡米科特仍然被大雪围困，WFP的直升飞机还可以在那里着陆，但其他飞机已经无法进出了。

"你运气不错，康纳，"他说，"我们本季度最后一架直升飞机明天将到达这里，我自己也要回加德满都，回到家人身边。带上你一点问题都没有。我认识机长，他会对你的故事感兴趣的。"

在小山村里，加德满都这个名字听上去显得那么光鲜亮丽，那么摩登时尚。我看看手表，上面显示的日期是12月15日。显然，在过去的三周里发生了那么多事情之后，我要提前回家了，完全赶得上迎接将要来访的同窗旧友，比丽兹到尼泊尔的日子还要早几天。我已经迫不及待了。三周里，我有很多时候都在思念丽兹，好几次被仁金撞见我独自一个人的时候脸上挂着微笑。

"我猜你是在想念一个女人。"第一次的时候他这么说，一边大笑着一边用食指戳戳我的胸口。

"没有，"我本能地否认，有点被人看穿心事的尴尬，"我想起一个朋友给我发的邮件。"严格说来，这也没错。那会儿我的确是在想一封邮件。只不过我没说是丽兹发来的邮件。那封邮件是丽兹在美国时间午夜写给我，我于尼泊尔时间下午收到的。收到后我马上回复，问她那么晚了在做什么。

"哦，其实有点不大好意思讲，"她回答我，"今晚出现了可怕的雷暴雨天气，所以艾玛，就是我的那只大耳朵的黄色拉布拉多犬因为害怕跳到了我的床上。我过了差不多四十五分钟才又睡着，可是我刚睡着，艾玛睡梦中翻了个身，然后砰的一声巨响掉到了地上，我吓得跳起老高，所以现在我只好让它睡床，我搬到了沙发上，所以我决定给你写信，问声好。"

我爱极了这封邮件；爱极了她独自和一条体形庞大的拉布拉多狗住在一起，而那条狗在暴风雨天气里跳上了她的床；爱极了她讲述艾玛如何掉到床下的方式；但我最最爱的是半夜里睡不着的时候她会写邮件给我只为问声好，好像我们是最好的朋友，好像我们已经相识多年。

几天后我就要见到丽兹了。现在我做什么都有点心不在焉，甚至在准备最后一次会见时也一样，我满脑子都是直升飞机，想着回到加德满都去。这次会见安排在夜里，要见的是"小王子"里一个叫拉姆的男孩的父母。但仁金带来的不光有拉姆的父母，而是老少三代人，从一岁大的婴儿到不知多大年龄的祖母都来了。作为最后一次会见，这样的场面真的很完美，永久定格为全家人把妈妈围在中间，妈妈手里拿着一张照片，上面是来自"小王子"的一个八岁大的男孩，一个根本就不是孤儿的男孩。

第二天拂晓，我和我的队友们告别。他们中的大部分人会继续跟随D.B.到另外几个村子，帮助完成他的工作，会见安娜让他寻找的孩子家人。而他们所有人，包括D.B.在内都会待在洪拉过冬。这里本来就是他们的家。仁金自告奋勇要陪我，但我坚持让他赶紧起程，长途跋涉后回锡米科特去。

分别前我们拍了最后一张合影。大家站在黎明前灰蒙蒙的阳光里俯瞰群山。我向大家告别，在信封里装了相当于我承诺给背夫的两倍的薪水，请D.B.帮忙分发，然后看着他们没有了我这个走路一瘸一拐、食物中毒的美籍爱尔兰人的羁绊，快步向山下走去，几乎快看不

四 走进大山

见的时候，敏·巴哈杜尔转过身略显笨拙地冲我挥挥手。他大概是跟
我学会了这种西方人惯用的手势。

这是我第一次独自一人待在山上，感觉很奇怪，突然间又很孤
独。我和WFP的达南伽亚成了朋友。前一天晚上我们和他共进晚餐
时，他告诉我洪拉已经持续三年遭受旱灾，洪拉人需要外界的支援才能
生存，但WFP已经把他们所有的粮食都空运到了这里，大概够吃完这个
冬天，三个月后计划将继续进行。达南伽亚那时也会再回到洪拉。

我一路上山，到了充作直升飞机着陆点的山顶，那块平整的区域
是村民们人工一点点在岩石上凿出来的。从村里沿小路向上走到停机
坪需要二十分钟。到了山顶，我把背包放到地上，然后倚着背包坐下
来，掏出那本已经被我翻烂的《卡特打败了魔鬼》。这是我进入洪拉
以来从头到尾第三遍看它了，基本上所有的情节都烂熟于心。直升飞
机一小时以内到，在飞行中，在机场候机时和回到加德满都后我都有
大把的时间阅读。想到这，我把书放了下来。

三周来，我的全部身心都投入探访孩子家人、担心当天的气候状
况和考虑如何离开洪拉这些事情上，基本上没有什么时间像现在这样
坐下来欣赏一下这个躲在世界偏远角落里的洪拉的景致。从这儿看过
去，真是美极了，卡尔纳里河在山脚下流淌，远处是壮观的白雪皑皑
的喜马拉雅山脉。希望将来有一天我还能再来洪拉，到时候就不会有
这么紧张的行程安排，而是去看望那些孩子们。他们很可能将来会回
到自己的家人身边。放眼望去，山间的景致尽收眼底，我发现这个地
方很适合告别，告别洪拉，告别这个给我带来种种磨难和痛苦，更带
来见到孩子家人时的满心欢喜的所在。我靠到背包上，仰望着天空，
静等直升机的到来。

为了心爱的人，我要走出大山

一小时过去了，两小时过去了。

十小时以后，我还坐在停机坪上。直升飞机没有出现。在刚刚过去的四小时里，我一直盯着天上，已经心烦意乱得一个字也读不下去。这真是头昏脑涨、单调无聊的一天，坐在太阳下热得要命，坐在树阴下又冷得要命。于是我又回到了村里。同样在村里等直升飞机的达南伽亚也很困惑，很抱歉，因为他知道直升飞机是不会弃他于不顾的。他让我晚上住在他那里。那栋房子下面的储藏间里存放着WFP筹集到的两百五十吨大米，准备发放给当地的贫困村民。我接受了他的提议，很快沉沉睡去。

第二天拂晓，我又来到停机坪。无故被耽搁让我很郁闷。现在，我只能和穿越半个地球来看我的朋友们同一天到达，没办法去机场接他们了。我心里默默地向他们道歉。无法通知他们我迟到的原因是很让人抓狂的。还好，我至少提醒过他们，说如果因为某种原因耽搁了返程的飞机，我有可能晚到一天。可就算这样，明明知道最后的离开近在咫尺，却又不得不再等上几小时的时候，我还是无比懊恼。我承

224

认，这件事在整个宏伟计划中是多么微不足道。我花了差不多整整三个星期穿行在这片绝望的土地上，会见那些一无所有的人们。他们已经遭受了十年之久的战争困扰，而我仅仅被耽搁了一天就在这里痛苦呻吟。我尽量让自己客观地看待这个问题，但是，我做不到。原来的念头又冒出来：直升飞机最好已经在来的路上了，最好这会儿就来。我准备闭上眼睛数到十，最好就能听到飞机的声音。于是我开始慢慢地从一数起，等上老半天才数下一个数字。数到十，我睁开眼睛。什么也没有。我叹口气，又闭上眼睛。好吧，这一次数到二十，我心里暗想。

那天，直升飞机没来。第二天也没来，第三天还没来。

五天了，我坐在山顶的巨石上，坐在太阳下，坐在树阴里，等待着直升飞机的到来。直升飞机一直没有出现。到第五天的下午，我差不多已经绝望了。接连几小时坐在那里仰望天空，祈祷直升飞机的出现是非常折磨人的。放眼望去，周围除了山还是山，一波又一波，连绵不断一直延伸到天际。这个停机坪越来越像汪洋大海中的一叶小舟，载着我远离了我原本属于的那个文明世界，而我却不知道如何才能回归。

滞留的那几天里，我慢慢结识了施瑞恩纳加的孩子们。他们会跑到停机坪来和我一起望着天，每次来的总是那六个孩子。到第三天，他们七点钟之前就已经坐在粗糙的砾石铺成的停机坪上等我了。虽然无法交流，但有人陪总是好的。我来回地踱步，他们也保持二十英尺的距离跟在我后面踱。我坐在巨石上，他们也在十五英尺开外的地方找两块巨石挤着坐在一起，大孩子总是抢占最好的位置。几小时后，看到我朝山下扔小石子，他们也在距离我几英尺远的地方学我的样子，目标总是一些矮小而不成林的独木，或者因为季节原因变成黄褐色的低矮的草地中附着在山坡上的灌木丛。我朝另外一块平整的空地走去，他们乱成一团，我知道他们是在计划着怎么靠近我。待我走近，其中一个大孩子从紧紧挤在一起的孩子堆中迈出一步，挡住我的去路。

"你……手抓饭——"他开口对我说，一边指指我，再指指自己的嘴巴，"纸上灰机。"他又指指天空——他说的是直升飞机——再指指他自己，指指我。"跑……我……你……"他说。从他身后那几个孩子急不可耐的肢体动作中，我明白他是要我回村里吃午饭，如果直升飞机来了，他会跑下来找我。

我看了看这几个孩子，他们也看着我，等待着我的回答。我无法拒绝，于是说："可？"类似于"嗯"，因为我知道他们为了帮我明白，将雀跃着开始新一轮的开心字谜游戏。说实话，无聊的几天下来，这是我唯一的娱乐活动。我让他们又猜了两次，后来他们才明白我是在逗他们玩儿呢。我接受了他们的提议。只要可以打破无聊，不用盯着天空，干什么都行。

第三天，达南伽亚问我愿不愿意帮忙分发粮食，我欣然应允。三周来，我的生活完全仰仗洪拉人的无偿供给，更重要的是，我需要找点事情做，才不会胡思乱想。我们帮着村民们把分配给他们的二十公斤大米装到山羊背上搭着的箩筐里。就是这样一群山羊之前曾经差点把我挤下悬崖。我们目送村民们赶着羊群出了村，向东走去，拐过山口，有时候要爬两天的山路才能回到他们自己的村子。

那天晚些时候，粮食分配站来了一位不速之客。他慢慢地向正在装粮食的村民们走去，村民们都停下手里的活儿让到一边。我当时刚好在屋子里躲阴凉，但房门是开着的，所以我看得到外面发生的事情。来的人身穿迷彩服，是曾经的反政府武装在本地的领导人。我躲在房间里没有出来。我手上那份洪拉反政府军区负责人送来的文件让

D.B.带走了，没有了保护伞，而且远离锡米科特，情况对我不利，所以我躲在房间里没出来。

我听到他们在外面的谈话。那位反政府军人员情绪很激动，非常生气的样子，达南伽亚的声音则平静而有礼有节。他们谈了应该不到半小时，达南伽亚走进来，一副疲惫的样子。他颓然坐到床上，深吸了几口气，然后给我讲了刚才发生的事情。

"他要五百公斤大米，"达南伽亚说，"我来看看他发现你没有。还好，你待在里面没动。要是他见到你就更难办了。他本来想要的就是大米。说是给他的人吃。我没问他是什么人，但其实我认识他。我对他说，不行，不可能，米是给村民的。我对他很客气，但他不接受这个答复。他说他的人也要吃饭，他没办法拒绝他们。这人身上带着武器呢，我能怎么办？"他停下来，等着我的回答。

"那你怎么办了？"

"我唯一能做的就是把储藏间的钥匙给他。我告诉他说'想拿多少就拿多少，但一定请你告诉我你拿了多少，因为所有的粮食都要登记在册，我必须给联合国一个交代，告诉人家丢了多少米'。"

"哇哦——说得好。"我说。说得真好。这样反政府军的人就知道拿粮食会违反停火协议，而且如果他因为给几个已经不是正规军队的人要几袋大米就得罪了联合国，肯定会激怒他的上司，惹火烧身。

"那他怎么回答？"

"我不知道用英语怎么说，就算知道我也不准备翻译给你听，"他笑了，"但他走了，没拿走一粒米。"

❖

第五天，天空中有了变化。几周来我第一次远远看见了飞机的影子，它们是向北飞的。这只能说明一件事：锡米科特的机场已经重新开放了。自从那晚在瑞帕以后就再也没下过雪。这三周里，锡米科特的机场人员一定是靠人工除雪清理了跑道。

这时，我和达南伽亚面临着一个困难的抉择。要么坐等那架可能来也可能不来的直升飞机，要么努力走出去，走回锡米科特。我们估算了一下，如果直线向北走，大概需要四五天的时间。我对着日历计算了一下，那天是12月20日，而丽兹23日到，25日离开。就算是最好的情况，我也肯定要错过丽兹的来访了。

更何况，五天的时间里能回到加德满都是好的情况，但这期间还要考虑到额外的风险。如果徒步返回的过程中又出现了降雪，机场将重新被雪覆盖，那将意味着我们只能被困在洪拉，因为到那时，我们已经向北走了几天，而洪拉唯一通往外界的公路在正南方，这样，整个行程至少要增加一周。

喝茶的时候我和达南伽亚作出决定，我们准备孤注一掷，权当最近五天不会下雪，冒险走回锡米科特去。实际上我们也没什么可选择的余地，直升飞机似乎永远也不会来了。达南伽亚也受了伤，饱受背伤之苦，所以两个人都走不快。趁达南伽亚去找房东帮忙请背夫的时间，我收拾行囊。要是当初我跟着仁金一起走，现在应该已经到锡米科特了，也许当天就能登上返回加德满都的飞机。我掂了掂背包的重量，上下晃了几晃觉得没问题了，才放到地上，然后出门去找达南伽亚。

一路下坡走了五小时后，包括我、达南伽亚和背夫在内的一行三人到达了当晚住宿的村落。这是几周来我第一次向北方行走。其实我们没打算走这么远，但出发三小时后，本来要停下休息的时候遇到一个人，这个人改变了我们的想法。这个人是达南伽亚通过世界粮食计划署结识的，他从北面来，而且带来了直升飞机的消息。他说，飞行员接到命令，改变了空投日程安排。飞行员也很发愁，因为他知道达南伽亚在等着他，但没有无线电，通知不到他。根据安排，在未来的三个月里都不会再去施瑞恩纳加执行空运任务了。我松了一口气，至少我们没有在那死等。

"但直升飞机还有一次空投任务，康纳，"达南伽亚把他刚听到的消息翻译给我听，"就在明天，这个人说，在萨科盖德。"

"萨科盖德？那离这儿还有一天的路程呢。什么时间着陆？"我问他。

"他也不知道。任何时间都有可能。但我认为我们必须努力一下。过了这个村子继续走，我知道往前走两小时后还有一个村子。天黑之前我们能赶到那，然后明天早晨早点出发。"他笑了笑，"那样还是有可能赶上直升飞机的，康纳。"

经过夜里的简短休整后，天刚蒙蒙亮我们就出发了。再匆忙，夜里也是不能赶路的，那样太危险。我们以最快的速度向萨科盖德进发，一路不停，也不能停，因为据达南伽亚讲，从直升飞机降落卸下粮食到再次起飞中间只有二十分钟的空隙，而我们又不知道飞机什么时间到。我们在和时间赛跑，却不知道最后期限在哪里。

我们重新回到悬崖峭壁上人工凿出来的狭窄小路，深深的悬崖下面是卡尔纳里河的潺潺流水。不时有一群群的山羊和水牛像重型加农炮[①]一样怒吼着迎面朝我们扑来，不过没等它们冲过来，我早已本能地抱住岩石，稳稳当当地站在地上。我学会了如何弥补疼痛的膝盖带来

---

① 译者注：一种发射仰角较小，弹道低平，可直瞄射击，炮弹膛口速度快的火炮。

的不便。最大的问题在于我们的背夫。他完全靠不住——除了没有杀人的倾向，这是作为一个背夫最要不得的毛病了。他远远地落在我们后面，而且还拿着我的水壶。我真蠢，不应该把水壶让他背着，但自己背就是多一公斤的负荷，而且我本来以为他会一直寸步不离地跟在我身后呢。现在倒好，我们既不能停下来等他，又没有水喝，缺水严重，这让我很痛苦。

七小时，整整七小时我们马不停蹄地赶路，连坐一下都没有过。我满脑子都是直升飞机，精神高度紧张地聆听周围的声音，努力捕捉有飞机出现的任何迹象。我累极了。为了跟上步伐，我像念咒一样不停地念叨着：不到村里不来飞机。就这么一直念叨了四小时，和着嘴里念念叨叨的快节奏调整自己前进的速度，又干又渴又饿，脚下又不能停，跟在达南伽亚身后保持住相差三十英尺左右的稳定距离。

在越过一个山脊的时候一个不小心，我突然发现自己顺着一条陡峭的山路在往下滑，只好用力拄着我的破登山杖当做制动器。我下滑的速度控制住了，但山上滚落的砾石声却越来越大。

我呆住了，抬头看天。达南伽亚也停下来，抬头望着山谷上空。

几秒钟以后，直升飞机从我们头顶呼啸而过。

我们距离萨科盖德还有一小时的路程。

我走到前面，坐在达南伽亚身边。几小时以来，这是我们第一次坐下来。我在脑子里回放过去二十四小时中的几个几分钟。最后逗留在施瑞恩纳加的那几分钟，我本可以早点出发；早上整理行囊的时候我们也本可以更快些；从施瑞恩纳加出发前找不到我的水壶又浪费了几分钟。这一个几分钟，那又一个几分钟，加起来很容易就凑成一小时。有了一小时，我们这会儿足可以到达萨科盖德，爬上那架直升飞机。

四 走 进 大 山

二十分钟后，寂静重又被打破，直升飞机全速从我们头顶飞过，沿着山谷远去，不见了踪影。这些天习惯了寂静，再次听到机械的怒吼声竟觉恍若隔世。

达南伽亚依然盯着天边。他看上去疲惫至极。

"我们运气太差了，康纳。"他淡淡地说，然后又站起身。我们继续赶路。

终于到达萨科盖德，几个人瘫倒在地。达南伽亚不能再走了，他背疼得很厉害，至少需要休息两天。一天的艰难跋涉拼命赶路消耗了我们太多的体力，所以我完全能体会到他的痛苦。这时候，我也只想躺到地上大睡一觉。从小就生活在汽车文化中的我根本没有想到过，在世界上很多地方，路是要靠双脚来走的。距离锡米科特还有一段路，可两个人都已经累得筋疲力尽。

"我知道你还想再走一段，康纳，但我们需要在这里过夜。今天已经走了很远的路，我看得出，你的膝盖情况不好，我的背伤也非常糟糕，"他对我说，"在这儿我认识很多人，晚上可以住在他们家里，明天早上再走，如果可以的话。"

"我不会停下来的。"我说。

我也不知道自己这么说是什么意思，这句话实际上是脱口而出的。没有他我根本走不了。我不认识路，天也要黑了，背夫的话我听不懂，而且背夫现在也累垮了，低头耷脑地坐在那儿。可是我确实这么说了，而且我是认真的。我必须继续赶路。如果必要，哪怕一个人走。

达南伽亚费尽口舌想劝我改变主意。村里的老者也加入我们的谈话，尽力劝阻我。我不明白为什么，于是他们给我摆出大堆理由：你不能在洪拉走夜路。就算是我们当地人也不走夜路。你会迷路，或者遭到袭击，或者掉下悬崖；这一带就算是白天走也是危险区域。你不明白你自己的话意味着什么。

我明白。但我更明白，如果继续等下去，我可能又会被大雪围困，只是时间早晚的问题而已；可如果继续赶路，如果中间不停，如果走的速度快些，我还是有机会走出去的。这些天来我都很小心地保护我的膝盖。虽然已经见好，我也不想再次受伤，让自己成为弱不禁风的人。但现在我顾不上这些了，如果必要，我甚至可以跑着前进。我只想走出洪拉。和法理德预定好的"恐慌日"马上就到了，到了那天，法理德就会通报政府部门，并打电话给我的家人，通知他们我失踪了。我想象不到他们会多么难过，在此之前他们就已经开始担心了。现在我唯一能想到的，是我必须见到丽兹。如果她来到加德满都，而我不在她又离开了，那我们之间也就此结束了。我们远隔九千英里。我知道，我可以百分之百地确定，眼前是我的一个机会，而且是我唯一的机会。

我告诉萨科盖德村的老者，我准备继续赶路，是一个人走夜路。因为我要回家。没有其他的路可选，因为其他的路上没有丽兹在等我。

没办法，达南伽亚只好接受我的决定，开始帮着我作准备，一小时之内出发。因为背夫已经和我一样疲惫，我又雇了另外一个背夫，是个十几岁的年轻人，这样我们可以分担一下负载的重量。三个人，每个人身上背负的重量都不会超过二十五磅。这点重量对背夫来说简直轻而易举，而我的目的是需要快速前进。我和达南伽亚告别，答应等我们都安全回到加德满都后再联系他，然后，我和两个背夫走进暮霭中。

离开村子不久，路上已然漆黑一片。又走了一会儿，背夫手上拿的旧手电筒开始忽明忽暗起来。他们跟在我身后，隔了一段相当远的距离。偶尔转过身来，我已经很难分辨出他们手电筒发出的微弱光亮。

　　我最初雇的那个背夫举止怪异得让人不安。我不信任他。那天上午他曾经远远地落在后面，等我拿回自己的背包时，发现里面的东西被他翻过一遍。我没发现丢失什么物品，而且在目前情况下也担不起责问他的后果，因为我需要他。我听到他和那个年轻的背夫小声嘀嘀咕咕，不知说些什么，但让我感觉很不好。

　　能够聊以自慰的是，至少我很清楚在领着大家向哪里前进：当晚的目的地是乌那巴尼村。来的时候我们在那停留过，这次去可以住在加德满都我们的一个孩子家里，倒是吃的问题让我比较担心。我们自己没带吃的，我把剩下的食物都留给了达南伽亚，不过我相信村里会有人分我们一点吃的。

　　又是七小时的徒步行走，我们已经又冷又累。两个背夫现在紧跟在我的身后，突然毫无缘由地停下脚步。我转过身看着他们，他们还是不动。

　　"为什么停下来？我们要去的是乌那巴尼村。"我用自己有限的尼泊尔语问道。

　　我猜了几次，终于明白了他们的意思：这就是乌那巴尼村。

　　我环顾四周。我们正站在一栋上了锁的小茅屋旁边，周围漆黑一片，除了附近的潺潺流水声什么也没有，什么也听不到。这肯定不是乌那巴尼。乌那巴尼有很多房子，这点我很清楚，因为我们在那儿逗留了两天之久。我笨嘴拙舌地想找到合适的词让他们明白我的意思，但他们只管一遍一遍地重复那句话，竭力想让我明白他们的意思。

　　猛然间，我似乎明白了。当我在脑子里慢慢把这个念头转化成英语的时候，我的心沉到了谷底。这里是下乌那巴尼村。我们走错路了。我一直念念着要去的乌那巴尼村应该隐藏在山上，夜里我是找不到路的。那才是有很多房子，能让我们吃住的地方。要想从这找到路，再走上山还要花上几小时的时间，可我们已经累得一步也不想走了。

当时是夜里十点钟，我们不能再走了。九小时里我们滴米未进，我和第一个背夫从早上六点钟出发一直走到现在，就连后来雇的年轻背夫也累得倒在地上，坐在年长的背夫身边，头靠在背包上不肯动。我坐在两人身边，从包里掏出最后两个柑橘递给他们。

我们已经无计可施，我甚至还没弄清楚到底身在何处。我双手抱着头，闭上眼睛，盼着这样就能赶走一切烦恼。这一夜出奇的冷。即便在洪拉，即便是12月的严冬，这样冷的夜晚也不多见。我们已经要冻僵了。睡在外面肯定不行，在没有食物的情况下肯定也没有力气爬上陡峭的山路走到乌那巴尼村，而这里距离最近的村子也有好几小时的路程。

我关掉手电筒节省电池，一切归于黑暗。过去的三周里，我每晚都会仰望洪拉的夜空。在灯火通明的城市里住久了，人们很容易忘记天上是有星星的；偶尔想到，原来喧嚣之上它们一直都在看着我们，心里还觉得怪怪的。乍到洪拉时，我曾满心欢喜地想，我终于走进旷野，可以好好欣赏它天堂般的美好。

但现在，我多么渴望能再看到城市里单调乏味、烟雾弥漫的天空啊！我渴望污染，渴望噪声，渴望电灯的光亮掩盖星星的光芒。我不属于这里，我心里想。我只是装样子，但其实这里并不适合我。我还是更喜欢有暖气的公寓，喜欢新车的味道，喜欢高热量的开胃品，喜欢手里举着啤酒的朋友们，喜欢他们请我一起去观看大学里的橄榄球比赛。现在只要不让我待在这里，去哪都行。

正想着，远处的山路上传来声音。我在做梦吧？我侧耳倾听，一动不动，生怕一动衣服便发出沙沙声。声音再次出现。我们在那坐了大概四十分钟，情况已经糟到不能再糟了，这声音简直是雪上加霜。据我所知，在洪拉只有喝醉了的反政府军分子才走夜路，而且有可能还带着武器。我们连滚带爬地钻到小路旁边的田里，趴在地上隐藏起来。

数了数手电筒的光亮，他们应该一共有九个人，一路上粗声大气、漫不经心地说着话。回头看看伏在后面的两个背夫，他们正屏住呼吸，紧张地听着对面的声音。嘈杂声越来越近了。

突然，我不在乎对方是什么人了。反正我们的情况已经糟糕到极点，他们又不会向我们开枪。如果他们威胁我们，那就威胁好了。我身上又没什么值得抢的物品。但他们肯定要去附近的某个地方，一个有吃有住的地方，这才是最重要的。我可不想在这荒郊野外继续待下去了。一行人渐渐走近，已经能听到走在前面的人的大笑声。我放下背包，跳上小路迎着他们冲过去，在距离第一个人五英尺左右的地方面对着他猛地停住脚步。

"什么东西？"他大叫一声，双臂突然就地转了一圈向后，好像要让时间逆转一样。

对方是苏格兰人！这太让我惊讶了。几周来我从未见过任何外国人，更不要说走夜路的此时此地。我本能地伸出双臂一把抓住他，但他撞到了他后面的人身上，对方把他接住了。我的两个背夫失声惊叫。对面的人也都大叫着，严阵以待，准备对抗我们的突袭。

"等等！等一下，不要——等一下，等一下……"情急之下，我好像只有这一句话可说，但其实我是想多说几遍，好让他们听得出，这个满脸脏兮兮的络腮胡子、头戴黑色毛线帽的家伙是个美国人。

苏格兰人站稳了脚跟，依然很紧张。"你到底从哪跑出来的？"

他冲着我大喊。

"我本来就在这儿,那边,那后面。"

我指着路边的田,声音嘶哑着说:"我们是一个公益组织,救助儿童的。"我抢着说出这些有助于他们尽快理解、尽快放松下来的词。

"一个什么?"

"公益组织!我是美国人!"

那人慢慢挺直了身体,开始整理衣服,眼睛依然在我身上停留了许久,思忖着我的话是否可信。然后,他向前迈了一大步,高兴地朝我伸出手。

"好吧。我叫戴维。"

他们为一个荷兰的反饥饿组织工作,正在完成一项人道主义救援任务。那天,他们也被耽搁了,本来想全部住在上乌那巴尼村,但他们的联络人说,这里有一个小茅屋,是专门给旅行者准备的住处,劝他们摸着黑走下山来找到这里,因为这个茅屋足够睡下十几个人。茅屋的主人也和他们一道来了,他用钥匙打开挂锁,把门推开。

"那么,你们愿意和我们一起住吗?我们带了足够的大米和扁豆,再多的人都够吃了。后面那几个从乌那巴尼村来的小伙子会生火做饭。你和你的人如果愿意的话可以和我们待在一起,"戴维说,"除非你们愿意住在外面……但外面实在太冷了,对吧?你应该不是那种喜欢玩刺激的人吧?"

"不,不是。我不是——我们很乐意待在这儿,如果那样就太好了。你确定我们可以吗?"我还在本能地固守美国人惯有的礼貌,但显然不合时宜。

"当然可以!很高兴你们的加入!"他高声说道,伸手请我们进屋。我走过他身边时，他抓住我的胳膊。"在这种地方以这种方式见面，场面可真够混乱啊。"

混乱。这是他当时用的词。可对我来说，这简直就是天方夜谭。茅屋的门打开了，食物正在锅上煮着，火生起来了，而我们连根手指头都不用动。一个扎着圣诞蝴蝶结的奇迹被放在了我的面前。

❖

我和我的新朋友戴维坐在茅屋外。我向后仰靠在一根圆木上，吃饱了肚子，恢复了体力，在火堆边烤得暖洋洋的。两个背夫这时候也和他们的几个背夫交上了朋友，一起坐在篝火的那头，望着火堆，起劲儿地聊着，其中一个还点起了烟斗，双手捧着抽起烟来。和戴维一道来的其他几个外国人聚在门廊下，手深深地插进羽绒服的口袋，正因为某个故事而哄堂大笑。我听不到他们在说什么，只看到他们的嘴巴一张一合，像一台台小型蒸汽机一样喷出阵阵白雾。

我正在给戴维讲我的三周洪拉之行，讲我找到的那些孩子的亲人以及他们当时如何震惊，因为在此之前他们似乎已经放弃了所有希望。我告诉戴维，虽然这个地区现在还太贫困，想让孩子们很快和家人团聚很困难，但我还是准备做点什么。

戴维他们对洪拉的贫困是有所了解的。在开始这次实地考察任务之前，已经花了些工夫做调查。他们三天前刚刚到达，也是计划几天后离开。不过他们随身带着无线电，以防万一情况有变，回不去锡米科特，或者需要直升飞机救援什么的。戴维说，虽然在洪拉只待了几天，他已经爱上了这个地方、这里的人和这里的风景。他说他喜欢当地的特产蜂蜜，还有苹果。所有人都告诉他这里的苹果好吃。苹果是亮点，他说。

"你吃过这里的苹果吗？"我问他，"我认识一个男孩，他家住在离这有好几天路程的一个叫扎拉的村子。他总是不停地说这儿的苹果好。"

"他说得没错，太好吃了。其实，我现在就带了一包。就在这儿，等一下。"他说着走到他的背包前掏出个苹果，抛给我。我伸手接住，在脏兮兮的袖子上蹭了蹭，咬了一大口。味道好极了。

"我没说错吧？"戴维看着我脸上的表情问我，"我带了很多，你要不要带个回去给朋友尝尝？"

我仔细考虑了一下。能给扎格瑞特带苹果回去绝对是个意外收获，这是我进入洪拉以来第一次见到苹果。但我突然觉得，让扎格瑞特念念不忘的其实并不是苹果，而是有关苹果的记忆，是一个五岁大的小男孩津津有味地吃苹果的美好回忆，这是他对家乡唯一的真实感受了。我想帮他留住这份美好，但苹果无法带给他永久的记忆，何况，我的背包里装着扎格瑞特的父亲写给他的信，这不是比苹果更好的礼物吗？

那夜，我睡在硬邦邦的地上，身下薄薄地铺了一层干草才感觉舒服了点。我把手表的闹铃定在凌晨三点半，就是说，出发之前我只能睡三小时。我们目前依然没有走出山林，到锡米科特还有十五小时的路程。在洪拉，由于地形险恶，十五小时意味着两到两天半的徒步行走。如果我还想赶回去见丽兹，按照那样的速度就来不及了，必须在一天内走完两天半的路程。当天晚上我必须赶到锡米科特。

我睁开眼睛的时候，闹钟还有五分钟才响。爬出睡袋，叫醒我的人，往身上套了几层衣服，我们轻手轻脚地离开了小茅屋。戴维坚持不收我的饭钱，我只好匆匆写了几个字表示感谢，塞在他的靴子里。我们继续在黑暗中穿行，还有很长的一段路要走才能最后抵达安全之地。

现在每过一天，下雪的可能性就增大一些，这就给我们设定了另外一个最后期限：下午五点钟以前我们必须在距离这里一天路程的地方最后一次横穿卡尔纳里河。因为河上没有桥，我们要确保在河上用挂在铁索上的铁箱子帮助人们渡河的当地人回家之前到达那里。记得仁金一开始就告诉过我，这些人从早上七点工作到下午五点。要是等我们赶到了，却没人帮我们渡河，我们将不得不再耽搁一天，而且要退回布克茨·甘达的窝棚过夜。每耽搁一天都有可能遭遇本已迟到的大雪，将我们就此围困在洪拉。

两个背夫在黑暗中远远地跟在后面。经常会有很长一段时间我听不到他们的声音，于是我要挣扎着与内心升腾起的恐惧作斗争。我怕他们从此抛下我，带着我的背包跑掉了，光是那个背包的价值也足够他们一年的收入了。如果真是那样，我一定会迷路。斗争的结果是，我的偏执占了上风。我决定等他们赶上来。四下看看，左侧路边依稀有一块大石头从陡峭的岩壁上斜伸出来。我朝那块大石头走过去。

刚到近前，脚下一滑，踩到一些碎石子骨碌碌滚下山去。突然，岩石下面闪出两双小小的黄眼睛，然后是一声低噑。我的肾上腺素分泌加快，恐惧得头晕目眩，把登山杖当球棒一样抡起来，跌跌撞撞就往后退，结果踩到了更多的石头滚下山路。嘈杂声打破了夜里的沉寂，随着一个男人大吼一声，岩石下上百双眼睛同时睁开。背夫在我的身后冲那男人高声问了一句，那男人也大着嗓门回答，但一切声音都淹没在汹汹的狗叫声中。

原来是牧羊人带着自己的狗在保护羊群。牧羊人很快让狗和上百只骚动不安的绵羊安静了下来，一双双眼睛重又闭上，寂静再次像一块厚厚的地毯从天上缓缓落下。

我们来到悬崖边。洪拉有很多处悬崖，但都不同，其地貌变化即便在夜里也看得清清楚楚。之前我们刚刚大呼小叫地踩着垫脚石和四处散落在水中的硕大鹅卵石越过一条宽宽的山间小溪，山路在那里到了尽头。走出森林，耳边响着哗哗的流水声，一阵凉爽的风从我的左侧吹来，于是我知道地形有了变化。现在也是一样。卡尔纳里河在幽深的山谷下面再次出现。在我的右侧是光秃秃的悬崖，好像整个世界都消失了一样，我本能地靠向左侧，紧紧依附在凸凹不平的岩壁上。

记得进入洪拉向南走的时候我们经过这段路。那会儿是在白天，还有仁金站在身后做我的专职安全索，我还是高度紧张。有好几个地方因为雨水的冲刷，路面完全被毁，只能抓着岩壁从断裂处跳过去。每当这时，仁金都会抓住我登山杖的另一头，以防我失足掉到上百英尺深的山崖下面去。

我心中充满了恐惧。高度对我不是问题，只不过我不喜欢而已。在直上直下的岩壁上，哪怕是系着安全带在真正的岩石上攀缘，也许会让我挥汗如雨，但还能勉为其难。可像现在这样，高高的悬崖再加上滑溜溜的岩壁呢？简直就是噩梦！我真想等天亮了再过这关。要知道，能勇敢面对反政府军人员的责难，面对狂吠的恶狗，面对冬夜的严寒是一回事，但要悄无声息从悬崖上掉进深谷中冰冷的河水里，在离家千里之外的地方消失得无影无踪就是另外一回事了。

那我也不能停下来，否则一开始就不会决定走夜路了。如果经历了种种磨难后走到现在才放弃，那我就太蠢了。我左手紧紧攀住岩壁，右手拿着登山杖像盲人一样试探着一步一步走过去。走到那些断裂处时，我屏住呼吸，脑子里想象着自己正走在纽约市的人行道上，漫不经心地跨过水泥路面上的一个坑。一小时后，我们通过这段险路。由于长时间紧张地咬紧牙关，我的下颌酸疼。

天慢慢亮了，慢得让人几乎注意不到它的变化，但渐渐地，暗黑的夜幕退去，取而代之的是清冷的淡灰色晨曦。前路依然漫漫，我们依然疲惫不堪，但阳光赶走了恐惧，尤其是刚刚走过悬崖时的恐惧。下午四点钟时，我看到了它：那座桥。铁索、铁箱子，还有坐在一旁等着送人过河的人。几天以来我第一次松了口气。虽然还有一段上坡路才能到锡米科特，虽然锡米科特位于海拔一万英尺的高处，但我终于可以确定，哪怕是爬，我也爬得到那里了。

我们慢悠悠地走在锡米科特的街上，直奔客栈，路上没人多看我们一眼。我已经蓬头垢面，满身尘土，跟穿着伪装差不多。仁金不在，只有他姐姐。她说仁金一天前回来之后又走了。我很失望。我迫切想见到我的朋友，和他聊聊我们分手后发生的故事。失望归失望，我还是从仁金姐姐手里接过茶杯，然后付了背夫的钱，坐在一张旧塑料花园椅里望着山谷下发呆，直到她来叫我进去吃饭。

在锡米科特的那夜，虽然疲惫至极，却久久不能入睡。我计划赶第二天早上的飞机，但前提是，当晚不要下雪。从前天开始，乌云已经开始聚集，预示着大雪将至。仁金的姐姐也这么说，同时盛情邀请我和他们一起过冬。我真希望她把这些话收回去，吸一口气把它们卷走，最好消失得无影无踪。要下雪了吗？现在吗？在我经历过种种痛苦之后的现在吗？两天来，我没有时间抬头看天，我没发现乌云已经当头。仰望天空，的确，一片片乌云聚拢在尼泊尔与西藏交界的高山之巅，它们像一匹匹黑色的纯种赛马一样，战栗着等在起跑门前。

那晚，我把睡袋搬到门边，坐在睡袋里凝望着门外的夜空。本来应该是繁星点点的天空现在却空空如也。我十指交叉，低着头祷告上苍：不要下雪，就一天，再给我一天时间就行。

在清晨的第一缕阳光中，我睁开双眼。我爬起来，跳出睡袋，猛地推开房门。清澈透明，美轮美奂的碧蓝天空！这是我此生所见最美的天空。要回家了。那一天是12月22日，我找到了所有二十四个孩子的亲人。

五

丽　兹

2006年12月—2007年9月

见到梦寐以求的红颜知己

我坐在位于尼泊尔南部低地，一个叫做尼泊尔根杰的小镇机场里等候回加德满都的飞机。还有三小时。我坐在地上，双腿伸开，背靠着我的背包，一只手垫在冰凉的大理石地面上，以提醒自己，我就要回到文明世界了。我还带着唯一的那本书，但要是这会儿让我看书，那真是见鬼了。于是我坐在那里发呆，看着人们匆匆进来赶飞机；看着门外蹬黄包车的伙计聚在一起边聊边笑，直到一个刚下飞机的乘客走出门，他们立刻为了一份车费化友为敌，哄抢起来……之后，又恢复了友好；看着行李箱在平滑的地面上被拖过来，根本不需要那位手抓着行李杆西装革履的男人费一点力气。

对面离我三十英尺远的一张长凳上坐着两个男孩和他们的父亲。大一点的男孩长得有点像纳温，就是七个孩子中年纪最长，在加德满都医院的营养病房里坐在我身边的那个孩子。看到他们，我开始想念那些孩子，开始琢磨到时候怎么告诉他们这些消息。真盼着那一刻早点到来，我们一起看照片，读爸爸妈妈写的信。我想象不出那将是怎样一个场面。

看到我在盯着他的儿子，孩子的父亲笑了，简直是笑容满面，眉开眼笑。我也对他笑笑，然后继续盯着他的两个儿子。

那位父亲站起身朝我走来，有点似曾相识的感觉。

突然间，我惊奇万分——那个男孩，长得像纳温的男孩，就是纳温本人，是我曾经失去又找到的纳温。而坐在他旁边的弟弟，长得像马丹的那个，就是马丹。我跳起来。朝我走过来的那个男人是他们的父亲，刚到洪拉我就见过他。当时我们坐在草堆上，我还把他儿子的照片给他看。我告诉他纳温和马丹就在我们的儿童之家里，在加德满都的斯瓦扬布寺后面，叫道拉吉里儿童之家。他说他要去加德满都，找到儿子带他们回家。听了他的话我没多想，好几个父母都说过同样的话。

看来，他真的去了，而且找到他们，正在带他们回家。我头脑中闪出一丝兴奋，想象着他来到儿童之家的门前，向法理德作自我介绍，把写在纸上的地址拿给他看；法理德向他问好，把两个孩子叫到楼下；两个孩子冲到楼下与父亲相见，在历经磨难之后，在遭遇过被人贩子带走—被遗弃—再被带走—被救回—被送到医院—被带到新家这一系列的颠沛流离之后，不禁要问，哪里是终点呢？我忍不住笑了出来，眼前浮现出法理德对这一切的反应。

我快步走上去和他打招呼，然后一起回到两个孩子身边。他们没有料到会在这里遇到我，而且我已经几周没洗过澡，看上去一定像流浪汉一样邋遢。愣了一下他们才认出我，跳起来伸出双臂把我的腰团团抱住。我喜欢这种感觉，我从未意识到自己是如此想念"道拉吉里"和"小王子"的那些孩子。一旦你得到了他们的信任，他们在你面前就变得无所顾忌。在他们眼里，我就是家居摆设，是攀登架，是可以骑的马，同时也是他们的替代家长，直到他们真正的父母出现的那一天。被两个孩子拦腰一抱，再加上孩子的父亲笑眯眯地站在几英尺以外，我所有的辛劳都烟消云散。

我把两个孩子和他们的父亲带到餐厅，给他们买了些吃的。之后的两小时里，我们坐在一起，很少说话，却大手小手紧紧握在一起，一直笑，一直笑。我们在机场里最后照了一张合影，然后分手。我们都在回家的旅途中，只不过方向相反而已。

❈

在加德满都，感觉不管什么都走得那么快。看到汽车、自行车和电灯的感觉很奇怪。自从来到尼泊尔，我第一次成为街上最脏的人。我叫了一辆出租车，从机场直接去见凯利和贝丝。他们12月18日就到了加德满都，一直执著地住在宾馆里，等着可以搬进我的公寓，等着我回来带他们一起出去玩。他们正坐在宾馆外面的桌子边晒太阳，喝啤酒。我成功地将他们吓得魂飞魄散。回我的公寓之前，我们每人喝了一杯倒在玻璃杯里的冰镇啤酒。这恐怕是我此生尝过的最好喝的啤酒。然后我先告退，找了台收费电话给法理德打电话。

法理德听到我的声音欣喜若狂。他也告诉我一条重大消息：道拉吉里儿童之家已经从六个孩子扩大到二十六个。就在二十四小时前，法理德和雨伞基金会联手救出二十几个被人贩子控制多年的孩子。法理德已经和这些孩子谈到过我，他说他们都很想见到我。"道拉吉里"终于成为现实，我们实实在在开始做些有意义的事情了。

我刚要说再见然后回去接着喝我的啤酒，法理德又想起了一件事。"啊，对了，还有一个好消息，康纳——真不能相信，我竟然把这件事给忘了！"

"什么事？"

五　丽　兹

"我现在正要上出租车去接你的朋友，一个美国女孩儿。她在你之前刚刚给我打过电话，说她比预定时间早到一天，现在正在从机场到泰米尔的路上。我约好了和她一小时后在斯瓦扬布寺见面，就在你家附近。我应该把她带到你公寓去，对吧？"

我的心跳加剧，仿佛要从喉咙里飞出来再掉到地上的感觉。我飞快地对法理德说了声"是的"，再以更快的速度说了句"再见"，然后飞也似的跑回我朋友的餐桌旁。

"伙计们，咱们得走了。"我说，站在那抓起啤酒一口气灌下去。和结识十五年的朋友在一起最舒服的就是，在这种情况下他们从不要你来解释为什么。凯利和贝丝也学着我一口气喝完剩下的啤酒，跟在我身后跑到泰米尔的大街上，直接钻进一辆出租车打开的后车门。

在丽兹进门之前还有一点时间，我利用其中四分之三的时间洗了这辈子时间最长的一个淋浴——我身上的泥巴污渍都结成块了，刮了胡子，然后一个月以来第一次站在镜子前打量自己，看样子我的体重降了大约十磅。我在尼泊尔没什么好衣服，从旅行包里找了一件不是很脏的羊毛衫套在身上，对着镜子用手摩挲了几下，看着平整些。

将近七点钟的时候，丽兹·弗兰那根站在了我的门口。她和我想象中一样漂亮，她身上的味道真好闻，她的头发，她的皮肤干干净净的，不像我过去的几周里，身上满是尘土污垢。她真的来了，就在加德满都，站在我的门前。那一刻，我唯一想到的就是，差点我就赶不回来，就会错过这个时刻了。这就是那个我与之分享一切，那个长久以来在九千英里外与我同甘共苦的女人。虽是初次见面，但我们彼此早已成为知己。丽兹先是等了一下，留出时间让我说话，然后微笑着向我迈过一步，伸出手。我下意识地拉过她的手，没等她自我介绍就紧紧地把她拥在怀里。

❖

礼貌的做法应当是询问一下客人们晚饭想吃什么，但我实在不能冒这个险，凯利、贝丝和丽兹很可能会选择传统尼泊尔食品。我想吃肉，想喝啤酒，想吃长长的炸薯条。至于传统食品就留到下一顿再吃好了。大家看了我一眼，同意了。在去位于泰米尔区中心的牛排馆的路上，我和老朋友凯利边走边聊，他的妻子贝丝则走在后面开始打听丽兹的情况。几个人能聚到一起，我太高兴了。这便是我的第一次约会了，原本应该是像高压锅一样火暴的场面啊：一个男人两天走了二十七小时，只为走出大山来见女孩；女孩则飞越了九千英里来赴约。

丽兹在泰米尔的一家宾馆预订了房间。那里是背包客云集的地方。她只能在这待两天，而我想抓紧一切时间和她在一起，所以就想邀请她也住到我的公寓里，但又怕这样显得我心怀叵念。思来想去，最终我还是鼓足勇气发出邀请，虽然有意做出很轻松的样子，听上去还是更像声音走形的老留声机一样不自然。喋喋不休地说了半天，最后我又强调，公寓里一共三间卧室，其中一间是专门留给她的，门上有锁，里面一应俱全，而且住在这里比她住在泰米尔我们每天见面更容易些。丽兹犹豫片刻，刚好够凯利和贝丝插进来，坚持让她和我们住在一起。他们俩真是我的英雄。

大家耐心地等着我想方设法把最后一点食物弄到叉子上，塞进嘴里，然后挤在一辆出租车上回到我的公寓。关于我的洪拉之行，他们都有很多问题要问，而我又有问题要问丽兹。我心里盼着她一直说下去，不要停，这样我就能听到她甜美的声音了。可是才聊了一小时，疲惫感袭来，我竟然说着话的时候就开始打瞌睡了。

五　丽　兹

　　我和大家道过晚安，回到自己的卧室。一个月来第一次盼望着能躺在床单和被子中间睡一觉，可结果我连这都做不到。身上一点力气都没有了，我倒在床上连衣服都没脱就昏昏睡去。

　　我低估了走出洪拉时的长途跋涉给我带来的心灵创伤。从我睁开双眼看到清澈湛蓝的天空到现在不过才十四小时。安全返回加德满都后，我全身心地感受着欣喜，体会所有我能体会到的开心，见到朋友我开心，终于见到丽兹我开心，吃了一顿真正意义上的饭我开心，好好洗了一次澡我开心。现在只剩我自己，周围的一切静止下来，我的思绪开始回到洪拉，过去的四周，特别是最后几天的经历在脑海中一一重现。噩梦不时从黑暗中袭来将我吞噬，每隔几分钟我就惊醒一次，大汗淋漓。而每次醒来，我都发现自己安然无恙地躺在卧室里，于是如释重负。

　　我不知道那一夜浑浑噩噩过了多久，但我清楚记得被自己的叫喊声惊醒，然后恐惧再次散去，心情放松下来，旋即发现卧室门外客厅里的灯光依然是亮着的，窘得呆在那里。丽兹醒了，大概在阅读。我恨不能用捕蝴蝶的网把我的惊叫声捉住，轻轻拉回来，让它顺着卧室窗户消失。

　　卧室门被轻轻地推开了，丽兹悄悄走进来。我闭上眼睛，羞愧难当。她走近我的身旁，完全无意识地把手放在我的手上。

　　"你还好吗？"丽兹小声问我。

　　她的声音里不带一丝指责，完全没有像有些人那样，在替你感到丢脸时口气里透露出的尴尬。她在关心我，只有关心。我释然，抓住她的手，十指紧扣。两个人谁也没动。

　　"是，我很好，谢谢你。"我小声回答她。她慢慢地抽回自己的

249

手，退出我的卧室，轻轻地掩上门。那一夜，我又多了一梦，与之前的噩梦截然不同的梦。我梦到阳光和煦、微风轻拂的日子里，我和丽兹到了洪拉。我抓了一把硬硬的干干的稻米放在她的手中，她又回手倾倒在我的手里，我们带着稻米一起慢慢走到山顶。

❈

醒来时已经是第二天，其他人都已经起床，穿戴整齐。那天是个星期六，我竟然第一次没有被附近寺庙里的钟声敲醒。客厅角落里放着我的电脑桌，也是我们的办公地点。法理德正坐在电脑前和丽兹、凯利和贝丝聊天。

看到我满脸茫然地走出来，他兴奋得摩拳擦掌。

"康纳，今天对你来说可是个大日子，"他说着站起身，"我已经告诉过孩子们你要来看他们，他们迫不及待了。有几个还比较害羞，可迪尔加和阿弥达不停地问我你什么时候回家。我和他们说的是我们一小时前到家，你那会儿还没醒呢。不过，他们会耐心等待的。晚一会儿没关系的，让他们学会等待不是件坏事，你不觉得吗？"

凯利为大家做了早点。我整天与孩子们厮守在一起，一过就是几个月，那些背夫和孩子的父母们连尼泊尔语（洪拉话是不同的一种方言）都不说，更别说我的母语英语了，现在突然用抑扬顿挫发音含混不清的英语聊天，里边再夹杂着俚语和只有我们才懂的笑话，那种感觉真是奇异。我还在努力习惯用耳朵听丽兹说话，而不是读她的文字，习惯我话音刚落就能马上听到她的反馈，而不需要在屏幕前等上几小时。没多久，她和大家就像老朋友一样熟稔了。

我们一行五人走在弯弯曲曲的小土路上，路两边是六英尺高的砖墙。小猴子在头顶上从一面墙蹿到另一面墙，沿着墙头跑掉了。几分

五　丽　兹

钟后我们出现在道拉吉里儿童之家门前，按照尼泊尔家庭的规矩把鞋子脱下放在门口，然后走进去。

一进门我就觉得气氛有些异样：里面静悄悄的，鸦雀无声。

"你确定家里有三十个孩子？"我问法理德。"小王子"那边通常是孩子们兴奋得大呼小叫的声音，房子都震得发抖。

法理德笑了。"是二十六个，一会儿你就明白了。"他说。

前门厅没人，饭厅和厨房里也是空的。而客厅里的地板上，二十几个年龄在五到八岁的孩子正趴在一些旧笔记本和貌似人家丢掉的填色书上学习。

我双手合十，轻声叫道："那马斯特，巴布！"

孩子们一惊，旋即跳起身，大点儿的帮着把动作没那么快的小不点儿扯起来站好后一起双手握紧，参差不齐地喊道："那马斯特，大！"看到丽兹，大喊："那马斯特，迪迪！"然后依次和凯利、贝丝打了招呼。

法理德脸上笑开了花。"不错吧？这些是小孩子，大孩子都在楼上学习呢。"

"太棒了。"

"这就是我们的儿童之家，康纳。"他说着，双手按在我的肩上。

"真是太棒了。"我又说了一遍。"道拉吉里"已经住满了孩子。他们多年滞留在人贩子手中，直到两天前才被解救出来。丽兹挨着一个小女孩坐下，我也扑通一声坐在一个男孩旁边。他正在一遍遍练习写草体的小写字母"B"，看我坐下，停下笔把手里的纸举到我面前。

"写得真好，兄长。"我夸赞道。丽兹也在那边夸奖女孩儿的功课：她刚刚写了一个"房"字，看上去应该已经练了有一百遍。女孩儿高兴得脸上放光，那只闲着的胳膊抱住丽兹的腿，紧紧贴在丽兹的身上，然后又继续做她的功课去了。

❖

法理德告诉我，解救这二十几个目前住在"道拉吉里"的孩子的过程不像原计划的那么顺利。原本的计划是吉安带着杰姬和法理德，还有一名警员到一个臭名昭著的人贩子那里接孩子。那家伙把这群孩子控制在自己手里整整四年时间，让外国人参观，代表孩子们的名义收取捐赠，然后都塞进了自己的荷包。

终于有一天，他的生意做到了头，吉安拿到合法授权允许接回这些孩子。那人向政府保证，说等警察到时，孩子们已经穿戴整齐准备出发。他还对吉安说，他关心的是孩子们的喜乐安康，不想让孩子们在转移的过程中受到任何伤害，说他一直像对待自己亲生骨肉一样养活着这群孩子。

可是当吉安、杰姬和法理德到那里的时候，孩子们并没有等在门外，他们甚至不知道要走的事。那个人贩子做出一副我们的人秘密潜入他的家要偷走孩子的假象。他把孩子们锁在门里，自己在外面大呼小叫地对邻居们说吉安、杰姬和法理德是来诱拐尼泊尔儿童卖给外国人的。邻居们听信了他的话，都站在他那边。突然间，现场围满了电视台的摄像机。对峙局面一直持续到深夜。那家伙阶段性地不时跳出来冲着摄像机镜头叫嚣着孩子被卖掉了，说吉安、杰姬和法理德一旦把孩子带到美国和英国，很可能会杀掉他们，还说什么要想接近孩子，除非先杀了他。

警方和吉安认定那人不会乖乖交出孩子，他是准备尽可能地给警方和孩子们制造困难。最后警方把他拉到一边，强行冲进房子解救孩子们。孩子们在楼上看到了事情的全过程，都很害怕来人是要杀掉他们的，所以吉安、杰姬和法理德费了很大力气才把他们弄进等候在外的车子里，送回"雨伞"和"道拉吉里"。

在"雨伞"，孩子们一下车就被等候在那的以扎格瑞特为首的几个大孩子搂在怀里，他们牵着这些还惊魂未定的小不点儿的手，带他们走进儿童之家。法理德和杰姬等在外面，等着"雨伞"的孩子在里面向他们娓娓道来，说自己有过同样的恐惧，同样的经历，但现在安全了，比他们想象的还要安全，他们将会有属于自己的床，有饭吃，第二天还要去上学。当儿童之家的尼泊尔妈妈们给他们端上食物和热茶时，孩子们开始平静下来。

事情过去仅仅两天，我和丽兹就见到了这群孩子，当时有几个还不肯开口讲话，有几个因为头上虱子太多被剃光了头发，但大部分孩子很快适应了新环境。

一共是十六个男孩，十个女孩。

"比什努的床还空着，"法理德痛心地低沉着声音补充说，"最初那七个孩子中的最后一个。"

"还没话吗？"

"话？"

"哦，没有消息吗？比什努的消息？"

"没，还没有。我每天都问吉安，但一直没消息，"他说着，摇了摇头，"已经差不多有十个月了，你知道吗，康纳，十个月。"

"我知道。"

我和法理德坐在"道拉吉里"的门外，静静地看着我们的儿童之家，墙上黄色的油漆反射出刺眼的阳光，我们眯起眼睛，楼上敞开的窗户里传来翻书本的沙沙声。

"等一下……今天是星期六——为什么孩子们在屋子里学习?"我问道。

"我让他们到外面去了!"法理德开心地说,"我说,出去玩儿吧!可是他们太喜欢上学了,康纳!他们想现在看书,在这么好的天气里,他们想看书!很疯狂吧?"

"真棒!"我说。

"我觉得你该学个新词了,康纳。你'棒'来'棒'去的一点意思都没有。想让我替你找个新的英文词吗?我可是个很好的老师。不和你多要,就朋友价吧。"

回家的感觉真好。

一小时后,孩子们跑出门外。现在有四个女孩子黏在丽兹的身上,其他几个跟在后面,不停地要求摸摸她长长的金发。最后丽兹索性坐下来,女孩子们围上来,这个给她编辫子,那个轻轻弄弄她的耳环。这些孩子都不大会说英文,但据我长时间以来的经验,和小孩子交流有时候是不需要语言的。丽兹坐在硬邦邦的泥土地上,几个孩子依偎在她身上编辫子,偶尔会不小心扯出一缕头发。丽兹抬起头,发现我在看着她,给了我一个灿烂的笑脸,无声地冲我喊着"耶",然后大笑。我们曾经非常坦率地谈起过邮件联络的弊端。我知道,对丽兹,我还有很多需要了解,但此时此刻,看着她和孩子们在一起的样子,她完美得无可挑剔。

我注意到丽兹特别留心其中一个小女孩,她在这群孩子中年龄最小,也是唯一不往丽兹身上爬的女孩,只是面无表情地在旁边看着大家。丽兹握住她的小手,女孩儿没有反应,任由她握,依然眼神呆滞。

五　丽　兹

"那个女孩子是谁？"我问法理德。他刚从儿童之家出来，顺着我指的方向看过去。

"啊，那个——是莉娜。她年龄最小。这事有点奇怪，康纳。她总是这个样子。从来了我还没听过她说一个字呢。"他说。

我看着莉娜，后来被几个男孩子拉走了。这几个孩子之前我都没怎么见过，要和我玩儿一种类似于躲避球的游戏，球是用橡皮筋捆在一起做的。我刚答应下来，就被球击中了后背。看来我不大擅长玩儿这个游戏。

时间很快到了下午。回到孩子们中间真好，但现在还有个孩子我没见到，一个我急不可耐要见到的孩子。我请凯利、贝丝和丽兹照看一会儿孩子，自己回公寓拿便携电脑——我把这次去洪拉期间拍摄的照片都存在了电脑里——然后回来到"雨伞"儿童之家找扎格瑞特。

❖

扎格瑞特正坐在一面刷白了的墙上看着其他的孩子在"道拉吉里"隔壁的田里玩儿。

"先生，我知道你从洪拉回来了。今天上午我看到你了，当时你正和一个特别特别漂亮的女孩子一起走。那是你女朋友吧，先生？你运气可太好了！"他用他惯有的口气大声对我说。

"不是，扎格瑞特，是一个朋友。"

"你给我带了多少苹果，先生？我没看见袋子啊，你把袋子放家里了？那我自己去背好了，来，我们现在就去吧。"他从墙上跳下来，开玩笑地开始往我的公寓方向拽我。

"我一个苹果也没给你带，扎格瑞特。本来准备给你带一个的，后来被我自己吃了。"

他停下来。"你吃了一个苹果？你骗人？"

"没有，我没骗你。几天前，我真吃了一个苹果。"

"特别特别好吃吧，先生？"

"确实很好吃。"

他得意地举起双手。"我说得没错吧，嗯？我告诉过你的！"他冲墙头上的朋友大喊着，要我把苹果的事翻译成尼泊尔语说给他们听。"你告诉他们，先生！你把苹果的事告诉他们！"

"扎格瑞特，听我说，我给你带来了比苹果更好的礼物。"我对他说。

他转过身看着我。"你给我带了什么？"他真的很好奇。

"到里面来，我拿给你看。"

对一个自小到大都相信自己所有的家人都已经不在人世的孩子来说，我很难开口告诉他就在十天前我见到了他的父亲；说我这里有他父亲拿着自己的死亡证明的照片；说我带回了他父亲写给他的信；说他还有妈妈、一个弟弟和一个妹妹；说他们还都活着，而且从来没有忘记他；说他们在过去的九年中一直在惦念着他，不知他在哪里，不知道他是否还在人世。所以我先打开了电脑中的照片，给他看那个告诉我们他父母还健在的邮差的照片，我们长途跋涉去扎拉的照片，后面是他父亲的照片，那个牧羊人。照片上的男人手里举着一张我递给他的扎格瑞特的照片。我原原本本给他讲了他的家人如何起死回生的故事。

扎格瑞特从来没在我面前哭过。我猜是因为十四岁的他觉得自己大了，不应该再哭。此时此刻，他再也忍不住了。扎格瑞特盯着照片上他父亲的脸，情绪激动，哽咽着问我他父亲有没有说过为什么要送他走，为什么他妈妈没有坚持留下他。于是我们又花了很长时间讨论加德满都的失踪儿童问题，以及人贩子如何欺骗父母送走自己的孩子。但凡知道的，我都讲给扎格瑞特，同时还补充了在洪拉听到的所有信息。

我掏出笔记本，上面详细记录了我和他父亲以及所有孩子的父母的谈话，那是一篇一篇充满愤慨、负罪、痛苦和绝望的故事，还有母亲们充满恐惧的回忆，那种生活在反政府军统治下的恐惧，看到身背自动化武器的十几岁年轻人时的恐惧；还有听说邻居的孩子被拐卖，被迫加入反政府军队成为儿童军时的恐惧。九年前他们作出了送走扎格瑞特的决定。当时的情形他也许永远也不会完全明白。我犹豫片刻，把笔记本递给扎格瑞特。

"所有情况都在上面，所有你想知道的情况。"

他拿着笔记本慢慢翻开，一页一页翻过去，却并不详细看。即便聪明如扎格瑞特，读英文还是很费精神的。他好像没有那个力气。他举起笔记本递给我。

"我爸爸也在里面吗，先生？"他问道，"你能帮我翻到那一页吗？"

我接过已经又脏又破的笔记本，翻到一页，标题处写着扎格瑞特的名字和他们村的名字，给他读了一段我当时匆匆记录下来的谈话内容，是仁金问他父亲关于儿子的第一个问题。

扎格瑞特的父亲是个牧羊人。我问到他的儿子，他似乎并不清楚我在说什么，很困惑的样子，但对这个问题他是有反应的，虽然还不能确定是什么，感觉他像是突然间惊醒，手足无措似的。仁金又说了一遍扎格瑞特的名字。他有点紧张，似乎做好了听到坏消息的准备。

我觉得他是被吓坏了。仁金也看出了这点，他拿出扎格瑞特的照片给他看，并告诉他，他的儿子目前很安全。我们在等待他的问题，但问题可以稍后再问——现在，一位父亲正仔细端详照片中他死而复生的儿子。

　　我停下来。"后面还有，"我说，"我们问他，你是怎么被带走的，被谁带走的。他说是村里的一个人，一个大人物，那人答应让你受教育。"我停顿一下，看着扎格瑞特："你记得这个人吗？你小时候带走你的那个人？"

　　"我记得。"扎格瑞特的声音很冷淡。我没有追问，两人又一次陷入沉默。

　　"我给你父亲看了你的照片，你知道的。他非常喜欢。他觉得你长得很帅。"过了良久，我开口说道。

　　"他真的说我帅吗？"

　　"他没这么说，他也不需要说，我看得出来他是这么想的，"我说，"当然，我不想告诉他他错得有多离谱……"

　　听了这话，扎格瑞特浅浅一笑。"你真的把我的照片给他看了，对吗，先生？"

　　"是的，千真万确。"

　　"你这也有他的照片吗？"

　　"不光是他的照片，你们村子的照片也有。扎拉村的，还有洪拉很多地方的照片，"我回答说，"你想看吗？"

　　我和扎格瑞特花了一小时的时间看照片，聊照片。先从他父亲的那张开始，然后把所有的照片看了一遍，这样他可以对自己的家乡，对洪拉有很感性的了解。他手里攥着父亲的信，一刻不肯松开。

"你能复制一张我爸爸的照片给我吗，先生？我想留着……"他由于哽咽而声音急促。

"当然。我明天带给你。"

"谢谢你。"他低头看着手里的信，也不读，只是盯着看，好像那是某种神器，他还不大相信已经归他所有。然后他对我说："我想自己待一会儿，先生。"

认识这么久了，扎格瑞特从来没有独处的想法，但设身处地想想，要是我也会这么做，于是我站起身。

"不是只有你一个人这么惨，兄长，"离开之前我对他说，"在尼泊尔还有很多和你一样的孩子，你和他们之间唯一的不同是，他们仍然以为自己是孤身一人活在这个世界上。"

我摸了摸他的头，走了出去，轻轻地带上房门，走下楼梯，离开儿童之家，身后的抽泣声越来越弱，慢慢听不到了。

❖

三个月以来，我和丽兹通过电邮相互了解，见了面，却首先发现很难像邮件里那样产生共鸣，不过那天上午和孩子们共处之后，我们又互相打开了心扉。现在，我看得到她的面部表情，看得到她眼里同情的目光，知道是什么让她开怀大笑。和丽兹相处就像回家一样舒服，回到我童年的家，周围的一切都那么熟悉，就算闭着眼睛从一个房间走到另一个房间都不会撞到墙。我曾经梦想着和某个人分享这种美好的感受，不光是文字和照片的分享，更是嗅觉、触觉、听觉以及味觉的分享。丽兹是个绝好的伴侣，她全身心去体会，从不退缩，只想更多地感受尼泊尔，更多地感受三个月里，我洋洋洒洒在邮件中讲过的一切。

圣诞节前一天，太阳落山以前，我和丽兹登上了斯瓦扬布寺的山顶，更正式一点的名字叫斯瓦扬布纳特寺。放眼望去，加德满都像一片水面一样漫延到远处的山脚下，近处，猴子们在身边跑来跑去。其实，加德满都谷地在一万年以前就是一个湖。传说小山上斯瓦扬布寺坐落的位置就是佛教大菩萨，代表聪明智慧的文殊菩萨看到湖中开出莲花的地方，他认为此处为朝圣之地，便挥剑断山劈水，化湖泊为盆地，形成适宜居住的加德满都谷地，使朝圣者可以上山参拜。

考古学家们在斯瓦扬布寺的起源这点上持保留意见，但他们也说，该寺已经有一千五百多年的历史。山顶上除了直径六十五英尺、高百余英尺的白色佛塔，还有数不清的神像、小寺庙、僧人和猴子，掩盖在一团团一簇簇五颜六色的藏传佛教的经幡下，一阵风刮过，将声声祈祷和佛祖的悲悯传到远方。斯瓦扬布寺是佛教和印度教的两教圣地，从其建筑风格及供奉的神像看就知道它在两教中的重要地位。

简而言之，我们站在尼泊尔信仰、宗教、传说以及文化的中心。把这里作为丽兹尼泊尔之行的终点再合适不过了。她计划第二天早上，也就是圣诞节当天离开这里。

"你有什么传统吗，圣诞节早上？"我问她。我正琢磨着怎么才能让她在这里感觉更自在些。

"和其他人一样，"她说，"长袜子、礼物，要吃很久的早餐……哦，要是前一天晚上，就是圣诞前夜没去教堂的话，那天早上我们要去教堂。"

这就是了，她是基督徒呀，圣诞节对她应该比对我来说要重要得多。"哎呀，糟糕！真抱歉，我怎么都没想到呢！我真是个白痴。听我说，虽然我没听说过这有教堂，但我想肯定是有的。回公寓的路上

五　丽　兹

我找找看——"

她打断我的话。"不是一定之规，康纳，"她说，"我要先到印度的原因就是去做一些圣诞节的服务性工作。一年一度我们要庆祝耶稣的诞生，并效仿耶稣做些善事。和孩子们在一起就很好。"

"如果那样，倒正好和我们的计划一致。你也知道，我们早饭吃手抓饭，行吗？"

"太好了，真的。"

我点点头说："好吧，那圣诞节早餐就是手抓饭了。"

尼泊尔的圣诞节与平时完全一样。12月25日这天，儿童之家里一如既往，孩子们并不知道这天是基督教的节日，所以也不明白这一天对丽兹、凯利、贝丝和我的重要意义。圣诞节是耶稣基督的诞生日，每个家庭的庆祝活动都要持续一整天，包括装礼物的袜子和带有快乐的雪人图案的礼物。在这，我们当然不会吃完圣诞糕饼后去教堂祈祷，而是把整个手伸进稀糊糊的米饭、烫手的扁豆还有看上去很危险的咖喱蔬菜里，然后抓出一把填进嘴里。虽然方式很怪异，但我们度过了极为美好的圣诞节早上。

下午，我和丽兹告别。她站在机场的安全线里，准时赶上航班回德里，回到那些和她一起旅行的朋友们身边。

"那么……你在印度还要待多久？"我问她。

"再待两周。"她回答说，弯腰提起行李箱，慢慢跟着队伍向前移动。

我若有所思地点点头。前面还有四个人就排到她过安检探测仪了，我的心突然开始狂跳。我清清嗓子。

"你知道的，孩子们将乐意再次见到你，"我说，"万一你在印

261

✲✲ 我亲爱的小王子们 ✲✲

度觉得烦了，或者什么的。那几个女孩子非常爱你。有你帮忙照顾，让她们感觉到关爱和受欢迎，这真是太好了。我知道，她们一定非常愿意再见到你。"话一出口，还是显得那么郑重其事。

"嗯，我也很乐意再见到她们，康纳。她们非常棒。"

"是啊，她们很棒。而且她们想见到你，这点我知道……"我不知道还能说什么，"听我说，回到印度后，你能给我打个电话吗？明天就行，过完圣诞节，这样我就知道你安全抵达了。"

"当然，"她说，"我要去赶飞机了。那么，圣诞快乐！终于见到你了，真好！"她张开双臂给了我一个拥抱。我拥抱她的时候不小心踢倒了行李箱，这才意识到我应该像一个绅士那样帮她拎着箱子才对，但又不想这么快结束拥抱，于是就用脚碰了碰箱子。行李箱并没有如我所愿弹起来回到原位。我只好放开手，弯腰扶起箱子。与丽兹共处的时光结束了。两天的时间过得不急不缓，却无法挽留，所以让人心痛。两天太短了，虽然丽兹来之前我就知道，但现在是从心底感到时间的短暂。我不想让她走。

丽兹通过了安检，回身冲我挥挥手，然后消失在走廊的尽头。我走出机场，汇入到处是沿街叫卖的小商贩、司机和酒店销售代表的滚滚人群中，叫了一辆出租车回到"道拉吉里"。凯利和贝丝还在那等我。我很高兴他们在尼泊尔还能住上一个星期，但我仍然对丽兹恋恋不舍。我一定要再见到她，虽然不知道何时何地才能再见，但一定要见。我在想，要是过几天我就飞到印度去会怎么样。她会怎么说？她会想见到我吗？

我很迷茫，像在大海中失去了航向。在此之前的一个月里，我满心想的是要见到丽兹，所以竭尽所能从洪拉赶回来见她，想象着最终

262

见到对方时的场面。现在我知道了，这是一次完美的会面。我们在一起共度了整整六十五小时的美好时光。我深深爱上了她。

�֍

我见过"小王子"的孩子兴奋，却没见过他们兴奋成那种样子。丽兹离开加德满都两天以后，我来到苟达哇力村。孩子们显然已经知道我去了洪拉，而且已经找到他们的家人，还带了照片来给他们看。还没到就有十几个已经站在路边等着我了。当时是正午时分，据说他们从早上九点钟就站在那里。看到孩子们像一群小疯子一样冲上小巴士，貌似要把车子震得滚下山去似的，车上的其他乘客吓得大叫。公共汽车发出刺耳的刹车声，猛地停了下来。毫不夸张地说，我是被他们从车上扯了下来，小巴士的车门还没有关好，司机便一踩油门，车子绝尘而去。我想象得出，当那些乘客看到孩子们似乎只对外国人感兴趣的时候，肯定是长长地出了一口气。

"我没办法现在就把照片拿给你们看，你们这群小疯子！"我用比他们的声音还高的嗓门喊道。他们似乎不能理解为什么我都从巴士上下来六秒钟之久了，他们还看不到照片。

"到了客厅再给你们看！客——厅！照片在我的笔记本电脑里！你们坐好了我才能给你们看——"我突然停下来，发现身边一个人也没有了。他们都一溜烟地朝"小王子"跑去。

我不慌不忙地沿着小路走过去。法理德说得对，他们是该学着耐心些了。我走进"小王子"，客厅里传来激动的低语声，进去一看，孩子们整整齐齐地排好队，像兵马俑似的一动不动站在那里。

"你们这是做什么？"我问桑托斯。

"你说的我们站在客厅里你才给我们看照片，兄长！"

"我说的是坐在客厅里，你们这群小傻瓜！我怎么会让你们站着呢？"

"我们也不知道，兄长！"

"看在老天的分儿上，赶紧坐下！"我说。孩子们马上倒在地上抱成一团，笑得歇斯底里。

我把便携电脑放在一个草编的小凳子上，开机，打开我事前准备好的幻灯片放映，里面存放着不到两百张照片，第一张上面是锡米科特机场跑道，也是我进入洪拉后拍摄的第一张照片。孩子们对着照片指指点点，兴奋地议论着。当照片内容显示出我已经到了洪拉南部和他们住的村庄时，他们更是激动得直跳，忙着辨认他们早先度过一段童年时光的地方，猜测照片里的人有没有他们认识的，争辩村庄的名字。

在出现第一张孩子的父母的照片以前，我停了一下。下一张是安尼施的妈妈。我的眼睛盯着安尼施，打开照片。照片上，一个眼睛红红、泪流满面的女人正用她布满皱纹因为干农活而僵硬的手紧紧抓着安尼施的照片。不需要我介绍她是谁了。

男孩子们疯狂地跳到安尼施的身上，摇晃着他的肩膀，拍着他的头，仿佛他刚刚踢进一个球，把尼泊尔送进世界杯决赛一样。安尼施本人却呆呆地站在那。慢慢地，他俯下身凑到电脑屏幕前想看仔细些，脸上浮现出一丝微笑。他注意到我正在看着他，又扭头回去看照片了。从他的表情中我能看出，他终于拥有了一些属于他自己，而且永远不必和"小王子"里所有其他人分享的东西。

我给安尼施和所有孩子讲述了找到他家人的经过，他们都说了些什么，还有他爸爸给了我蜂蜜核桃做礼物，那以后我每次吃完没滋味的米饭和扁豆后就当做美味尝一些，吃了很多次才吃完。孩子们在一旁唧唧喳喳用尼泊尔语评论着。我听不懂，不过安尼施脸上欣喜的笑容变得有点尴尬。我弯下腰问他。

"怎么了，安尼施？这对你是个好消息。"我手抚着他的胳膊说。

"她哭了，兄长，"安尼施趴到我的耳朵上，手挡着嘴巴悄悄对我说，"其他的男孩子会笑话的。"

"那是因为她想你了，"我也小声地说，"你看看，周围有谁在因为你妈妈哭了取笑你吗？"

安尼施回头望了望其他的男孩子，他们还在兴奋地聊着，根本没注意到我们在说话。他摇摇头。"没有，兄长。"

"我有个秘密要告诉你，安尼施。"我还是压低了声音。

他忍不住好奇。"是什么，康纳兄长？"

我顿了一下，装模作样地环顾四周，确定旁边除了另外十九个孩子并没有其他人在场，然后小声对他说："每个人的妈妈都哭了。"

安尼施绽开了一个大大的笑脸。"好了，兄长，接着给我们看照片吧。"他说。

我们一起看照片，听我讲故事。两小时过去了，孩子们怎么也看不够，听不够。讲完所有的照片，我把爸爸妈妈们写的信发给他们。孩子们表情庄严地从我手中接过信，就像在接受骑士加冕一样。之后，我又拿出一份特别礼物：我把每个人的父母的照片都给他们打印出来了。看到厚厚一沓照片，孩子们开心地发出尖叫声，在我旁边争先恐后，挤成一团。我每叫到一个人的名字，就有一只小手从人群里伸出来，接过照片，然后跑到角落里自己看去了。

把最后一张照片递给"小疯子"洛汗，我才看到拉贾和他七岁的姐姐普瑞娅还站在那里。普瑞娅拉着拉贾的手，正想把他拖走。

"对不起，康纳兄长，"普瑞娅说着，还在使劲儿地拽拉贾，"我告诉过他不会有我们的照片，但他就是不听。"

好像突然有人拔掉电源插头一样，我满心的喜悦一扫而光。我回想起那天派敏·巴哈杜尔去寻找他们的家人，两天后回来报告说他们其实已经去世的那一刻，以及我当时受到的沉重打击。可爱的小普瑞娅已经知道她的父母亲都不在了，但那天的场面等于揭开了她的伤疤，对拉贾而言尤为如此。我坐下来，抬头看着他们。

"没关系的，普瑞娅。你已经把弟弟照顾得非常非常好了，你知道吗？我很为你骄傲。"我说。

"谢谢你，兄长。"

"拉贾，我没有带照片给你，但我希望下次会有你的照片，也许是你叔叔或者阿姨的照片，怎么样？"我从普瑞娅手中拉起拉贾的手，他用另外一只手擦去眼里的泪花，点点头。

普瑞娅对拉贾说了几句话，他想了想，又点点头。"兄长，你能给拉贾再看一遍照片吗？"普瑞娅问我。

"哦，好，没问题，非常愿意。你也想看吗？"

"是的，麻烦你了，兄长。"

于是我们三个人带着三个小凳子爬上屋顶平台，我请巴格瓦蒂为我们准备些奶茶，然后把照片，所有的两百张照片，又从头到尾给他们看了一遍，尽我所能详细地把所有的故事讲给他们听。

❋

我在"小王子"度过了极其平静的两天，那种感觉很像挖掘出埋藏已久的时间机器，把我又带回童年时代，周围是儿时的玩具、图画、最喜爱的帽子，好像生活一直如此，而且将永远如此，就这么简简单单、平平静静地漂流下去。我们不停地提起洪拉，在交谈中孩子们慢慢帮我填补了一些心中的疑问。那里的女人挥动着船桨形状的木棒在岩石上捣的是什么？石头上又没有麦子。原来她们在把已经煮好晾干的米饭捣成年糕。男人们在大锅里煮的看上去像稻草的东西是什么？答案是烟草之类的东西。

第三天早上，我正帮着孩子准备上学，然后回加德满都，法理德打来电话。

"我有好消息告诉你，康纳，但你得耐心些。等你回家就能看见了，"说完，不管我怎么恳求再也不肯多吐露一个字，"你和孩子们一个样，康纳！太没耐心了！"他开心地说。

我回到"道拉吉里"，孩子们和往常一样在屋外玩儿。他们现在已经对我很熟悉了，见到我老远便大声喊着"那马斯特，大！"法理德正在屋子里抱着年纪最小的男孩子阿迪尔悠来荡去。法理德对这个视力比较差的孩子情有独钟。我们决定给他配一副眼镜，在那之前，法理德都是高声对他讲话，这样阿迪尔就能够根据法理德的法国腔尼泊尔语，知道是要被抱起来还是要荡悠悠。

我站在那里等着他们停下来。我和法理德在"道拉吉里"的小不点儿们面前是可以谈些事情的，他们的英文不如"小王子"的那群孩子好，所以我们尽可以谈些隐秘的事情。法理德依然攥着阿迪尔的手腕，在荡第二圈之前先歇了一口气，趁这会儿，他宣布了好消息。

"你的洪拉之行奏效了，"他说，"你记得纳温和马丹的父亲来了吗？就是你在洪拉见到他后没几天他就来了。"

"当然，我记得。"

"有更多的家长来了，不光是'道拉吉里'的孩子们的父母，还

267

有其他'雨伞'的孩子的父母也来了。很多，就是你在苟达哇力这两天，陆陆续续来了很多。他们来看孩子。维娃问他们是怎么找到我们的，他们拿出小字条，上面是你的笔迹，写着我们儿童之家的地址。现在他们还太穷，没准备好接孩子们回家，但孩子们已经很开心了。你真应该看看当时的情景。你会很高兴的，康纳。"

"那太好了！"我不禁高声喊道。我很震惊，洪拉之行这么快就卓见成效，真想象不出孩子们见到父母该有多激动。

"你还记得找到了库马尔的父亲吗？"法理德又问。

"当然，我还带了一封信给库马尔呢。"

"他父亲今天早晨打电话来了，直接打到你给他的'道拉吉里'儿童之家的座机电话上！库马尔兴奋得从台阶上摔了下来，就是前面的台阶，就是那儿——我当时都有点害怕他兴奋过头出了问题，可是他跳起来又跑啊跑啊跑啊去接电话了。他说他已经三年没和他父亲说过话了。想想看吧，康纳！才九岁的孩子，三年意味着什么！我把当时的情景照下来了留着给你看。他都笑成一朵花儿了。"

难以置信！就在找到孩子家人的时候，我还有点怀疑，他们之间的联系会不会保持下去，因为看上去我们没办法给这个国家带来实际意义上的影响。库马尔的父亲一定是走了三天才走到锡米科特来打这个电话的。在孩子失踪三年以后，只是有个人给了他一个电话号码，保证说他的儿子很安全，他就长途跋涉，只为打个电话，这是怎样的一种信念啊！就因为我自己没有孩子，所以我彻底低估了一个父亲为儿子能够做到的极限。那三天对他来说是多么漫长啊，他会一直忐忑，不知道电话的那头会不会有人听，然后，他听到这个讲话怪声怪气的男人叫他儿子的名字，库马尔，又听到一阵杂乱的脚步声下了楼梯，然后，电话的那一端传来一个声音，比想象中成熟一些，但是……太不可思议了……我无法感受他所感受到的。

我站在那里，还在想着那个激动人心的时刻。法理德已经抡着阿迪尔到了房子外面，当孩子弱小的身体荡到与地面平行的位置时，法理德收了力气，弯下腰让孩子顺势舒服地落到地面上。我还有一个问题，不想问，很怕问，但又想知道答案。

"那比什努呢？吉安那有消息吗？"我还是问了。

法理德慢慢挺起身，阿迪尔还躺在地上大笑着，请求法理德再来一次。

"没有，"他摇摇头说道，"我今早给吉安打过电话。我很担心，康纳，我怕那孩子已经不在了。"

✤

那天晚上，我的电话响了，显示出一个陌生号码。我不太想接，那一天对我来说很漫长，但经验告诉我，你永远也不知道什么时候会有重要的电话打过来，所以还是接了。丽兹的声音穿透嘈杂的信号干扰传了过来。那天是1月2日，距离我们上次谈话已经差不多一周之久了。

"哦，嘿！"我说，意识到自己的紧张。

"嘿，我在孟买。我很想念你们！"她说，"你们好吗？"

你们？她说"你们"是什么意思？是说孩子们和我，还是说我和孩子们？我好像一下子又回到了五年级水平，使劲揣度着这个漂亮女孩子到底除了喜欢我，还喜欢谁。当然，我是不会对她说这些的。我还没那么大的勇气。过了一两分钟，我平静下来。我有太多的消息要与她分享，她也非常想听。就这样我说她听，大概过了有二十分钟，我才想起来关心一下她的旅行。

　　"很棒，就像狂欢一样……不过，我真的非常想念和你、和孩子们在一起的快乐。我在想，我的朋友们明天要动身去印度南部，我不是一定要和他们一起去——"

　　"来这儿吧！"我几乎是对着电话大喊出这句话的，"孩子们会非常高兴见到你，他们一直问到你！"我说的是真的。几个女孩子每天都问，丽兹会不会回来。

　　"那样可以吗？我不想添麻烦，不过要是能帮上点什么忙，我将乐意之至——"

　　"别开玩笑了！哪有麻烦，你能回来我太高兴了！我们每个人都会非常非常高兴的。"

　　"好吧……太好了！那么，就明天吧？这些天买机票容易极了——"

　　"好，就明天。"

　　她去找了一张有航班信息的报纸，匆匆选了几个航班，最终定在第二天下午，最方便的一班。挂电话前，丽兹说："知道吗，我得告诉你，在这和我一起旅行的朋友们都认为我简直是疯了，竟然还要回尼泊尔去。"

　　我知道她这话的意思。要是我和一群朋友在为期三周的环球旅行中，突然中途改变行程，告诉他们我要去见一个女孩（不对，孤儿，我说的是孤儿），那他们非骂得我狗血喷头不可。我不知道丽兹是不是也面临同样的情况，但我猜得到，这不是一个很容易作出的选择。

　　"嗯，是这样，我不觉得你很疯狂。真的，你能来，我很开心。"我告诉她。

　　"那就好。我也是。"

于是我和丽兹又多了七天共处的时光。那七天的感觉好极了。生活是美丽而简单的：每天起床后陪陪孩子们，逛逛加德满都的一些风景名胜，到小吃店尝尝地道的尼泊尔午餐，然后再到附近的小学校接孩子们放学，辅导他们做作业，晚上再陪他们玩儿一会儿。丽兹来后的第二天晚上，我和法理德交换了住处。隔一段时间他需要休息一下。我们两个人从未休息过，连周末都没有过，法理德要住在儿童之家，比我还多了一份责任。他愿意这么做，从未有过其他想法。不过这次，他会在我的公寓住上一周，晚上可以用我的电脑看看盗版DVD，晚上可以安安静静睡一觉。我则接替他在“道拉吉里”的位置，晚上送孩子们上床，然后睡在楼下他的那个小房间。我喜欢那段日子，主要是因为每天早晨醒来就能听到孩子们跑来跑去的声音，那声音让我想起了以前住在“小王子”的日子。

我们是在丽兹来的那几天交换的住处。丽兹也住儿童之家，睡在楼上女孩子们的房间里。那群女孩儿开心得发疯。我喜欢法理德的房间。我曾经在公寓里给他留了一个房间，他可以免费住在那里，但他宁愿和孩子们住一起。在他的房间里，我还是看到了些许不同。

法理德已经差不多在尼泊尔待了两年，照顾这群孩子。我饶有兴趣地看着他慢慢转变为一个佛教徒。他的小房间里唯一的装饰是经幡、佛香和一把吉他，除此之外没有任何物质财物。他在严格遵守佛教对租客的法规：控制物欲。走进他的房间便知道了他在夜里的生活状态。

住在“道拉吉里”的那个晚上，我和丽兹就遇到了灯火管制。尼泊尔每到干旱季节经常会停电，因为这个国家主要靠水能发电，每天停电的时间从四小时到十小时不等。我和丽兹拿着手电筒走进漆黑一片的房间，发现孩子们都紧紧地抓着床或者椅子不肯放手，那样子就像泰坦尼克号上的幸存者一样，抓着大船的残骸等待救援。无事可做，我们只好在客厅里围着一根蜡烛坐成一圈，孩子们唱歌，像呼应歌曲的形式，男孩子们先唱一首，女孩子们再回应一首。烛光只能照到孩子们的小脸，如果稍微坐在阴影里一点点，基本上整个人就消失在黑暗里了。

但我看得到丽兹的脸。她的金发在摇曳的烛光里闪闪发亮，垂下来遮住脸颊和眼睛，脖子也隐藏进黑暗中。身体的其他部分几乎看不到，因为孩子们把我们当沙发一样，拥在我们身上。我们躺在那里，被二十几个孩子撞来撞去。这种情况在尼泊尔很正常。我突然有一种冲动，想把当时的情绪记录下来：那一刻，没有钱，没有干净的衣服，没有电，也没有美食，只有丽兹和二十六个孩子在身边，我却觉得那是我一生中最幸福的时刻。

丽兹和女孩子们相处得非常好，这点我永远也做不到。她们崇拜她。她有各种办法让她们谈话、交流，我和法理德都不行。除了人性中的可爱，更重要的是这样可以帮助孩子们从他们刚刚经历的伤害中走出来。

而这群孩子中最需要帮助的莫过于小莉娜。当其他的孩子慢慢破茧而出，走出封闭的自我世界时，莉娜还固执地待在里面。我观察了她一周。在那一周里，她不哭不笑，也不说话，一次都没有过。每天只跟在她的小姐姐卡马拉的身后，让她做什么她就做什么，不管是上床睡觉，还是做作业，还是帮忙做些简单的家务都行，但她从来不和其他的孩子们一起玩儿。

五　丽　兹

　　我从没遇到过这种情况，也从来没有接触过受伤害如此之深的小孩子。我和法理德花了几天的时间商量如何给这个孩子以最好的照顾。我们俩谁也不是心理专家，不知道怎么做才是正确的，只能按老规矩，尽人事，听天命。在莉娜的问题上，我们真正能做到的就是尽可能多地给她关爱，希望她早日走出精神上的麻木状态。丽兹对莉娜非常好，经常和她聊天，拉着她的手，哪怕莉娜一脸漠然也坚持做下去。我喜欢看着丽兹和莉娜在一起的样子，看着她从不期待任何回报地付出她的爱。

❖

　　那一周里，我和丽兹进行了几次长谈，不出所料，我们发现自己都非常喜欢对方。我有过两地情的经验，以前一个女朋友住得离我有几小时的路程。那样的感情能够经得起距离的消磨，是因为我们已经建立起牢固的感情纽带，认为爱情可以经受考验，可以做到周末见面，可以只有电话交流。但和丽兹，我们才共处了一周多一点的时间，只是互相承认对方的感情，她就要回华盛顿去了，然后说……怎么说呢？难道就说她的男朋友，这个身无分文的家伙，一周多前，她刚刚听到他的声音，而他住在尼泊尔一所儿童之家的附近，距离她有九千英里路程，跨十一个时区，近期没有回美国的打算？

　　丽兹走后第二天，我给我大学里的好朋友，远在美国的查理写了一封邮件。我告诉他："我要说的不是我已经向这个刚刚认识的女孩子求婚了，而是我现在知道人们为什么而结婚了：因为遇到了他们的丽兹·弗兰那根。"查理的回信里只有一整行的问号和感叹号。

　　我和丽兹每天数次邮件往来。那些胖猴子不扯掉我的网线时，我们也用网络电话聊天（有Skype真好）。因为比较大的时差，我每天要在美国时间早晨七点半给她打电话，像闹钟一样准时叫她起床，然后在她午间休息的时候再聊一会儿，那也是我要上床休息的时候。我们经常每天要聊上三小时，这就是我们的爱情。

丽兹离开两周后，我到泰米尔的一家英语书店买了一本《圣经》。从钱包里掏出卢比付款的那一刻，我告诉自己，只有这样我才能更好地了解丽兹，没准儿哪天我对宗教的理解还能让她大吃一惊呢。

可是当我把它带回家以后，我就知道，它对我的意义远非如此。生活在这种极端的环境中，就像法理德越来越趋向于佛教一样，我也渐渐对基督教产生了兴趣。我决定先不告诉丽兹我买了《圣经》，而且与买书时的初衷刚好相反的是，我突然不想让她认为我是因为她才这么做的。在当晚挑灯夜读后，第二天我向法理德坦白了我的想法。

"我觉得你买《圣经》是非常好的一件事，康纳。"法理德说。那会儿我们已经把"道拉吉里"的孩子们送到楼上睡觉，然后下楼来煮茶了。"我也说不好为什么，但我认为我还是比较了解你的，只能说，你这么做我能理解。"

我很高兴听到法理德这么说。他和我遇到的其他人不一样。法理德永远都是心口如一的，从不考虑听者的反应。他只对事物的真实状态感兴趣。就像那天晚上他对我说的那样，之所以信奉佛教，最初就是因为他发现，只有佛教才能引领他找到真理。

"我怎么也不明白，为什么世界上有这么多的苦难，康纳，"他说，"即便在法国的时候我也没搞清楚。佛教徒有他们的认知。他们认为，生命是有它既定的轨迹的，每个人都想逃避命运……我觉得世界是循环往复的，不是吗？……是在受难和重生之间的一种循环，最后达到涅槃。他们是这么叫的。我从没有过任何宗教信仰，也从来没想过信什么。然后有一天我来到尼泊尔，和孩子们相处那么久，让我看到如此多的苦难。这个问题重新出现在我的头脑中。我们为什么遭受苦难？于是我开始学习佛教。我知道，对我，它是正确的。其实问题的答案一直都在那里，只不过有人点亮了蜡烛，让我看到了答案。"他停了一下，"我说明白了吗？可能用英语我不知道该怎么解释才更清楚些。"

"你解释得非常清楚。"

"那你是同样的感觉吗，你对基督教？"

"嗯，部分是这样，"我说，"只不过我对基督教早有了解。我小的时候，大概在拉贾和洛汗他们这个年龄的时候就去教堂。我知道有些东西是对的，比如说上帝是真实存在的，这是真理，但我周围好像没有人认为这是真理。我认识的人里没有一个是基督徒，于是我放任这种想法影响了我的全部生活，直到我来到尼泊尔。在苟达哇力，和'小王子'的孩子们在一起的时候，我发现自己有时候会祈祷。我和你说过这个吗？"

"嗯，你说过。"

"祈祷让我感觉很好，能够给我以安慰。然后我遇到了丽兹，她是一个基督徒。你知道吗，我当时就想，这是我回归上帝的一个好机会，因为这样我就可以同时更好地了解丽兹，"我说道，脸上禁不住漾出笑意，"听上去有点奇怪吧？那个激发我重新回到上帝身边的人竟然是个女人。"

法理德大笑。"康纳，我了解你，我相信是上帝把丽兹送到你的身边。他就知道，如果丽兹的到来会引起你的关注，不是吗？我想上帝不会生气的。"

"确实如此！你说的是玩笑话，但我心里也是这么想的！"我说。

"我没开玩笑，真的，"法理德依然笑着说，"就像我说的，康纳，当你买回那本《圣经》时，我就觉得你做得对。我想我们都看到了那道光，只不过在光柱下看到了不同的东西。"

我喜欢他的这个说法，同时也很高兴我们两个人都确信自己看到了真理，而且可以如此开诚布公地谈论这个问题。同一个屋檐下，我们有一个佛教徒，一个基督徒，还有二十几个年纪轻轻的印度教徒。我们无比快乐地生活在一起。

最后一根针

1月30日，我正和莉娜坐在一起看男孩子们踢足球。坐在太阳下浑身晒得暖洋洋的，要是追着球疯跑就更暖和了。看小孩子踢球的感觉真是有趣，我估计全世界都是一样的：所有人争抢着一个球，球被某人闷声踢上一脚，弹出人群，然后一群人像一组潜望镜似的齐刷刷地转过头去寻找球的位置，找到后又蜂拥着扑过去。那动作整齐得仿佛被地球引力牵着一样。

我看不出莉娜是不是看得和我一样津津有味。像往常一样，我进门的时候，她连招呼也没和我打，我把她抱到外面，放在我的腿上一起看足球，她也没有反应。我感觉自己像个抱着漂亮洋娃娃的小孩子。但至少她在看比赛。我想，任何一种刺激都应该有好处吧。正准备把她举起来放到肩上时，我的手机响了。是杰姬。

"嘿，杰姬。我就在隔壁的'道拉吉里'，正看孩子们踢足球呢……"

"康纳，我需要你。马上！"他匆匆打断我。他让我到金多尔，就在我们附近，环绕斯瓦扬布寺的一片安静街区的十字路口。

说话这么急迫、生硬可不是杰姬一贯的作风。我把莉娜留给她姐姐照顾，自己跑步五分钟赶到杰姬说的地方。在一群个头矮小的尼泊尔人和喇嘛中间，我一眼就认出了满头灰白头发、梳着松散的非洲长发辫的杰姬。看到我来了，他转身钻进等候在一旁的出租车后座。我从另一边跳上车，已经知道要去哪里的出租车司机马上启动车子，朝加德满都市中心驶去。

"我们这是去哪？"我大口喘着粗气问道。

"吉安刚才打电话来，说他找到比什努了，"杰姬说，"他说我们必须抓紧时间。"

我几乎不敢相信自己的耳朵。

吉安在儿童福利委员会的办公室里还是那副遭暴徒围攻的模样。他坐在办公桌前，一个助手正站在他的背后俯下身指着文件上的相关位置，帮助吉安作出决定。这一决定有可能会改变站在他面前的一个家庭的未来。我一点也不羡慕他的这份工作，知道他做这份工作工资少得可怜，几近于无，我就更不羡慕了。这是他为自己的国家做出的公民服务，在他之前，是他父亲在做。同时，这份工作也的确需要他这样具有聪明才智的人才能承担下来。他天生具有强烈的责任感。

在办公室里等了一会儿，吉安才注意到我们。他用眼神示意我看远处的一个角落。越过一群心急如焚的母亲和哭叫的孩子再往里，一个胸肌发达的男人站在一张椅子前，那样子好像坐下来就违背了他做人的原则似的。他头发一丝不乱，身穿西式便装，看上去是个有钱人。我低下头仔细看了看，在这个男人的前面，一个典型藏族人长相、古铜色皮肤光滑细腻的六岁男孩穿着印度服装坐在他脚旁，两眼盯着地面。

是比什努。

五　丽　兹

没几分钟，吉安挤过人群，把我们拉到走廊里，语速很快地给我们介绍了一下情况：比什努在过去的十个月里一直在做家奴。他被高卡卖给了当地的一家酒店，在那里洗盘子，每天要工作十二小时，后来被酒店的一位客人，一个银行经理发现了。依照尼泊尔的标准，这人应该算是有钱有势的人。他花了大概相当于八十美元的价钱把比什努从酒店买回来做家奴。比什努的经历和库马尔很相似。当我问吉安他是怎么说服这个人，让他走进儿童福利委员会时，吉安开始含糊其辞。我知道，在这些事上我不能过多地追问。这时候，我必须强迫自己冷静下来，不能要求吉安以非法奴役幼童罪逮捕这个男人。现在的当务之急是把孩子救出来，送到"道拉吉里"，这样他才能安全。

"好吧，我们叫出租车带比什努走，"我说，"杰姬，我去叫车，你等在这好吗？"

"等等，还有一个小问题，康纳先生，"吉安说着，按住我的胳膊，"那位银行经理，就是角落里站着的那个男人，他不想放这孩子走。"

我满脸疑问地看着吉安。"他不想放孩子走？这肯定不成问题啊，吉安，你可以给他施加压力，对吗？看在上帝的分上，他都已经到这里了，还不肯放弃！"

"没错，我会尽量给他施压，但我现在没办法逮捕他，还没拿到政府的批文。如果我给他太大的压力，他有可能带着比什努离开这间办公室，彻底消失。他说了，比什努和他在一起会更好。所以现在最好是我们能说服他，让他自动放弃比什努。"吉安对我解释说。

吉安在观察我的反应。我们一起经历过这类事件。对他，我说不上相信，但也不能说不信。至少吉安已经成功地让这个男人站到了他的办公室里。我估计他是吓唬那个银行经理，说要动用警察大张旗鼓

279

地上门调查，这种当众出丑的事他肯定不愿意。就算吉安手上没有批文，不能逮捕这个人，也不能强迫着他释放比什努，但他肯定知道怎么逼他就范。到底吉安能否说服他把比什努交给我们另当别论，我们倒先要看看他是怎么震慑住这家伙的。

"好吧，吉安，你怎么想就怎么做。"我叹口气。

他示意我们待在原地，自己回到办公室。"我把那人叫过来，让比什努留在里面。"

一分钟后，他带着那个银行经理走了过来。那人身高比我要矮两英寸，但肩部足足要比我宽上一大块，好像衣服底下穿了一副牛轭似的。吉安介绍我们时，他紧绷着脸，连招呼也不打一个，反倒转过去对着吉安叽里咕噜飞快地说了一堆话，显然在恶意谩骂，说西方人插手之类的。吉安不肯为我们翻译，反而对那人细声细气地解释。我开始想介入，但吉安看都没看我一眼，向我微微一抬手，让我闭嘴。我意识到，这时候无论我说什么都会激怒这个男人，他看上去已经有点要爆发了。我们其实只想要孩子，而吉安正努力帮助我们达成目的。

两个人足足说了有十分钟，被迫等在办公室里的几个家庭都已经不耐烦了。银行经理始终在相对平静和极度恼怒中间摇摆不定。我和杰姬也探过身去，看能不能听出对话进行到哪个阶段了。只有吉安一个人还能保持冷静，压低了声音，手放在那人的肩膀上，继续劝说。

终于，在吉安一个人说了长长的一段话以后，那人犹豫了，然后极不情愿地点了一下头，嘴里咕哝着，上下打量着我和杰姬。看得出，他的态度已经软化下来。他又点了一下头，嘴里吐出一个字，打断了还在侃侃而谈的吉安，然后走进办公室，帮比什努站起来，领着他朝我们走来。

吉安转过身看着我。"他会把这孩子交给你们来照顾，但他想看一下比什努要住的地方的情况。你们不必带他进儿童之家里面，让他在外面看看就行，这样他就知道你们还同时照顾了其他一些孩子，是在为尼泊尔作贡献，而不是要把比什努带回你自己的国家去。这样可以接受吗？"

我不知道那个人为什么一定要留下比什努，比什努对他来说只是一个仆人吗？这让我不得不重新考虑一下我们做得是否正确。如果是一年前处在这种情况下，我可能会选择信任这个人。他似乎真的非常在意这个孩子过得好不好。我必须面对现实，承认也许我们错了；也许比什努跟着这个人真的是安全的；也许这是一个机会，比什努找到了一个好的寄养家庭。

但我不能冒险。我已经见得太多了。我见到过很多实例，一些尼泊尔人夸夸其谈，说自己如何如何收养了贫困的男孩，或者女孩，结果却发现，是，他们给了孩子一定的照顾，送孩子上学，但孩子在家庭中的地位仍然是个外人，比仆人好得有限，整天免费为他们做家务，做饭，打扫房间。那样做有问题吗？带着父母的祝福被送走，然后像个仆人一样生活着就更好吗？能上学就一定比生活在自己的家人身边更好吗？在尼泊尔的时候我一直在问自己这些问题。的确，如吉安所言，这是个让人费解的国家。这些问题很难找到答案。

但有一点我很确定，那就是，比什努和我们在一起一定是安全的。这个男人可能会是一个慈爱的父亲，给他一个家；或者他只是不高兴我们拿走他的一份私有财产。我不准备冒险，一定要把孩子带回自己身边才行。如果只有满足吉安的条件才能带走比什努，那就做好了。

我看看杰姬。"你觉得行吗？他可以去看看房子吗？"

"嗯，如果这是他的条件，我觉得可以接受，不是吗？"

"我也这么想，"我说，然后转过身去看着吉安，"好吧，我们一起去。看完房子他就把孩子留给我们？"

"是这样，他会把比什努留给你们。他知道如果不这么做会有麻烦的。"

我注意到那个男人也在听我们讲话。他懂英语，至少懂一点。

我紧紧握住吉安的手。"谢谢你，吉安。你做了一件大好事，真的。"

"你也是，康纳先生。还有你，杰姬先生。你们一直在为孩子们做好事。"

我低下头看看比什努，他也在抬头看着我，眼里闪出一丝惊讶。他认出我了。那个男人看看比什努又看看我，用结结巴巴的英语对我说："他说他认识你。你们怎么认识的？"

"我们一年前就认识了。"我冲着男孩微笑，他也不加掩饰地对着我笑。"能再次见到他真好。"

我们一行四人——我、杰姬、银行经理和比什努一起走出政府办公楼。离开前，吉安抓着我的胳膊把我拉过去低声嘱咐说："康纳先生，一定要小心。这种情况我见多了。我觉得他会放弃孩子，但无论发生什么事，不要信任这个人。比什努不是他的家人，你明白吗？"

"我明白。我们不会有事的。"我满怀信心地说。

办公楼外的大街上像往常一样停着一排破旧的出租车。银行经理比划着说让我们带着比什努上车，他骑着自己的摩托车跟在后面。我点点头，打开出租车门。就在钻进去的那一瞬间，我发现身后站着另外一个男孩子，大概和比什努同龄的样子。他身边什么人也没有，没有父母，也没有其他的孩子。我愣了一下才意识到，他是在等着和我们一起上车。他手里还拎着一个只有大号饭盒那么小的破得快散架的行李箱。

我回头冲坐在摩托车上等着我们领路的银行经理喊道：

"大，你认识这个孩子吗？是你儿子吗？"

银行经理伸头看了看站在出租车旁边身材瘦小的孩子。那孩子现在已经转到出租车另一边，正伸着手够着拉车门的把手。

"我没见过他。"他耸耸肩说道。

我明白了。这也不足为奇。吉安办公室里来来往往的孩子那么多，这个孩子一定是跟错了人。很多孩子是跟着自己的远方叔叔、阿姨或者表亲来的，那些人突然得知自己要为一个从未谋面的孤儿履行监护人职责。混乱间，这个孩子可能以为银行经理是他的亲戚。这会儿，楼上肯定有人已经惊慌失措了。我让杰姬稍等片刻，然后带着男孩回去找他的家人。

吉安坐在办公桌后，现在旁边围了新来的两家人，一个母亲正大吵大闹，旁边的人不耐烦地等着轮到他们，无聊的孩子们在大人的腿间钻来钻去。吉安看到我带着男孩回来，匆匆走过来。

"吉安，非常抱歉，这个孩子跟着我们出去了。要是他父母发现他不见，肯定急坏了。"我对他说着，眼睛在办公室里四下张望，看有没有哪个像是孩子的父亲或者母亲。

吉安凄然一笑。"不是的，康纳先生。提拉克也是从洪拉来的。我们发现他一个人生活，没有父母。他一定是看到你带走了另外一个孩子，所以就跟着你走了……那你能带他走吗？"

这不是什么问题。这孩子没有家。尼泊尔没有安全保障系统可以为所有的儿童提供有秩序的关怀照顾。如果我们有办法照顾失去父母的孩子，那就该收下他。刚才还在冲着吉安大喊大叫的那个女人这会儿扯着吉安的胳膊，马上就要再次发作。

我伸出手，提拉克毫不犹豫地抓住，他信任我。我领着他穿过年久失修的政府办公大楼的走廊，来到外面。大家都等在那里。我们朝坐在前排的杰姬走过去。

"杰姬，这是提拉克。他能和我们一起回去吗？"我问道。

杰姬眼都没眨一下就同意了。雨伞基金会已经解救了差不多两百个像提拉克一样的孩子。

"那是当然！"他热情地用法语对提拉克说。但提拉克显然一句英语也不会说，更别说杰姬口音浓重的英法双语混说了。"进来，提拉克！你和我坐一起。"他把孩子和手提箱一起抱进出租车前座，放在他的腿上。五个人坐车回到"道拉吉里"和雨伞基金会下属的几个儿童之家。

提拉克有了新家。

比什努的事情办得不是很顺利。给银行经理看过儿童之家的房子后，我们到"道拉吉里"隔壁的雨伞基金会办公室里进一步协商。进门之前，我让法理德去把我们第一次见到比什努时和他一起住的七个孩子中剩下的那四个带来。两分钟后，库马尔、萨米尔、迪尔加和阿弥达穿过儿童之家门口那片地冲我们跑过来，在比什努面前猛地停下脚步。他们一言不发地盯着比什努，比什努也盯着他们。银行经理问几个孩子是不是认识比什努，他们点点头。这使得银行经理更加愤怒，他好像感觉自己就要失去对这个孩子的掌握了。

法理德拉起比什努的手，把他领到门前的空地上，让他在那里和其他的孩子们一起玩儿。我和杰姬带着银行经理走进办公室说话。

我很快发现了一个严重的问题。这个人不肯坐下来。他不停地在办公室里走来走去，对我们说的每一个字都摇头否认，拍着桌子，指着我们用尼泊尔语大声咒骂。杰姬见过类似的情景，他扫了我一眼，用法语对我说，问题很麻烦。我也是这么想的。那个男人停下脚步看着我。

"我带孩子回家。他是我的，不是你们的！"他说着，大步朝门口走去。我走过去用背抵住门。

"大，"我用尊重的口气对他说，但举起手掌，挡住他的去路，"很抱歉，但这不是一道选择题。比什努要和我们在一起。我们很感激你照顾了他这么久，但他属于这里。"我把一只脚滑到后面，顶住门。

银行经理的下颌紧绷。他推开我的手，抓住球形门拉手用力猛拉。门被拉开一英寸左右，撞到我的脚跟，他被震得手松开，身子向后跌倒。这下他更生气了，挣扎着站稳脚跟，整个人向我扑来。我早已做好准备，利用门做支撑，朝他反扑过去，把他重重摁到墙上。但我在力量和体重上都不是他的对手。他掐住我的脖子，又把我摔到门板上。我死死抓住他不放，他也是一副要决一死战的样子。但我不知道下一步该怎么做。他比我强壮得多，我不可能一直这么抓着他不放。要是让他走出这扇门，他就会动用武力抓住比什努。一旦让他得手，要想阻止他同时又不伤害孩子是不可能的。

杰姬本来站在银行经理的身后使劲想把他从我身上拉开，突然间松开手，冲向他的手机。一只手抓着银行经理的胳膊，另一只手飞快地在手机屏幕上下移动，拨出一个电话号码。银行经理猛地转身，想把我们从他身上甩下去。杰姬紧紧地攥住手机。经过漫长的几秒钟等待，我听到杰姬说："喂，喂……喂？……是的，先生，我是杰姬·巴克，雨伞基金会的杰姬·巴克。我们遇到……是的，确实如此……是的，我很好，先生。不过我们现在有一个情况，我非常需要您的帮助……这有个人想带走我们的一个孩子。"他大口喘着粗气说。

银行经理似乎对杰姬打电话的举动毫无知觉，只一心想冲出门去。我呆住了，不明白到底什么人需要杰姬在这个紧要关头打电话。

"是的，先生，是这样，"杰姬对着电话喘息着说，"是的，先生，他就在这里，我们正在和他交涉……好的，先生，我现在就让他听电话。"杰姬说。他放开银行经理，后退一步，拍拍他的后背，把电话递给他。

"先生，市长要和你说话。"他说。

搏斗戛然而止。银行经理推开我，朝杰姬转过身，喘着粗气，看着杰姬再看看电话，迟疑着，搞不清杰姬是不是在耍什么花样。我也糊涂了。杰姬依然举着电话。

银行经理一把从杰姬手中夺过电话，粗声粗气地冲着电话"喂"了一声，沉默几秒钟，开始用尼泊尔语讲话，但刚开口就被对方打断了。对方提高了嗓门，声音大得站在我那个位置都听得到。他两眼盯着地面，听着对方说话。一两分钟后，他草草地说了句"再见"便挂断了电话，把电话放在桌子上，然后一言不发又去抓门把手。我看看杰姬，他挥手让我让开路。银行经理出了门走到他的摩托车前，戴上头盔，头也不回地走了。再也没有出现过。

我回到办公室，杰姬正点燃一支香烟。我们互相看着对方，片刻，两个人哈哈大笑。

"你认识加德满都市的市长？"我问杰姬，瘫倒在一张椅子里，

"是真的吗？"

"当然。我们救过很多孩子，康纳。市长很支持我们在这儿的工作，"他微笑着说，"几个月前他给了我他的名片。我承认，这是我第一次给他打电话，他居然接了，而且很高兴。我作了个不错的决定，对吧？"

我什么都没说，只是惊讶地摇摇头。杰姬的胆子真够大的。吉安事后得知事情的经过。那天晚上他告诉我们说，市长威胁银行经理说，要是他不马上离开，他就要打电话给警察局局长，把加德满都所有的警察都派到雨伞基金会的办公室来。

现在我心里没有疑问了。我们当初是冒着风险带走比什努的，但那男人落荒而逃的样子让我确信，他只是把比什努当做仆人来对待，仅此而已。比什努终于安全了。

❖

我来到屋子外面。比什努正坐在地上与迪尔加和阿弥达一道搭房子。他看着那个男人离开，没有站起身，甚至连一点儿反应都没有，便回过头继续和林路上棚屋里的老朋友们一起搭房子去了。在那以后，比什努再也没提起过那个人，这更说明那个人只是把他当做仆人对待。

法理德站在不远处看着他们。我朝他走过去，他听到了我的脚步声。

"这件事办得不容易吧？我从外面都听到你的喊声了。"他说。

"嗯，不那么容易。"我回答说。

我们看着孩子们努力想把几根大树枝当做房顶稳稳地摆在刚用小石子垒好的墙上。

"我们已经找到了所有的七个孩子，"法理德慢慢地、一字一字地说，好像在努力让自己相信这一切都是真的，"谁会相信？你信吗？"

"我不知道，"我实话实说，"我想我也不是完全相信，不是很信。"

"我也是，"他向我承认，"我曾经这么希望过，但其实我一直觉得是不大可能的事。"

我考虑了一下。"你知道谁会相信吗？"我问他。他摇摇头。"唯一相信这件事迟早会发生的人是丽兹。她一直不停地这么对我说。"

法理德笑了，转过头去，刚好看到孩子们搭的小房子不堪树枝的重压，轰然倒塌。

我的爱情终于开花结果

我和丽兹每天继续通过电邮联络，经常有一天来往邮件多达二十余次的时候，但我还不是唯一对丽兹的现状感兴趣的人，"道拉吉里"的那群女孩子对我每天都能够为他们提供丽兹的最新消息感到异常兴奋。她们每天至少要两到三次问起丽兹，每次都会心地暗示我们不只是普通朋友关系。我和丽兹之间的关系成为她们最爱的话题。在合理的善意谎言范围内，我一直向她们保证说，我们当然只是朋友，否则的话，我们就结婚了。对来自乡村的尼泊尔女孩子来说，这个理由无懈可击。她们在被父母包办嫁人之前很可能连丈夫的面都没有见过，更不要说约会了。

"那你是想和丽兹姐姐结婚，对吗，康纳大？"她们欢快地说。

"朋友，姑娘们。我们只是朋友。不信你们问丽兹！"我说道。然后我会尽快发邮件给丽兹，让她记得下次给孩子们写邮件时对她们说我们只是朋友关系。每次丽兹给孩子们发邮件都是她们最高兴的时候，她们会仔仔细细地从中寻找蛛丝马迹，看有没有暴露我们刚刚萌芽的爱情的线索。

"知道了，康纳，你两天前提醒我的时候我就记住了，还有两天前的前一天，两天前的前一天的前一天……"

对待"小王子"的孩子们就是另外一回事了。他们太了解我了，不管我怎么努力都没办法瞒过他们。我试过告诉他们同样的话，但都引来那些男孩子的哄堂大笑，好像我刚刚给他们讲了一个尼泊尔历史上最大的笑话。

"兄长，你的谎话太差劲了！我们看过很多美国电影，知道你们国家没有这么多的包办婚姻，"桑托斯说着，一边擦去眼角笑出来的泪水，"丽兹来的时候我们见过啦，她非常非常漂亮。你很爱她，兄长！你爱她！"

我极力否认。但事实上，从1月份丽兹离开加德满都的那一刻起，我就在争取让她回来。这件事我做得很谨慎，因为我很清楚，那样的话她就得耽搁一周的工作，买机票，飞越半个地球。所以我只是给她一些小小的提示，告诉她女孩子们的变化，说大家是多么想念她，还有，现在3月份了，这里的天气变得多么温暖宜人。每次丽兹都欣然回复，但从来没有流露出要回来的意思。

几天前，我已经向维娃坦承了我和丽兹的事。维娃就像我的家人，是介于妈妈和大姐姐之间的一个角色。她知道我已经爱上了丽兹。1月份我们偶尔凑在一起喝茶的时候她就看出来了。我向维娃讨教，丽兹到底是怎么想的。

"康纳，男人的木讷总是让我叹为观止，"维娃放下茶杯，用她的北爱尔兰音对我说，"看在上帝的分上，直接告诉她你想让她来。女人总是希望被追求，而不是在感情方面游移不定，和她们兜圈子。你想让她来吗？那就拿出男人的样子来，而且最好是法国男人——对吗，杰姬？"

"啊，是的。"杰姬咕哝着，猛吸了一口香烟。

"请她来。实心实意地要求她来。老天爷，你怎么连这个也不知道？"

我照维娃的话做了。在之后的一封邮件里我告诉丽兹，如果她能再次来访，我将非常开心。我说我知道来一次路程很远，机票很贵，还有其他的一切一切，但是我真的想见到她。第二天，她告诉我她已经接到邮件，并开始查阅航班信息。我一直追着她最终把时间定在了4月中旬。她说她很乐意再来尼泊尔。可爱的维娃！

我跑到"道拉吉里"把好消息告诉了法理德。正要离开时，在门厅里碰到了莉娜。她像往常一样，一个人盯着大门外，头上戴着褐紫色毛线帽。不论室外气温怎样，房子里总是保持寒冷的状态。莉娜的帽子对她来说显然太大了，但捐助的衣服很难让孩子们穿上大小刚好合适。可那顶帽子在她的头顶上翘着，里面的橡皮圈本来应该套在更大一点儿的头上的，现在以蛋筒冰激凌的形状拧在一起顶在她的头上，那样子看上去就像个活塞。我实在没办法就这么若无其事地走过去。路过她身边朝外走的时候，我揪着她的帽子上下一拽，橡皮圈发出吱吱的声音。

她咯咯笑了。

我呆住了。这是我听到莉娜发出的第一个声音。我转身四下看看法理德或者别的什么人有没有听到她的笑声，门厅里只有我们两个人。我又回身低下头来看着她，她已经不在原地了。不仅不在原地——片刻之后我明白了：她在慢慢地跑远，一边跑一边回头看。她在等我去追她。于是我追过去，她大笑着，真的跑远了。我们绕着房子足足跑了十分钟。法理德走出房间，莉娜跑过他身边时他看了又看，也惊呆了，站在那里一动不动，仿佛不想破解咒语的魔力。我双手抱起还在咯咯笑着的莉娜来到法理德面前，把她送到他的怀里。

法理德眼睛睁得大大的。"太神奇了！"他摇摇头说道。

"是很神奇。"我说。

从那以后，连续几个月不肯说话的莉娜终于打破了她坚硬的保护壳，走了出来。她是个快乐的小女孩。

❉

2007年5月，我准备完成第二次行动。根据计划，我把这次行动安排在丽兹来访以后，因为这一次出去我将有两个星期与外界失去联络。4月里和丽兹相聚的七天时间转瞬即逝。看着她又一次离我远去，我的心情很糟糕。短暂的相聚是很快乐，但相聚之后的长久离别让我的心绪越来越低落。不过丽兹这次来尼泊尔期间我们确定了恋爱关系。无论距离会造成多大的痛苦，我们也要让爱情开花结果。

我又要出发了，再次到荒野里寻找更多孩子的家人。这次的目的地是加德满都北部的努瓦科特区。

像在洪拉时一样，旅途中我有大量的时间独处，沉醉在自我的思绪中。我想起丽兹回美国之前和她的最后一次交谈。当时的气氛有点紧张。我们之间的爱情全靠电子邮件和杂音不断的网络电话来维系着，下次见面在什么时候，谁也不知道。而现在我又要离开两周，完全切断与她的联络。一想到无法每天听到对方的声音，两个人都深受打击。情绪受影响之深，恐怕我们都没料到。长途跋涉在努瓦科特的过程中，我时常想起丽兹，耳边回响起我们之间的谈话，憧憬着无论何时，下次她来尼泊尔时我们可以做些什么。但她当年的假期已经几乎用完了。

我爱丽兹，魂牵梦绕的都是她。她是我的挚友，却总是不得相见。我花尽心思、想尽办法，希望实现她来或者我往的愿望，但最终的结果却依然只能相隔九千英里遥遥相望。真不知道我们能不能渡过这一关，但我更怕她心里有着和我一样的担忧。我知道美国那边有很多男人在追求她，都是些有钱人，或者是在华盛顿有一份让人羡慕的工作的人，但丽兹拒绝了他们。她总是说，她只想和我在一起。可即便如此，他们就在她的身边，而我则远在天边。我开始意识到，有时候只有爱情是不够的。因为沮丧，那天我行走的速度慢了很多。

两周后，我回到加德满都。在这次行动的最后一天里我作出一个决定，急于和法理德分享。我们约了在当地的茶馆里碰面，就是"道拉吉里"成立前我们常待的那家茶馆。一见面我就开始滔滔不绝地详细给他讲述这次努瓦科特之行，讲述我这次找到的十七个家庭的故事。我说了很久，法理德也听了很久。待我说完，他开口之前先顿了顿，仔细看看我脸上的表情。

"干得不错，康纳。十七个家庭。你应该感到高兴才对。"他说。我们差不多朝夕相处了两年之久，我有一点儿心事都逃不过他的眼睛。

"不是你想的那样，我是很开心，这趟努瓦科特之行非常顺利——不过，我觉得我需要休息一下了。我在琢磨着回美国一段时间，大概六周。那里有两个'下一代尼泊尔'的募捐活动正在进行当中，我回去可以帮帮忙，"我对他说，"你觉得怎么样？我就是怕这样会给你造成负担。你得一个人处理这边的所有事情了，行吗？"

他的回答没有丝毫的犹豫："你当然应该回去一趟了，康纳！我们都休息得太少了，你不记得上个月我也休息了几天吗？"

他说的是上个月他去珠穆朗玛峰所在的喜马拉雅的昆布山区那次。为了更好地了解佛教文化，他在那个风景旖旎的山区和佛教徒们同吃同住了两个星期。

"我看得出，你需要休息，"法理德接着说，"回去看看家人。你也非常想见到丽兹吧？"

"确实如此，你猜得没错。我觉得我和丽兹需要谈一谈了。"

"那就去吧！这边的事不用你担心。现在整个系统运转良好，我们有自己的员工，孩子们也都很乖。一个人做我没意见。你来尼泊尔的时间比我早，不记得吗？是该休息一下了，"他说，"丽兹看到你也会非常开心的。"

"最好是这样，"我深吸一口气说，"我准备向她求婚。"

❋

六个星期后，我从美国回到尼泊尔，带回了我向丽兹求婚后我们的合影。孩子们听到这个消息高兴得几近疯狂。

"她真的同意了吗，兄长？你肯定？"安尼施问我。

"我非常确定以及肯定，安尼施。"

"那她爸爸呢？她妈妈呢？他们都同意了吗？"

"是的，安尼施。所有人都同意了。她妈妈同意，她爸爸同意，她也同意了。我们要结婚了。"

只有两个女孩子，普瑞娅和央阿尼询问我事情的细节。我告诉她们，在得到她父母的许可后，我把丽兹带到她父亲家农场的船坞，那是她最喜欢的地方。

"那你单膝跪下了吗，兄长？就像这样？"普瑞娅说着，一个膝盖跪在地上，手里举着一枚想象中的戒指。她一定是在电影中看到过这样的镜头。

"没错，就像这样。我还对她说了'伊丽莎白·莱昂斯·弗兰那根，你愿意嫁给我吗'？"

女孩子们尖叫。

"别忘了说那条狗，康纳。"法理德说。这个故事他已经听过好几遍了，这时坐在房间那头儿的沙发上，开心地看着我逗孩子们玩儿。

艾玛，丽兹的那条狗，也跟着我们到了她父亲农场的船坞，就是我求婚的地方。就在我说到"伊丽莎白"和"弗兰那根"中间的时候，艾玛认为这个时机不错，哧溜一声从漂浮在水上的船坞滑了下去。体重八十磅的一条狗掉进了距离不到两英尺远的水里，溅起的水花把我和丽兹浑身上下都湿透了。丽兹哈哈大笑，搞得我愣了半天才弄明白她到底说没说愿意。不出所料，这一段花絮成为孩子们的最爱，他们逼着我又讲了一遍。

我和法理德在苟达哇力的"小王子"住了几天。我很想念这些孩子，但很快又到了回去工作的时候，我们寻找失踪孩子的家人的行动仍然在继续。

再见尼泊尔——我的第二个家

在尼泊尔偏远地区搜寻孩子的家人的行动越来越行之有效，因为我们已经掌握了如何组建搜寻小组，如何准备所需物资，如何正确向孩子家人发问等技术环节，而实际上，让孩子与家人重新团聚却成为更加棘手的问题。每个孩子的家长都为重新找到儿子或者女儿欣喜若狂，但一听说孩子现在被照顾得很好，他们突然不愿意接孩子回家了。尼泊尔太穷了，负担一个家庭的生计是很辛苦的。

我能理解作为父母亲的想法，但这样一来就把我们逼到困境。我们致力于为孩子们提供最佳的生活方式，而且孩子们也非常渴望回家。我们认为孩子们有权利生活在自己的家里，和自己的族人生活在一起。这也是联合国儿童基金会以及几乎所有主要的儿童保护组织共同的理念。"下一代尼泊尔"的存在就是为了保护孩子的这项权利。即便如此，还是有众多的原因导致孩子们无法回归自己的家园。例如，孩子的父母中有一方可能又结婚了，在尼泊尔，这种情况下很少会有继父或者继母接受配偶上一次婚姻的子女；有时候，我们怀疑孩子的叔叔或者表亲会虐待孩子；还有几次，我们发现孩子的父母实际上是人贩子的帮凶。所有这些情况都会给回到家庭的孩子带来危险。

其中一个我们认为可以克服的问题是经济问题。每个月我们给贫困家长发放一定数额的资金，帮助他们在自己的家里抚养孩子。这样既解决了一家团聚的问题，花费也比在"道拉吉里"抚养一个孩子要少。有一次，一位母亲来看儿子，说其实她非常渴望带孩子回家，但支付孩子的食物和教育费用会有困难。我们计算了一下她需要的金额，然后答应每个月由我们来出这笔钱。于是母子团聚，我们只需密切监控就可以了。

但不久我们就发现这个办法行不通。根据事态的发展，在那种贫困状态下给一个家庭资助，实际上就等于在奖励人们把孩子送给人贩子的行为。我们意识到，这么做有可能会让附近的村民受到启发，把自己的孩子交给人贩子，然后寄希望于某一天孩子会奇迹般地被西方公益组织救回。这些人只看到了安全回到家人身边的那一两个孩子，看到孩子的家人因此神奇地得到资金回报，全然不顾绝大多数孩子其实永远都回不了家这样一个事实。

让孩子们与家人团聚比我们想象中要艰难得多。

❖

突然间柳暗花明，事情有了转机。还是在我们常去的那个茶馆里。

我和法理德正坐在茶馆里谈论位于尼泊尔北部的梭罗昆布地区，那里是喜马拉雅山麓地势最高的一个地区，也是珠穆朗玛峰所在地。法理德已经去过几次，住在佛教徒聚集的村子里。在那里他可以仰望星空，和出家僧人们一起冥思。我正给法理德讲当初在珠峰大本营看到的冰川，那么大那么高的一块冰岩，放在那你休想搬动，动起来便势不可当。

"就像我们目前的工作。"法理德说，脸上的表情说不清是笑还是叹息。

"什么，搬不动吗？"

"搬不动，就是这样。"他说。想了一下，他又补充说："不过你知道吗，可能也是势不可当的。就因为事情的进展比我们习惯的速度要慢，康纳，所以我们会看不到进步。我是这么想的，也许'尼泊尔时间'确实存在呢。"

"尼泊尔时间"是我几乎每天都会听到的一种表达。通常使用于尼泊尔人没有按照既定时间完成任务时，而且通常是作为理由解释给那些无法理解他们为什么不守时的外国人。尼泊尔时间的意思就是在尼泊尔所有的事物运转的速度都要比其他的地方慢一些。我猜世界上很多国家都有类似的表达。

法理德的这个评价颇有些深意。每当我们说起"尼泊尔时间"的时候都带着不屑的口吻，认为那不过是懒惰的借口。当然，事实经常就是如此。但也许，像法理德说的，其含义不仅于此，也许它还代表当地事物发展的节奏。我们本以为让孩子和家人团聚应该是简单明了的一个问题，要么能回家，要么不能回家。可是，如果事态比这要更复杂怎么办？要是我们太快就放弃了怎么办？如果像法理德说的，孩子的父母来探望时我们不再施加压力，让他们带孩子回家，放慢处理问题的节奏如何？我们只让父母来看孩子，不要求他们带走孩子怎么样？

这个办法立竿见影。虽然目前成功的案例还很少，还需要我们再花上数周时间培养和孩子的父母的关系，但值得一试。"道拉吉里"的两个孩子——普斯皮卡和普拉蒂普兄妹俩的母亲八个星期里来看望过他们不下六次。第九个星期，她来之后问我们能否把孩子带回家。我们帮助一家人在失散多年后重新了解并接纳了对方。

慢慢地，更多的孩子找到了回家的路。"道拉吉里"的表兄弟坤加和格瑞姆在几个月的接触中曾经分别和妈妈共同住了两个星期，访问过村里的学校，之后他们回到了家。我们还在继续寻找其他孩子的家人。尼泊尔的交通太不方便了，法理德经常在出去了一个星期后回来说只找到了三个孩子的家人。我们的工作很辛苦，但成果卓著，再辛苦也值得。

❖

"你的飞机是几点钟的？"法理德问我。那是一个9月底的上午，天空清澈得一丝云彩也没有。雨季已经过去了。

"五点。"我回答。真让人难以置信，我要离开尼泊尔了。

我和丽兹曾经努力过，想找一个能够让她在加德满都和我一起生活的地方。我们在"道拉吉里"附近找到一处房子，丽兹甚至给她的狗艾玛接种了疫苗，准备好一起搬家，她在华盛顿的私人公寓也找到了租户。但还是太困难了。丽兹在加德满都找不到工作，而她在美国有一份很好的工作。我也不得不承认，回到美国也许对"下一代尼泊尔"作为公益组织来说最有益处，因为我在尼泊尔确实没办法更加有效地筹集善款。而且，我们已经培养了一批很棒的员工，完全可以承担这里的工作。对我们来说，最困难的莫过于知道从此将和孩子们天各一方。

我最关心的是要找到一个人来代替我作为"下一代尼泊尔"的尼泊尔负责人。我们需要一个能够和法理德融洽合作的人，一个与我们有着共同价值观的人，一个孩子们热爱的人。想不出这个人会是谁。

然后突然有一天，法理德给我打电话，让我到茶馆见他。那家茶馆是西藏人开的，里面只卖一道菜：馍馍。馍馍有点像中国的饺子：里面塞了蔬菜馅儿，或者，我们喜欢点的水牛肉馅儿，放在锅上蒸着吃的一种面食。我去时，法理德坐在我们常坐的那张桌子旁喝茶。那张桌子其实是唯一一放在店外面的桌子，已经东倒西歪，马上要散架了。他两眼盯着外面安静的街道，街道蜿蜒着，环绕着我们儿童之家附近的斯瓦扬布寺，他盯着那些围着一个硕大的转经轮转圈的喇嘛。那转经轮足有一辆小汽车那么大。喇嘛们先将转经轮按顺时针方向转三圈，然后再绕着佛塔转圈，或者退回到位于我住处附近的寺里去。法理德提前为我叫了一杯柠檬茶，我到时，茶已经摆在他旁边，还冒着热气。

"康纳，希望你提前做好思想准备，我们要讨论一个问题。"他说。

我坐下去，小心地喝了一口茶，然后从桌子上的一个开口碗里加了一茶匙粗质的褐色糖粒。"讨论什么问题？"我问道。

"我要证明一下安娜能为你做些什么。"他回答说，语气平淡，听不出一丝情绪。

我放下茶杯。女招待端出两盘子水牛肉馅儿馍馍，分别放在我们两人面前。法理德伸手从盘子里拿起一个馍馍扔进嘴里。

法理德告诉我，一天前他和安娜·豪进行了一次长谈。安娜曾经帮助我们找到了阿弥达，促成了我在D.B.的陪同下完成洪拉之行，并一直积极参与"下一代尼泊尔"的活动。她和法理德的关系日渐密切。安娜信奉佛教，已经修行多年，共同的信仰将他们联系在一起。

法理德说，安娜要离开ISIS基金会，她喜欢"下一代尼泊尔"的工作，喜欢和孩子们在一起，而且想找一个规模小点儿的组织。她想在尼泊尔常住下去，但是不大可能找到理想的工作。她告诉法理德，她心目中理想的工作团体就是像"下一代尼泊尔"这样的组织，这个从筹建初期就得到过她的巨大帮助的公益组织。

"你听说过类似'下一代尼泊尔'这样的其他公益团体吗，康纳？而且他们刚好正在寻找像安娜这样的驻尼泊尔代表？"他脸上露出了笑容。

我几乎不敢相信这是真的，以为自己听错了。我放下茶杯，当场给安娜打了个电话，问她是不是真的想和我们一道工作，是否有可能取代我做"下一代尼泊尔"驻尼泊尔代表。电话那头的安娜和我一样兴奋，说这是天大的好消息，她很荣幸能承担我原来的工作。

简单聊过几句之后，我挂断电话，把手机放到桌子上，呷了一口茶，与法理德对坐着沉默良久。

"这样就太好了。"我终于开口。

"是啊，太好了。"他附和。

这件事发生在我离开尼泊尔三周前。自那天以后，我、安娜和法理德花了大量的时间聚在一起。到了我在尼泊尔的最后一个早上，也是和"道拉吉里"的孩子们说再见的时刻，安娜早早就到了。

在"道拉吉里"举行的欢送会上，我坐在一张椅子里，等着他们在我额头点提卡、献花。站在第一排的是"道拉吉里"的工作人员，住家爸爸甘奈施、住家妈妈迪瓦卡。他们祝福我一路平安。然后走上前的是我们的煮饭迪迪巴格瓦蒂和清扫迪迪苏尼塔。之后就是孩子们了。他们站成一排，有的很腼腆，把花递给我，草草在我额头上点了个小红点就咯咯笑着跑开了。我知道他们那天玩儿得很开心，就像过节一样快乐。大部分孩子对我将要离开这个国家没有什么感觉。

❖❖ 我亲爱的小王子们 ❖❖

法理德和我们一起照了最后一张合影。该走了。正要往大门口走去的时候，我看到了阿弥达，她站在前面，大张开双臂挡住我的去路。我没有试图绕开她，只默默地站在她面前，等着她允许我离开。她紧锁的眉头慢慢展开，挤出一丝笑容，我给了她一个大大的拥抱，然后抱起她。库马尔跳到了我的身上，然后是萨米尔、迪尔加和比什务。就是因为这几个可爱的孩子，才有了我们现在这一切。所有的孩子都过来了，于是出现了三十个人由衷拥抱在一起的壮观场面，直到我一个人的体重终于承受不住，三十个人一起轰然倒地。

我和法理德准备一起坐车到苟达哇力，我还要和"小王子"的孩子们告别。往公路走的时候，路过我的公寓。我说我想去之前回公寓简单冲个澡。

"要是我，我就等见过'小王子'那群孩子以后再洗澡，康纳，"法理德若有所思地说，"那群男孩子在你脸上点的红点可不小啊。"

"这次他们不会再给我点满脸的提卡了，"我很有把握地对他说，"如果让他们就用指尖点，像'道拉吉里'的孩子们这样，红点就不大，顶多也就那样了。"

法理德笑了笑。"嗯，是这样，你是对的，康纳。好主意。"

❖

拉贾正抓着一把提卡往我的太阳穴上按，我突然发现他的另外一只手里也抓着一把米饭和红色染料。

"拉贾——不要。行了，够了，拉贾。别抹了。"

他迷惑地停下手。"是好运，康纳兄长！"

"我已经收到了很多好运。点第一个提卡是好运，不需要第二个了。"这时，我看到桑托斯蹑手蹑脚地走到我身后，手里攥着一把提卡。我猛地转过身。

"桑托斯！不行，我是认真的。别点提卡了。"我以最严厉的口气对他说。

"你脸上还没有提卡呢，兄长，"他辩驳说，"那样会给你带来厄运的！"

"本来就不应该点到脸上的，桑托斯。应该是在额头上点一点儿就行。你们会这么对待一个尼泊尔人吗？把他脸上涂满提卡？你们会对哈利这么做吗？"

"可是你要到很远很远的地方去，康纳兄长！你需要更多的运气！"

我站起身走到卫生间的镜子前。我的额头上已经糊满了厚厚一层这种黏稠的红色膏状东西，好像我刚遭遇车祸一样恐怖。我拿了一块布要把多余的提卡擦掉。

"别擦，兄长！"桑托斯站在我的身后，"很好看呀！而且运气多多！"

"老天，拜托！"

"我说的是真的，兄长！"

我转过身面对着他，他笑着。桑托斯的牙齿非常白。"真不知道我怎么会让你们这群家伙这么干。这么上公共汽车真是太可笑了。"

"因为我们好玩儿，兄长！你在美国肯定没有这么多好玩儿的。"桑托斯说着，满足地欣赏着我满脸红红的黏糊糊的东西，"你快点带着你的妻子丽兹姐姐回来，就住在这里。你们可以和我们睡一个房间，没问题。"

"我们不会回来住的，回来也就是看看你们。我和丽兹明年1月份，也就是三个月以后回来，会待上两个星期。"我告诉他。

"能带你妻子来就更好了，康纳兄长！"桑托斯说，"丽兹姐姐可比你漂亮多了！我觉得你长得有点困难。"他突然变得会笑话人了，"你还得再点点儿提卡，也许……"

我搂着他的肩膀一起回到客厅。其他的孩子都不见了，他们已经站成长长一排，从房门口一直排到蓝色的院门口，院门外面是那条小路。法理德正在很在行地组织这个告别仪式，一边和他们开玩笑一边把孩子们按照年龄从小到大重新排列队伍，每个人手里都举着一束黄白相间的花儿，等着我走出去时送给我。孩子们肩并肩站着，像往常一样兴奋地唧唧喳喳。好像他们永远有说不完的话题，其实那天他们一分钟都没分开过，前一天也是，再以前，过去的五年里，不光是在儿童之家的这几年，包括他们被人贩子从洪拉带走后，和人贩子一起住的几年时间里，他们都朝夕相处，从没分开过。有几个孩子已经有半辈子的交情了。

我没有急着往外走，而是扳着桑托斯的肩最后巡视了一遍儿童之家。桑托斯反手搂住我，手放在我的肩膀头上。三年前我第一次见到他的时候，他才只有九岁，比现在看上去要小很多，胳膊也没这么长，可以搂住我的肩膀。好像恍惚之间他就从一个我抱着在医院里走来走去的九岁男孩变成了这个站在我身边的十二岁小伙子。

我们一起走到门外，走进阳光里，走到长长的队伍开始的地方。桑托斯跑过去一把拿过自己要献的那束花，找到位置站好。他的位置在达瓦和比卡什中间。比卡什站在队伍最后一个，也仿佛一下子长成了大小伙子，站在那比其他孩子足足高出一头。他十五岁了，在尼泊尔这个年龄都可以结婚、工作了。拉贾站在左手一排的第一个，高高举着手里的花儿，低着头，独自在那里小声哼着歌。直到那一刻我才发现，初次走进"小王子"那天第一时间跑过来搂着我的脖子荡悠悠的那个小男孩不见了。眼前这个男孩，这个拉贾，已经七岁，也许八岁了。他的脸比以前长了，胳膊也长了，就算是现在这样小声地哼歌也能听得出，他的声音变得洪亮而浑厚起来。

纽拉吉用胳膊肘捅了捅拉贾，拉贾吃惊地跳起来，才发现我站在那里。"康纳兄长！"他大叫着，"花儿，康纳兄长！"

我接过他的花儿，顺着队伍继续往前走，接过每个孩子递给我的花儿，看着他们从我眼前一个一个闪过。印象中，他们一直是小时候的样子。那会儿他们从高卡手中被解救出来只有几个月，看上去瘦瘦小小、营养不良。因为我的离开，他们在我心里将永远保持这个样子，不会长大。从我迈进这扇门的那一刻到现在已经有三年了。那时候，他们对我全然是陌生的一群孩子，我还只能靠背后的衣服来辨认他们。

三年了，我也老了三岁。我抱着一大捧花儿，脸上糊满了提卡走出蓝色的院门，走上小路。孩子们拼命冲我挥手，喊着我的名字，但他们依然留在"小王子"的院墙里面没有出来。马上要准备去寺庙了，他们要在那里洗衣服，在水池里打水仗。

❖

法理德陪着我朝公路走去。他要在苟达哇力待几天。我们一起等小巴士载着我回加德满都，再载着我去机场。半天，我们谁都没说话，眼睛盯着公共汽车要来的方向。

"记得一年半以前，我也做过同样的事，就站在这个位置，"法理德终于开口说道，"那时候有封锁，不允许任何交通工具出行。我只好背着包走了十小时，走到机场。你记得我那个大包吗？那会儿可真够艰难的。我记得你刚回美国，他们就在大街上打了起来。在那之前不久，反政府军炸毁了拉特纳公园的公车站，警察开枪向抗议的群众射击。街上到处是暴力的场面，他们把违反戒严令出门的人全部逮捕了。我不知道该怎么办。我时间充裕，可以走到机场去，又不想让他们抓我，或者让他们以为我是抗议者而受到攻击。所以我在背包上写了个标牌。用的纸就是孩子们图画书上的一张空白页，笔是他们喜欢用的那种挺大的钢笔——那叫什么笔来着？"

"记号笔。"

"对了，记号笔。我拿了一支蓝色记号笔写了一张大大的牌子，把它用大头针别到我的包上，这样每个人，不管是警察还是反政府军都能看见，知道我是什么人，知道我是干什么的，"他说，"然后我就走啊走，走了几小时。我当时以为再也回不了家了，但最终还是回去了，回到了法国。然后我又想，很长时间不会再回到这里来了。"

他的眼睛盯着公路的尽头，就像两年前那样，路上一辆车也没有，机场遥不可及。那时候，他一定以为回去就再也不回来了，我们两个人都永远地告别了尼泊尔。然后，街上发生了骚乱，七个孩子失踪了，我们的生命突然间又和这个山之王国纠结在了一起。

白色的小巴士开过来了，法理德伸手替我拦车。车子开始慢慢减速，隔着远远的一段距离我们就听到了刺耳的刹车声。我把背包甩到背上，法理德伸出手，我握住他的手，上前拥抱，拍拍他的背。法理德不喜欢告别。小巴士晃晃悠悠地一路滑行，停到我的面前。

"你的标牌上写了什么？"我问他，"你别在背包上的那个标牌？"

他笑道："写的是'游客'。"

后　记

2008年秋，我接到法理德的邮件。

"我们准备带'小王子'的孩子回洪拉。"他在邮件中说。

这是我们四年来的梦想。这次只带九个孩子回去，而且只作短暂停留，目的是尝试一下孩子们在彻底离开家人，居住在恶劣的城市环境中多年以后如何才能适应回家后的生活。不过洪拉现在已经安全了，学校也刚好放假两周。

当他们乘坐的那架小型双螺旋桨飞机降落在锡米科特的泥地跑道上时，孩子们有些焦躁不安。几乎所有的孩子都是在远离洪拉的地方度过了他们年轻生命中的大半光阴。但经过几小时的徒步行走，沿着卡尔纳里河南下，慢慢接近他们的村庄时，他们又变成了洪拉的孩子。吃浆果，在旁边的岩石上敲开树上落下的核桃，跑下山路，飞奔进田野里，他们异常兴奋，浑身有使不完的劲儿。一天后，瑞帕村已经遥遥在望。看到了修建在陡峭山坡上的小泥草屋，孩子们儿时的记忆一下子涌了出来。想到家里人还浑然不知几小时后就会看到他们流浪在外的孩子，想到家人看到他们时的满脸震惊，孩子们都笑翻了。

看到孩子们，瑞帕村炸开了锅。大一点的孩子看到父母和儿时的朋友都哭了，小点儿的很腼腆，都收敛了笑容，在那努力地回忆，想记起这些围着他们失声痛哭，说他们已经听不懂的方言，摩挲着他们的脸和衣服的人都是谁。他们被人带走时还几乎是蹒跚学步的孩子啊！家人对他们来说太陌生了。

但亲情是根深蒂固的。一天还没过完，所有的孩子，无论大小，都恢复了乡村孩子的模样。他们跟随着父母走过冬天里荒芜的田野到森林里采草药。一到春天，田野里又会种上庄稼。因为洪拉连年遭受旱灾，孩子们的小手也许比他们的兄弟姐妹要柔软些，但即便是和家里年龄最大的哥哥或者姐姐比起来，他们的个头也更高些，身体也更强壮些。当晚，他们不是睡在小王子儿童之家的床垫子上，而是躺在泥草屋的地上，裹着家里自制的被子，蜷缩在妈妈的身边。家里没有灯可关，睡前喊喊喳喳也没有人再来嘘他们小声些。火灭时，孩子们都睡着了。

两周结束时，没有一个"小王子"的孩子想离开洪拉。虽然现在必须先回到加德满都，但他们已经变了。他们现在生活得更加目标明确，在学校里也更刻苦了，而且不再说一些长大想成为宇航员或者足球明星之类的话，因为现在他们的梦想是成为村里的医生和教师。他们的生命之舟已经起航，那就是回到洪拉，在土地上劳作、结婚，建立自己的家庭，重建他们的村庄，将延续了几个世纪，很久很久以前就已经存在的尼泊尔传统传承下去。

法理德讲完后停了一会儿，让我慢慢品味。二十多分钟过去了，我没有说话。那是2009年的3月份，几个月以来我们第一次通电话。几个月以前他们刚刚去过洪拉时，我已经从法理德的邮件中读到了事情的经过，但听他用我无比熟悉的法国腔英语亲口讲述，我仿佛身临其境。

"这太好了，法理德。我都被惊呆了。真希望我当时在那亲眼看到这一切。"最后我对他说。

"确实如此，要是你在那肯定会非常高兴的，康纳……哦，对了，我们必须先谈一件事。我知道我们已经开始讨论把儿童之家搬到锡米科特的事，这样孩子们就可以生活在洪拉。这件事我们一定要做。但经过这次洪拉之行，我还相信，有些孩子应该可以直接回家，和家人住在一起，"他的话音因为兴奋而高了起来，"你能想象吗，康纳？想想那些父母终于接回孩子，和自己生活在一起，那会是什么样的一个场面？合家团聚！"

我的目光穿过客厅，落在丽兹的身上。这里是我们位于纽约的公寓，她当时正坐在一张宽大的扶手椅里，双腿搭在椅子的一个扶手上，头靠着另一侧扶手，脸上挂着疲惫的笑意看着我。我们三周大的儿子费恩趴在她的胸前，蜷着身子抵在她的肩头，那样子仿佛永远也不准备放妈妈走。

"是的，我想象得到。"

致　　谢

　　这本书能够面世，是因为远在尼泊尔的一群孩子敞开心扉，欢迎我走进他们的世界。他们接受我的监护，是我的朋友，我的翻译，我的老师，还经常成为我在尼泊尔时的唯一乐趣来源。时至今日，他们依然是我的兄弟姐妹，我将永远感念他们。法理德·Ait-Mansour在此次活动中作出的贡献如果不是更大，至少也与我平分秋色。我从未遇到过像他那样对服务不幸人群有如此强烈愿望的人。他是我心目中的英雄。

　　我要感谢William Morrow出版社的优秀团队，感谢他们的激情与热忱，以及为本书的出版所做的努力工作。特别致谢我的编辑，劳里·奇滕登。有了她的深入了解，才能最终将故事中最瑰丽的部分与我人性中的美好展现在世人面前。

　　我的代理人特雷娜·基廷自始至终都是我非凡的拥护者、编校者和朋友。每向前一步，她都会肯定地对我说，是的，真的，说实话，一定会有人愿意读这本书。

　　感谢我的母亲，以及我所有的家人。他们总是无比慷慨地资助我，使我在花光积蓄的情况下仍然能够继续留在尼泊尔。在写作本书的过程中，我的父亲，诗人埃蒙·葛瑞南，展示了他神奇的编辑才能；而我的继母蕾切尔·基辛格，其本人就是一位颇有成就的作家，将她的公寓借给我，为我提供了安静的写作环境。感谢伊泰·巴纳扬和其他几位我在世界上最棒的商学院——纽约大学商学院的同学。在得知我致力于本书写作的情况下，在学习上给了我莫大的帮助，帮助我顺利通过了每学期最紧张的几门课程的学习。

最后要说的是，没有我妻子丽兹一直以来的爱与支持，也就不会有这本书的存在。祝愿每一位作者都幸运如我，找到这样相濡以沫的伴侣。

关于"下一代尼泊尔"

购买这本书,您已经在为改变书中那些孩子的生活作出了贡献。本书的出版为我们提供了至关重要的一笔资金,使我们得以在洪拉开办一所儿童之家,同样是这群孩子,现在已经回到了他们的家园。本书的收益中将有一部分用于孩子们的衣食和教育经费,以及继续寻找更多尼泊尔被拐卖儿童的家人的行动。

如果您希望更多地了解"下一代尼泊尔",希望加入我们的公益活动,或者帮助我们让更多的人知道尼泊尔被拐卖儿童所处的困境,请访问我们的网站www.nextgenerationnepal.org。我们将非常乐意得到您的意见和建议。